Disparition

Nicolas Nutten

Disparition

Éditions de Noyelles,
avec l'autorisation des Éditions PRISMA MEDIA /
Éditions Les Nouveaux Auteurs

31, rue du Val de Marne, Paris

ISBN : 978-2-298-17515-8

Pour Audrey

Prologue

Lundi 30 juillet 2018, 4 h 30.

Arthur Berg, vingt-trois ans, appartement 34, troisième étage, porte de gauche en sortant de l'ascenseur. Même si par principe l'homme au regard de glace ne prenait jamais l'ascenseur, il appréciait les instructions précises ; cela évitait les erreurs stupides et les inévitables pertes de temps qui en découlaient. Depuis plusieurs heures, il patientait dans sa voiture en observant les fenêtres de l'appartement. Berg avait éteint la lumière à 1 h 56, puis avait regardé un film. Il le savait car depuis la rue il avait vu danser des lueurs bleutées sur les murs du salon. À 3 h 12, extinction des feux et depuis, plus de signe de vie. Le pirate informatique avait dû sombrer dans un sommeil qu'il espérait profond. C'était mieux ainsi, l'effet de surprise était toujours un atout non négligeable.

Devant la porte du numéro 34, l'homme retenait son souffle, guettant le moindre bruit suspect. À part les pétarades étouffées d'un scooter qui s'éloignait dans la nuit parisienne, aucun son ne venait troubler la quiétude de l'étage. Il pouvait commencer. D'un geste rapide, il sortit de son sac à dos un kit de crochetage et se mit au travail. La serrure céda en moins de quinze secondes. Aucun autre verrou ne protégeait l'accès au logement. Comment un esprit aussi brillant que celui de Berg, capable de s'introduire dans les réseaux informatiques les plus sécurisés, pouvait-il faire confiance à une simple serrure à goupilles pour protéger sa vie privée ?

La pénombre qui régnait dans la pièce principale peinait à masquer le manque d'intérêt que le geek portait à la déco. D'un immense écran plat suspendu au mur descendaient une multitude de tentacules électriques reliés à différents boîtiers et ordinateurs dont certains semblaient encore en pleine activité à en croire le crépitement des disques durs. Les témoins lumineux de tous les appareils sous tension produisaient suffisamment de lumière pour que l'on puisse se faufiler sans encombre entre les meubles.

Une respiration bruyante résonnait contre les murs de la chambre à coucher. La fenêtre laissée entrouverte laissait passer une légère brise qui venait caresser les rideaux. Aussi discret qu'une ombre, l'homme contourna le lit et referma les deux battants, puis les verrouilla en tournant la poignée. Sans même s'en rendre compte, Arthur Berg venait de vivre ses dernières secondes de sérénité.

Faire inhaler la juste dose de chloroforme demandait de l'expérience ; trop peu et il y avait fort à parier que la victime se réveille et se débatte à un moment peu opportun et inversement, si l'on maintenait le chiffon trop longtemps sur le nez et la bouche, c'est le réveil qui devenait interminable.

Lorsque la cascade d'eau glacée frappa Arthur en plein visage, il comprit que son monde venait de basculer, qu'il ne maîtrisait plus rien. Un bâillon l'empêchait de hurler et son torse ainsi que ses membres étaient solidement entravés à une chaise de la cuisine par un ruban adhésif ultrarésistant. De l'autre côté de la table, un homme au crâne rasé, vêtu de noir, remplissait la bouilloire électrique. Ses gestes étaient lents, précis. Il prenait son temps. Son dos épais et ses épaules larges laissaient deviner une puissante musculature. Une pensée aussi brûlante que l'acide éclata dans l'esprit d'Arthur ; le type qui venait de pénétrer chez lui était un professionnel, le genre de gars qui obtenait toujours ce qu'il demandait, peu importent les moyens employés. Dans un réflexe de survie, Arthur s'agita sur sa chaise pour essayer de distendre ses liens. L'homme lui jeta un regard glacial, dénué de toute humanité. De son col émergeait le tatouage d'une tête de serpent gueule ouverte, prête à attaquer. Le tatoué reposa la bouilloire sur son socle, enclencha le bouton marche, puis contourna la table en dégainant de son holster un revolver qu'il lui écrasa au milieu du front.

— On se calme !

La voix était grave et râpeuse.

Arthur se figea, les yeux injectés de sang par la montée subite d'adrénaline et le manque d'air.

Le canon de l'arme s'écarta, lui laissant une marque en forme de rond rouge.

— Bien... Des amis à moi ont analysé ça.

Le tatoué jeta sur la table une clé USB. Arthur

compris alors ce qui était en train de se passer, le changement dans son regard le trahit immédiatement.

— Je vois que ça te parle. Donc, je disais : des amis à moi ont analysé son contenu et ont été impressionnés par la qualité de ce qu'ils y ont trouvé. Ils ont tenté de m'expliquer, mais moi, je n'y comprends rien. En revanche, ce que j'ai compris, c'est que tu n'as pas été assez prudent car ils n'ont pas eu à chercher longtemps pour remonter jusqu'à toi. C'est idiot, tu en conviendras.

Le frémissement de l'eau dans la bouilloire remplissait les silences qui s'étiraient entre deux phrases.

— Les virus, les réseaux, le piratage, le vol de données, ont tendance à rendre très nerveuses les personnes pour qui je travaille et quand elles ont découvert ce que tu avais fait, autant te dire qu'elles étaient vraiment en colère.

Le visage d'Arthur devint livide. Des gouttes de sueur froide lui coulèrent le long de l'échine.

— Je crois que tu es assez intelligent pour savoir ce que l'on cherche.

L'homme prit le temps d'observer le poison de la terreur qui asphyxiait sa victime. Puis il se pencha en avant pour planter son regard dans les yeux d'Arthur et lui chuchota :

— Tu vas me donner le nom et l'adresse de la personne pour qui tu t'es donné tant de mal.

Clac. L'eau était arrivée à ébullition.

Arthur fit non de la tête, impossible. Il fallait qu'il gagne du temps, qu'il parlemente, il y avait sûrement un moyen de s'entendre. Ce n'était pas du tout ce qu'ils croyaient.

— Je me doutais que tu aurais besoin d'être motivé.

L'homme alla récupérer la bouilloire et se retourna vers Arthur qui essaya de hurler au travers de son bâillon pour donner l'alerte, mais ses beuglements étouffés ne parvinrent pas à s'échapper au-delà des murs de sa cuisine. De sa main gantée de cuir, le tatoué écrasa alors la tête d'Arthur contre la table et versa l'eau bouillante sur le visage implorant du jeune homme. Sa tête, ses épaules et son dos se transformèrent instantanément en une plaie incandescente. Des cloques apparurent sur sa joue, autour de ses yeux, dans son cou, et toutes les chairs en contact avec le liquide ardent furent aussitôt rongées par la morsure de feu. Arthur allait perdre connaissance quand son tortionnaire le saisit par les cheveux et lui cogna la tête contre la table.

— Écoute-moi attentivement, on peut y passer des jours si tu veux, mais tu n'y gagneras rien. Je vais te le redemander une dernière fois avant de m'énerver pour de bon ; tu vas me donner le nom et l'adresse de la personne que l'on cherche. Compris ?

Arthur acquiesça d'un hochement de tête terrifié.

D'un geste sec, l'homme lui arracha son bâillon. Arthur n'essaya même pas de crier ni de négocier, il livra du bout des lèvres l'information demandée, puis un spasme violent le plia en deux et il vomit un filet de bile entre ses jambes.

Impassible, le bourreau récupéra la clé USB, puis passa dans le dos d'Arthur qui sanglotait en gémissant de douleur. Il dégaina son arme et tira une balle à bout portant. Le crâne explosa et une gerbe de sang, de fragments d'os et de morceaux de cervelle macula les meubles en kit de la petite cuisine. Le corps sans vie du jeune pirate s'affaissa sur lui-même, la tête penchée sur son torse comme un pantin désarticulé. Dans la seconde qui suivit, la porte d'entrée claqua et l'appartement replongea dans un silence indécent.

1

Mardi 31 juillet 2018, 19 h 30.

Combien de personnes pouvait-on croiser en une seule journée lorsque l'on habitait une ville comme Paris ? Métros, gares, rues, parcs, expositions, cinémas, restaurants, la vie foisonnait. Partout. Derrière chaque regard une existence, une histoire avec ses envies, ses espoirs, ses attentes, ses peurs, sa part de lumière et parfois de ténèbres. Maxime observait ces âmes qui arrivaient toujours plus nombreuses sur le quai de la ligne 1. Cela faisait quatre ans qu'il vivait et travaillait à Paris, mais il était toujours impressionné par le flux incessant de voyageurs qui allaient et venaient dans les couloirs du métro. Maxime se souvenait de ses premiers mois de vie parisienne, lorsqu'il laissait filer les rames bondées en espérant que les suivantes seraient moins chargées, mais c'était peine perdue. Les métros s'enchaînaient, transportant toujours autant de visages fatigués. Les mois passant, il avait fini par se résoudre à faire comme tout le monde et se fondre dans la foule afin d'y dénicher une hypothétique place, coincé entre des inconnus qui, comme lui, prenaient leur mal en patience le temps de quelques stations. Puis la routine s'était installée et progressivement il était, lui aussi, devenu un anonyme, noyé dans la masse, se laissant porter par le train du quotidien qui l'éloignait chaque jour un peu plus d'une vie passée qu'il avait choisi d'oublier.

Durant la période estivale ou les fêtes de fin d'année, il arrivait que le nombre de voyageurs diminue un peu ; la cohorte des travailleurs aux regards usés laissant place à des groupes de touristes aux sourires inoxydables, ravis de passer quelques jours dans une des capitales les plus prestigieuses du monde. Mais ce soir, ils étaient aussi nombreux que le reste de l'année à supporter la touffeur qui régnait dans le dédale des couloirs du métro. Des travaux sur la ligne A du RER avaient contraint la RATP à renforcer le nombre de rames sur la ligne 1 pour absorber l'affluence des voyageurs.

Depuis dix jours la canicule s'était installée sur la capitale, faisant grimper en flèche les pics d'ozone et multipliant les alertes pollution. Les journées brûlantes et les nuits chaudes malmenaient les organismes. Au fil des jours, la fatigue s'accumulait, faisant monter progressivement la tension nerveuse qui en devenait presque palpable. Dans les rues, les coups de klaxon se faisaient plus agressifs, des insultes fusaient, des inconnus se jetaient des regards noirs pour des broutilles auxquelles ils n'auraient pas prêté attention en temps normal.

Patientant à ses côtés, Célia avait posé la tête sur l'épaule de Maxime qui la tenait par la taille. Indifférente à cette tension et au tumulte environnant, elle semblait plongée dans ses pensées, son regard accroché à un point imaginaire flottant au-delà des murs qui les entouraient. Maxime avait remarqué que depuis plusieurs semaines son attitude avait changé ; elle était fatiguée et semblait nerveuse. Mais à chaque fois qu'il abordait le sujet, elle restait évasive, répondant qu'elle travaillait tard sur sa thèse. Maxime n'était pas dupe, quelque chose n'allait pas, mais il n'insistait jamais, feignant de se contenter des explications qu'elle lui donnait et espérant qu'elle saurait le trouver le jour où elle voudrait parler. Conscient de ne pas être non plus un modèle de dialogue et de communication, il se voyait mal lui faire quelque reproche à ce sujet.

Un léger mouvement de foule indiqua à Maxime que le 19 h 34 n'allait plus tarder, il bascula la tête en arrière pour apercevoir le panneau d'affichage lumineux qui le lui confirma. Il déposa un baiser sur le front de Célia qui reprit pied dans la réalité, un peu étourdie par le tourbillon de la foule qui s'agitait autour d'eux.

Une *mamma* noire aux formes généreuses, drapée dans une tunique rouge sombre, passa devant eux, précédée d'une poussette dans laquelle un petit bonhomme dormait d'un sommeil de plomb. Quelques mètres plus loin, des touristes italiens discutaient bruyamment autour d'un immense plan en papier qui donnait du fil à retordre à celui qui tentait de le replier. À droite de Célia, un Parisien pur jus d'une soixantaine d'années, cheveux grisonnants et journal sous le bras, regardait la scène d'un œil goguenard. On reconnaissait les habitués, qui, sans même quitter des yeux l'écran de leur smartphone ou lever le nez de leur bouquin, s'avançaient instinctivement vers le bord du quai au moment exact où le prochain métro était signalé en approche. Maxime attribuait cela à un sixième sens urbain acquis par celles et ceux qui survivaient depuis de trop nombreuses années dans les entrailles des mégalopoles.

Le souffle mécanique s'amplifiait au fur et à mesure que la rame se rapprochait. Quelques mètres avant l'entrée dans la station, les capteurs dosaient à la perfection l'intensité du freinage afin que la rame s'arrête au centimètre près à l'endroit prévu pour que les portes palières protégeant l'accès aux voies se trouvent face aux portes des wagons. Quand celles-ci s'ouvraient, des grappes de personnes en sortaient sans un regard pour ceux qui les laissaient passer.

Le souffle de la climatisation accueillit les nouveaux voyageurs soulagés de trouver un peu de fraîcheur. Maxime et Célia furent les derniers à monter. Ils se dirigèrent vers le fond de la rame où deux places assises étaient encore libres.

Célia posa son antique besace sur ses genoux et balaya du regard l'intérieur du wagon avant d'appuyer son front contre la vitre et contempler un quai devenu désert.

— On devrait partir quelques jours, s'éloigner de Paris.

Elle avait prononcé cette phrase à voix basse, juste pour elle, comme si cette pensée s'était imposée à son esprit et s'était ensuite matérialisée toute seule sous forme de mots. Prenant conscience de ce qu'elle venait de dire, soupesant l'idée, elle se retourna vers Maxime.

— Qu'en penses-tu ? Quelques jours loin de Paris ?

Tu pourrais m'emmener à Montpellier, le Sud, la mer. Je crois que j'ai besoin de changer d'air.

À la seule évocation d'un retour possible dans cette ville, une vague d'émotion submergea Maxime. Il endigua le flot des souvenirs en essayant de ne rien laisser paraître et répondit d'une voix qu'il voulait neutre :

— Oui, pourquoi pas...

Mais le manque d'entrain de sa réponse sonnait comme un « pas tout de suite », comme un « je ne suis pas encore prêt ». Célia avait depuis longtemps compris que Maxime n'était pas venu vivre à Paris par plaisir et s'en voulut de son manque de tact. Elle serra la main de Maxime, l'embrassa sur la joue et posa la tête sur son épaule. Le signal sonore indiquant un départ imminent retentit et les portes automatiques se refermèrent dans un chuintement pneumatique. Sur le quai, de nouveaux voyageurs arrivaient en courant, espérant attraper au vol le métro qui s'élançait déjà vers la gueule obscure du tunnel menant à la station suivante.

La *mamma* avec sa poussette s'était installée face à eux et couvait du regard son enfant qui dormait toujours à poings fermés. Une vieille dame se trouvait de l'autre côté de l'allée centrale et souriait en regardant le garçonnet. Le groupe d'Italiens avait préféré rester debout au centre de la rame, la poignée de places assises encore disponibles ne leur permettant pas de rester ensemble.

Les stations s'enchaînèrent : Châtelet, Hôtel-de-Ville, Saint-Paul. À chaque arrêt, le même ballet grotesque recommençait entre les pressés de descendre et les stressés sur le quai, qui ne voulaient sous aucun prétexte attendre le métro suivant.

Cinq minutes après le départ direction Bastille, un bruit strident se fit entendre, cela ressemblait à une pièce de métal que l'on déchire. Dans la même seconde, le système d'urgence se déclencha et actionna les freins pour immobiliser la rame au plus vite. La puissance du freinage fit tomber plusieurs personnes à la renverse. Des cris de stupeur fusèrent des quatre coins du wagon. Les néons du plafonnier vacillèrent, donnant à la scène un côté apocalyptique. Les voyageurs s'accrochaient à ce qu'ils pouvaient, muscles tendus, mâchoires crispées, se préparant à un impact imminent. Durant une poignée de secondes d'éternité, tout le monde retint son souffle, avant que les wagons finissent par stopper leur course au milieu d'un tunnel empli de ténèbres. Un silence pesant flotta dans la rame. L'impact n'avait pas eu lieu, mais certains retenaient encore leur souffle, d'autres sanglotaient. Des regards perplexes, mêlés d'inquiétude et d'incompréhension se croisaient. Sans que personne osât l'exprimer, l'ombre nauséabonde du terrorisme planait dans tous les esprits.

2

Mardi 31 juillet, 20 h 30, quartier du Marais.

Des touristes déambulaient dans la rue des Rosiers, profitant des heures les moins chaudes de la journée pour découvrir un des plus beaux quartiers de Paris, se laissant envoûter par le charme suranné des ruelles pavées et des façades anciennes. Des files se formaient devant les vendeurs de falafels, mets incontournable de la rue. Les devantures des restaurants redoublaient de superlatifs tapageurs pour attirer le chaland et discréditer une concurrence féroce. Deux juifs, kippa sur le crâne, indifférents à l'animation, se dirigeaient d'un pas rapide vers la synagogue.

Tout le monde vaquait à ses occupations, ne prêtant nulle attention à la berline noire, vitres teintées, garée sur une place réservée aux livraisons. À son bord deux hommes scrutaient les passants et guettaient l'entrée de l'immeuble qui se situait à une vingtaine de mètres de l'autre côté de la rue. De leur position, personne ne pouvait entrer ou sortir de l'immeuble sans que cela leur échappe.

Le passager, lunettes noires rivées sur le nez, cheveux blonds regroupés en catogan, détaillait la foule en mâchonnant une touillette en bois, tandis qu'à ses côtés l'homme au volant, crâne rasé et serpent tatoué dans le cou, fixait le hall de l'immeuble situé sur le trottoir opposé.

Le téléphone portable posé sur le tableau de bord se mit à vibrer. Catogan l'attrapa avant qu'il ne tombe, retira ses Ray-Ban de la main droite et décrocha. Il tendit l'appareil à son acolyte.

— C'est pour toi.

Le tatoué colla le téléphone à son oreille, il écouta son interlocuteur sans lâcher des yeux l'entrée de l'immeuble. Avant de raccrocher, il consulta sa montre, fit une grimace, puis rendit le téléphone à son propriétaire qui lui jeta un regard interrogateur.

— Alors ?

— On bouge, le rendez-vous a changé. On reviendra plus tard.

D'une pression sur la clé de contact, le V6 se réveilla et un feulement grave emplit l'habitacle. L'Audi noire déboîta de son emplacement, remonta la rue à faible allure, puis tourna à gauche rue Ferdinand-Duval et disparut.

3

Suite à l'arrêt des rames, la climatisation et la ventilation avaient été coupées. La température avait alors grimpé rapidement, transformant les wagons en étuves. Tout le monde suait à grosses gouttes. Des passagers, se sentant mal, s'étaient allongés au milieu du couloir central et s'éventaient avec ce qu'ils pouvaient. Les parents chuchotaient des paroles rassurantes à leurs enfants, pendant que les voyageurs les plus connectés, armés de leur smartphone, rassuraient des proches ou publiaient sur les réseaux sociaux l'évolution de la situation.

Face à Célia et Maxime, un nourrisson braillait de toute la force de ses poumons. Sa mère, qui l'avait sorti de sa poussette et calé contre son imposante poitrine, essayait de le calmer, sans succès.

Célia plongea une main dans sa besace, en sortit une petite bouteille d'eau, puis alla s'agenouiller devant la mère désemparée.

— Tenez, faites-le boire et aspergez-le un peu, cela lui fera du bien.

Elle lui répondit avec un bel accent africain.

— Merci beaucoup, mademoiselle. Vous êtes un ange.

L'eau eut un effet bénéfique. Trois gorgées et quelques

gouttes étalées sur le front par la main maternelle suffirent à faire cesser ses pleurs. La *mamma* adressa à Célia un sourire plein de gratitude.

Après quarante-cinq interminables minutes, dans une atmosphère qui devenait chaque seconde plus suffocante, les haut-parleurs se mirent à crachoter et une voix nasillarde annonça :

— Votre attention, s'il vous plaît. Suite à un incident technique, nous avons été contraints de stopper le train en pleine voie. Des techniciens étudient l'origine de la panne. De plus amples informations vous seront fournies dès que possible.

Le message laconique laissa pantois. Des voyageurs outrés se mirent à crier au scandale. Un monsieur bedonnant d'une cinquantaine d'années, chemise blanche ruisselante, bondit de son siège en vociférant et se mit à appuyer frénétiquement sur le bouton d'appel d'urgence, mais personne ne jugea utile de lui répondre.

Sous les invectives furibondes du quinquagénaire qui prenait à témoin les passagers sur l'inutilité de ce soi-disant système d'alarme, Maxime se leva et se dirigea vers le fond de la rame. Un autre train était à l'arrêt à une vingtaine de mètres derrière eux. Un jeune beur, jogging, baskets et écouteurs autour du cou, regardait dans la même direction que Maxime.

— J'ai un pote là-dedans, il dit qu'il y a un autre train bloqué derrière. T'imagines combien on est, coincés dans ce trou à rats ?

Maxime haussa les sourcils et se mordit la lèvre inférieure. Le trafic avait été renforcé, un train partait toutes les quatre-vingt-dix secondes environ et chacun d'eux était bondé.

— Si tu veux mon avis, un sacré paquet…

— Ouais, mec, tu l'as dit ! Un sacré paquet !

Le téléphone portable du jeune homme tinta deux fois. Maxime l'abandonna à la consultation de ses messages et se faufila parmi une foule liquéfiée pour retourner s'asseoir auprès de Célia. Elle avait remonté ses cheveux bruns en un chignon improvisé maintenu par un stylo qui devait traîner au fond de son sac. Maxime la taquinait souvent à propos de cette besace fatiguée qu'elle conservait depuis ses années de lycée et qui contenait un nombre incalculable d'objets. Des clés au petit coquillage ramassé sur une plage d'Étretat, du portefeuille aux carnets de notes, du maquillage jusqu'à son MacBook qu'elle embarquait parfois, son contenu avait tout d'un inventaire à la Prévert.

La voix nasillarde égrena mot pour mot le même message, ce qui ne fit qu'irriter un peu plus des voyageurs déjà excédés.

Célia se pencha vers Maxime.

— Tu crois que ça va durer encore longtemps ce cirque ?

— Je n'en sais rien, mais s'ils avaient vraiment envoyé des gens pour nous sortir de là, je pense qu'ils seraient déjà sur place.

Trente minutes plus tard, en tête de rame, un groupe de voyageurs s'agita. Maxime abandonna une Célia aux yeux clos, la tête penchée en arrière.

— Je vais voir ce qu'il se passe.

Le temps que Maxime les rejoigne, le message se

fit à nouveau entendre, toujours identique au mot près. À croire que l'opérateur débitant inlassablement son annonce, capable d'autant d'empathie qu'une amibe, ne réalisait pas qu'il s'adressait à des personnes en situation de détresse. Il devait suivre à la lettre une obscure procédure pondue par une hiérarchie pachydermique incapable de s'adapter à des situations comme celle-ci.

Le groupe scrutait la pénombre qui s'étalait devant eux. Une dame cogna contre une vitre, faisant de grands gestes comme une naufragée qui s'escrimerait pour attirer l'attention d'un lointain navire.

Trouant l'obscurité, des lampes torches s'agitaient, mais ne semblaient pas progresser dans leur direction. La dame cessa ses moulinets et à bout de nerfs lâcha :

— Bon Dieu ! Mais qu'est-ce qu'ils foutent ! Ne me dites pas qu'ils ne nous voient pas ?

Un homme surenchérit :

— Il y a peut-être un problème sur la voie, mais je ne comprends pas pourquoi ils restent plantés là-bas.

La dame saisit son téléphone portable et le déverrouilla.

— On ne peut pas rester comme ça, j'appelle les pompiers !

Quand le central des sapeurs-pompiers de Paris décrocha, les voyageurs les plus proches tendirent l'oreille pour écouter cette conversation, dans l'espoir que celle-ci soit porteuse de bonnes nouvelles.

— Je suis désolé, madame, mais nous ne pouvons intervenir directement sur site. Les services de la RATP sont en train de mettre en place un plan d'évacuation d'urgence. Nous sommes en relation avec eux…

La dame, dont les joues étaient devenues écarlates

plus par colère qu'à cause de la température ambiante, ne le laissa pas terminer sa phrase.

— Monsieur, ça fait plus d'une heure que nous sommes coincés dans des rames bondées, il fait une chaleur à crever ! Un message nous répète sans cesse qu'ils vont nous donner plus d'informations, mais rien ne bouge ! On voit des personnes sur les voies, mais elles ne viennent pas nous chercher. Il y a des enfants et des personnes âgées ici ! Nous n'avons même pas d'eau, certains sont à deux doigts de faire un malaise.

Le pompier profita du fait que la dame reprenait son souffle pour répondre.

— Je comprends, madame, mais essayez de garder votre calme, nous allons contacter à nouveau le centre opérationnel de la RATP pour voir de quelle manière nous pouvons leur apporter notre soutien.

Soudain un bruit sourd se fit entendre. Une femme venait de se jeter contre les portes de la rame en hurlant et en tambourinant de toutes ses forces sur les vitres.

— Je suis claustrophobe, il faut que je sorte ! Laissez-moi sortir, je vous en prie…

Sa phrase se termina dans un sanglot saccadé. Maxime fut le premier auprès d'elle. La dame au téléphone avait abandonné sa conversation stérile pour venir l'aider. Ils parvinrent à la calmer et au bout de quelques secondes réussirent à la convaincre de s'allonger. La jeune femme respirait bruyamment, à grandes goulées, mais ne semblait jamais inspirer assez d'oxygène pour reprendre son souffle. Maxime se retourna et demanda à la cantonade :

— Cette femme a besoin d'un médecin ! Est-ce que l'un d'entre vous est médecin ?

Recroquevillée à terre, la jeune femme tremblait, de grosses larmes inondaient ses joues. Des cheveux blonds barraient un visage devenu écarlate.

Un homme d'une trentaine d'années s'approcha, petites lunettes rondes, yeux bleus et barbe de trois jours. Il s'accroupit à côté de Maxime.

— Je m'appelle David, je ne suis pas médecin, je suis infirmier, mais comme il ne semble y avoir aucun médecin parmi nous…

— Merci, David, moi c'est Maxime, cette femme a hurlé qu'elle était claustrophobe et s'est jetée sur la porte.

— Oui, j'ai vu ça, elle est en pleine attaque de panique.

En même temps qu'il parlait, David prenait les constantes de la jeune femme.

— Mademoiselle ? Mademoiselle, vous m'entendez ?

La jeune femme hocha la tête, sa respiration était toujours aussi bruyante, elle agrippait la main de Maxime de toutes ses forces.

— Comment vous appelez-vous ?

— Léa, répondit-elle d'une voix sifflante.

David releva les yeux vers Maxime et dit à voix basse :

— Il faut trouver de l'eau, elle est complètement déshydratée.

— Je vais voir ce que je peux faire.

Avec délicatesse, Maxime réussit à faire lâcher prise à Léa qui se raccrocha immédiatement au bras de David, comme une enfant qui, ne sachant pas nager, s'agrippe de toutes ses forces au bord de la piscine pour ne pas sombrer. Maxime se releva et remonta vers le fond de la rame, expliquant à chaque groupe qu'il croisait qu'une personne était en train de faire un malaise et qu'elle avait besoin d'eau. Malheureusement, la chaleur étouffante avait eu raison des dernières réserves.

Célia vint à sa rencontre.

— Que se passe-t-il ? J'ai entendu hurler.

— Une femme claustrophobe est en pleine crise de panique, il lui faut de l'eau, mais *a priori*, il n'y en a plus une goutte nulle part.

— Claustrophobe, tu dis ?

— Oui pourquoi ?

— Il y a peut-être un truc qui peut marcher.

Célia et Maxime retournèrent auprès de Léa et David. Célia s'agenouilla à côté de la jeune femme en détresse, récupéra son portable, y connecta ses écouteurs et les positionna dans les oreilles de Léa. Elle fit ensuite défiler les morceaux de sa playlist et sélectionna le répertoire « Chopin » puis, du bout du doigt, effleura l'icône en forme de triangle noir pour faire éclore les premières notes de musique dans la tête de Léa.

— Je travaille avec du classique, ça aide à la concentration et à la relaxation. Espérons que cela lui fasse du bien.

Le jeune infirmier approuva d'un signe de tête, puis se pencha vers Léa.

— Fermez les yeux et concentrez-vous sur la musique, respirez doucement… Voilà comme ça, c'est parfait, continuez.

Le malaise de Léa agit comme un catalyseur, un électrochoc. Les passagers réalisèrent alors qu'il fallait arrêter d'attendre d'hypothétiques secours, qu'ils ne pouvaient compter que sur eux-mêmes s'ils voulaient sortir de cet enfer au plus vite avant que d'autres personnes ne viennent à se trouver mal. Un homme d'une vingtaine d'années se leva d'un bond, fonça vers les portes et glissa les doigts entre les joints en caoutchouc noirs. Plantant ses deux pieds au sol, il tenta d'en forcer l'ouverture. Immédiatement un grand Black, aussi imposant qu'une armoire normande, se mit à tirer à son tour sur l'autre porte. Les forces conjuguées des deux hommes les firent céder et elles s'ouvrirent sur un tunnel obscur parcouru de tuyaux et de gaines aux dimensions diverses. Maxime eut la désagréable sensation d'observer le réseau de veines et d'artères d'un monstre chtonien qui aurait avalé la rame entière.

La voix dans les haut-parleurs le tira de ses sombres pensées. Cette fois le message n'était plus le même, le ton était devenu autoritaire.

— Votre attention, s'il vous plaît. Nous nous efforçons de venir vous secourir. Je vous demande de ne pas sortir ! Des personnes vont venir vous aider pour faire évacuer ce train. Je répète : des personnes vont venir vous aider pour évacuer ce train. Surtout, ne touchez pas aux portes palières ! Des personnes vont venir. Merci.

L'amibe venait d'être frappée par un éclair de lucidité ; la situation dégénérait et rien dans les sacrosaintes procédures ne lui indiquait quoi faire en cas de mutinerie ferroviaire. Il faudrait qu'il en réfère à son supérieur lors de sa prochaine réunion annuelle.

En moins de cinq minutes, toutes les portes avaient été forcées et l'évacuation s'organisait.

Le grand Black avait sauté sur les voies, suivi d'un homme en chemise bleue. Ce dernier avait pris la direction des opérations tandis que l'armoire à glace, avec une poigne d'acier et un sourire rassurant, aidait les naufragés du rail à quitter les wagons.

— Les femmes et les enfants d'abord, s'il vous plaît.

Des groupes se formaient dans le calme ; personnes âgées ou en grande détresse, enfants accompagnés par un parent s'avançaient et descendaient un par un, sous les vociférations des haut-parleurs qui les exhortaient à ne pas quitter la rame.

David et Célia aidèrent Léa à se relever et à s'approcher de la sortie. Tremblante, les yeux fermés, elle se concentrait sur les notes légères de piano diffusées dans le creux de ses oreilles. Soutenue par les deux hommes sur les voies, elle réussit à descendre du wagon, suivie par David. Avant que Célia ne les rejoigne, Maxime se pencha pour l'embrasser.

— On se retrouve sur le quai.

— Oui, sois prudent, à tout à l'heure.

À son tour, Célia descendit et disparut dans le tunnel, comme happée par les ténèbres.

La rame se vida progressivement. Au bout d'une demi-heure, il ne restait plus qu'une dizaine de voyageurs aux traits tirés, accablés par la chaleur, mais soulagés de savoir que ce n'était plus qu'une question de secondes avant qu'eux aussi ne puissent évacuer.

Maxime s'immisça dans l'interminable file formée par les rescapés qui éclairaient leurs pas à l'aide de leur téléphone portable. Les halos de lumière crue projetés par les smartphones fardaient les visages d'une blancheur spectrale. La longue procession progressait avec la plus grande prudence vers les quais de la station Bastille quand soudain une explosion retentit dans le tunnel. Par instinct, les gens s'accroupirent, bras au-dessus de la tête. Un vent d'effroi souffla sur la foule, faisant vaciller le calme et la discipline qui régnaient jusqu'alors. En deux secondes, un chaos indescriptible embrasa le souterrain. Les gens se relevèrent et se mirent à courir, bousculant ceux qui n'avançaient pas assez vite. Certains trébuchaient sur les voies en tentant de fuir pendant que d'autres essayaient vainement d'appeler au calme. Une peur froide pétrifia Maxime : où était Célia ? Avait-elle déjà atteint les quais ? Sans réfléchir plus longtemps, Maxime se mit lui aussi à courir, cherchant la silhouette de Célia parmi une foule en panique.

4

Assis par terre, dans son coin habituel, Jo avait été réveillé en sursaut par des cris. Une vilaine migraine lui vrillait les tympans et il avait la bouche aussi pâteuse que s'il avait bouffé du plâtre. Avant de s'intéresser au tumulte environnant, il ramassa sa casquette qui traînait devant lui et fourra dans sa poche les quelques piécettes qu'il avait réussi à glaner. À peine de quoi se payer un verre. En grimaçant, il se hissa sur ses vieilles guibolles pour observer la scène. Il ne se rappelait pas avoir déjà vu un truc pareil. Même si l'alcool et la rue avaient rongé une bonne partie de ses neurones, il cherchait à se souvenir, mais non, il n'avait jamais vu un tel bordel. Ce dont il était certain, c'est qu'aucun métro n'avait pointé le bout de son nez depuis un sacré moment. Avec le boucan que faisaient les rames en arrivant, il n'aurait pas pu pioncer aussi longtemps. Il jeta un coup d'œil à sa montre, une breloque fabriquée en Chine qu'un camarade de galère lui avait refilée contre quelques clopes : 21 h 17. Il avait roupillé plus d'une heure. En se massant les tempes, Jo fit un effort pour essayer de comprendre ce qui se déroulait sous ses yeux chassieux ; un tas de gus arrivaient en courant sur les voies et prenaient les quais d'assaut. Ils avaient tous des tronches de déterrés. Les gars de la RATP semblaient complètement dépassés ; trois d'entre eux gueulaient des indications dont tout le monde se foutait pendant que d'autres essayaient de repêcher par les portes palières ceux qui n'arrivaient pas à monter sur le quai. Ça courait, ça hurlait, ça s'inquiétait, ça téléphonait ! Jo en vint à la conclusion que, peu importe la raison, tout ça faisait beaucoup trop de bruit. Voilà qu'en plus les pompiers débarquaient. Jo n'avait rien contre les uniformes, mais il avait pour principe de s'en tenir éloigné, c'était comme ça. Il réajusta alors sa casquette et se mêla à la foule pour rejoindre la sortie en subtilisant au passage une des bouteilles d'eau destinées aux rescapés.

Le souffle court, Maxime déboucha à l'air libre, troquant la chaleur suffocante des tunnels contre la moiteur d'un ciel d'orage. Pendant qu'ils étaient coincés sous terre, les nuages blancs moutonneux de la fin d'après-midi avaient cédé leur place à de gros cumulonimbus menaçants. La station Bastille est une des rares stations aériennes de Paris, bulle de lumière naturelle dans un univers de souterrains où le néon est roi, mais Maxime n'y prêta pas attention.

Une fois sur le quai, il scanna la foule du regard dans l'espoir d'y repérer Célia. Tee-shirt noir, pantalon beige en lin et baskets blanches. Ce look passe-partout ne l'aidait pas dans sa tâche. Continuant à scruter la nuée qui le bousculait, il déverrouilla son téléphone portable et sélectionna le numéro de Célia dans la liste de ses favoris qui ne comprenait que deux personnes : Yann, son indéfectible ami, et Célia. La sonnerie retentit trois fois, puis bascula sur le répondeur. Maxime laissa un message.

De nouvelles vagues de naufragés déferlèrent sur les quais, submergeant un peu plus le maigre dispositif de secours mis en place. Le personnel de la RATP distribuait des bouteilles d'eau qui se vidaient en un clin d'œil et se retrouvaient à terre, piétinées par une foule toujours plus nombreuse, pressée de gagner au plus vite la sortie. Combien pouvaient-ils être encore là-dessous ? Se pouvait-il que Célia y soit encore coincée ? Était-il possible que dans son empressement il ne l'ait pas vue ? Célia était descendue de la rame avec Léa et David. En toute logique ils auraient dû rester ensemble, mais peut-être qu'au moment de l'explosion ils avaient été séparés. En pleine réflexion, Maxime posa les yeux sur une employée qui se trouvait à proximité de lui et renseignait en anglais un groupe de touristes perdus. Une idée lui traversa alors l'esprit. Il y avait peut-être une chance que quelqu'un les ait vus passer. Il récupéra son smartphone et y chercha une photo. Celle qu'ils avaient prise dans les jardins du Luxembourg ferait l'affaire. Il zooma sur le visage de Célia afin qu'il s'affiche plein cadre et s'approcha de la jeune femme engoncée dans son uniforme.

— Excusez-moi, est-ce que vous avez vu passer cette personne ? Elle était sûrement accompagnée d'un homme de taille moyenne, barbe de trois jours, lunettes et cheveux bruns, et d'une femme blonde qui n'était pas en grande forme.

— Désolée, mais ça ne me dit rien. Demandez à mes collègues, ils les ont peut-être vus.

Sans y croire, Maxime tenta sa chance auprès d'un autre collègue qui essayait vainement de rassurer une vieille dame, mais il obtint la même réponse.

Les annonces faites au micro se perdaient dans l'étourdissant brouhaha ambiant. Des groupes de personnes se formaient à proximité des portes palières, cherchant parmi ceux qui montaient sur le quai les proches qu'ils n'avaient pas encore retrouvés. Les réserves de bouteilles d'eau se tarirent, ce qui donna lieu à des échanges musclés entre des voyageurs à bout et des employés désemparés, bien incapables de leur prodiguer le moindre réconfort. Une jeune femme en pleurs sauta au cou de son homme qu'elle venait enfin de retrouver.

Maxime tenta de nouveau d'appeler Célia, mais une fois de plus, il tomba sur le répondeur. Son téléphone n'avait peut-être plus de batterie, ou alors elle ne l'entendait pas. Au fur et à mesure que le nombre de conjectures grandissait, l'étreinte glaciale d'un mauvais pressentiment s'accentuait. Maxime décida d'appeler Yann, son ami et colocataire, de passage sur Paris pour quelques jours.

— Salut, Célia est avec toi ?

— Non, pourquoi veux-tu qu'elle soit ici ? Je croyais que vous étiez au théâtre, il y a un problème ?

— Oui, on peut dire ça, on s'est retrouvés coincés deux heures dans le métro et j'ai perdu Célia de vue.

— Sérieux ? Vous étiez sur la ligne 1 ?

Maxime observa l'agitation qui régnait autour de lui.

— Oui, on a eu ce plaisir.

— Je suis ça aux infos, c'est dingue, ils parlent de trois mille personnes bloquées.

— Je te le confirme, c'est dingue. Si Célia arrive, tu peux lui dire de me rappeler, s'il te plaît ?

— Bien sûr, compte sur moi.

Au moment où Maxime raccrocha, un groupe de pompiers se frayait un passage à contresens de la foule pour aller secourir les derniers voyageurs se trouvant encore dans les tunnels ou dans les rames.

La photo de Célia affichée sur l'écran de son téléphone, Maxime alla à leur rencontre et apostropha l'un d'entre eux. En quelques mots, il expliqua la situation. Le pompier, menton carré et regard volontaire, jeta un œil sur la photo.

— OK, on va voir si on la trouve, mais ne restez pas là. Allez nous attendre à côté des deux camions garés à l'entrée.

Trente minutes plus tard, un groupe de pompiers réapparut. Parmi eux, Maxime aperçut celui à qui il avait parlé. Il se leva et alla à sa rencontre.

— Alors ?

Le sauveteur retira une des deux bretelles de son sac à dos et le fit basculer devant lui.

— Je suis désolé, monsieur, nous ne l'avons pas vue.

Il rangea son sac d'intervention à l'arrière du camion, puis se retourna vers Maxime.

— Il ne reste plus personne ni sur les voies ni dans les rames. Votre amie n'est plus ici. Avec le monde qu'il y avait, à tous les coups vous vous êtes loupés.

— Oui, c'est possible.

L'explication ne satisfaisait nullement Maxime. Il s'écarta pour laisser passer un brancard sur lequel était sanglé un vieillard au teint pâle. D'un même geste coordonné, les pompiers le hissèrent à bord. Les deux portes arrière claquèrent et le camion démarra sirène hurlante, laissant Maxime seul en proie à ses pensées. Ce soir, les eaux noires du canal Saint-Martin lui semblaient bien lugubres.

5

Poussés par une légère brise venant de l'ouest, de lourds nuages noirs s'accumulaient sur les toits de Paris. Sans laisser place au crépuscule, la nuit enveloppa la capitale de son voile de ténèbres. Assis sur une des chaises de son balcon, Yann tirait sur sa clope en parcourant d'un œil distrait le fil d'actualité de son compte Twitter. Le bout incandescent de la cigarette et le halo de l'écran éclairaient son visage d'une bulle de lumière pâle. Par la porte-fenêtre entrouverte, les voix atténuées des présentateurs d'une chaîne d'info lui parvenaient. Cela faisait presque deux heures que les mêmes vidéos tournaient en boucle, commentées *ad nauseam* par des journalistes en mal de sensationnel. On s'insurgeait, on s'inquiétait ; après l'incendie d'un transformateur électrique à la gare Montparnasse et les grèves chez Air France, voilà qu'un incident technique sur la ligne 1 bloquait plus de trois mille voyageurs dans des tunnels surchauffés. On parlait même d'explosion… La vétusté du matériel était-elle à mettre en cause ? La France serait-elle en passe de devenir un pays sous-développé en matière de transport ? Les paroles diffusées par la télévision s'égaraient dans les nombreuses pièces de l'appartement sans qu'une oreille attentive en saisisse la substance.

Au décès de son mari, Gwen Morvan avait cédé le logement familial à leur fils unique Yann, puis était retournée s'installer dans sa région natale, à Guidel, un petit village au nord de Lorient. Yann s'était alors retrouvé propriétaire d'un vaste appartement, bien trop grand pour un célibataire baroudeur comme lui. N'ayant jamais pu se résoudre à vendre ce lieu chargé de souvenirs, il avait décidé de garder ce pied-à-terre comme un refuge entre deux voyages. Yann sillonnait la planète et fixait sous l'objectif de son appareil photo les stigmates laissés par l'homme sur son environnement. Déforestation, désertification, fonte des glaces peuplaient ses reportages. La grande majorité du temps l'appartement était vide. Quand Lise, la femme de Maxime, était décédée fin 2014 et que celui-ci était au plus mal, Yann avait proposé à son ami de venir emménager chez lui. Maxime n'avait pas hésité longtemps avant de tout plaquer et d'accepter cette main tendue.

Les deux hommes se connaissaient depuis l'enfance, aux heures où des amitiés sincères se tissent pour la vie. La famille Morvan descendait chaque été à Saint-Mathieu-de-Tréviers un village de l'Hérault niché au pied du pic Saint-Loup d'où le père de Yann était originaire. Ils louaient la maison mitoyenne à celle des parents de Maxime. Par l'intermédiaire des garçons, les familles avaient rapidement sympathisé. Au fil des années, malgré la distance, le lien qui unissait les deux amis perdurait. Lorsque après son bac, Maxime avait été admis à l'EPITA Paris, une école d'ingénieurs réputée, il avait même logé plusieurs mois chez les parents de Yann, le temps qu'il réussisse à obtenir un logement. Les Morvan étaient alors devenus une seconde famille et Yann un frère.

Le claquement de la porte d'entrée extirpa Yann de la léthargie dans laquelle l'avaient plongé ses errances numériques. En plissant les yeux, il tira une dernière bouffée sur son mégot avant de l'écraser dans le cendrier posé sur le rebord de la fenêtre. Il glissa son téléphone portable dans la poche arrière de son jean et rentra dans l'appartement. Yann connaissait Maxime par cœur, et ce soir, il avait la tête des mauvais jours.

— Alors ? Tu as eu des nouvelles de Célia ?

— Aucune.

En se dirigeant vers la cuisine pour se désaltérer, Maxime expliqua comment Célia et lui avaient été séparés. L'inquiétude se lisait dans ses yeux. Ils n'étaient ensemble que depuis six mois, mais Yann avait observé que cette relation naissante avait réussi à panser des blessures que le temps peinait à cicatriser. Le fait que Célia disparaisse ainsi, même si pour l'instant cela n'était pas encore avéré, montrait combien Maxime était encore fragile.

Les fesses appuyées contre le plan de travail, Yann écoutait son ami sans l'interrompre.

— J'ai essayé de l'appeler je ne sais pas combien de fois, mais à chaque fois ça sonne, puis ça bascule sur le répondeur. Si son portable n'avait plus de batterie, je tomberais directement sur le répondeur.

— Elle l'a peut-être perdu tout simplement.

Maxime acquiesça en soupirant.

— C'est une possibilité, en effet.

— Tu aurais dû installer l'application *Where is my love?*, dit Yann en se dirigeant vers le frigo.

Maxime fronça les sourcils, il n'en avait jamais entendu parler. Yann enchaîna :

— Tu as bel et bien décroché toi, il y a quelques années, c'est toi qui m'en aurais parlé. Bref, c'est une application qui fait couler beaucoup d'encre en ce moment : géolocalisez l'être aimé. Tout un programme, non ? Tu l'installes sur ton téléphone et sur celui de ta compagne et tu sais instantanément où elle se trouve.

Même si Maxime désapprouvait ce genre de pratique, il devait bien reconnaître que là, tout de suite, il aurait donné cher pour savoir où Célia se trouvait.

Yann récupéra deux bières dans le bac à légumes.

— Tu en veux une ?

— Non, je te remercie.

Machinalement, Maxime tenta une énième fois d'appeler Célia. Au bout de la troisième sonnerie, il s'apprêtait à raccrocher quand il entendit une voix au bout du fil. Il suspendit alors son geste et colla à nouveau le téléphone à son oreille.

— Célia ?

— Non, c'est Léa. Maxime, c'est ça ?

— Oui, Célia est avec vous ?

Sa réponse précipitée trahissait une inquiétude que son interlocutrice détecta aussitôt.

— Non, nous avons été séparées dans les tunnels et je n'ai pas pu la retrouver pour lui rendre son téléphone. Je suis encore à l'hôpital, je n'ai pas pu vous rappeler plus tôt.

Un silence pesant s'installa dans la conversation.

— Maxime ? Vous êtes là ?

— Oui, pardon. Vous disiez que vous avez perdu de vue Célia dans les tunnels, vous souvenez-vous à quel endroit ?

— Je suis désolée, mais je suis bien incapable de vous dire où exactement, il faisait sombre et je n'étais pas dans mon état normal. David, l'infirmier qui me suivait, m'a expliqué que lorsqu'il s'est relevé après l'explosion, il a jeté un coup d'œil en direction des rames pour essayer de voir ce qu'il se passait. À ce moment-là, Célia n'était plus derrière nous. Puis tout s'est enchaîné, les gens se sont mis à crier et à courir vers la sortie. Lorsque nous sommes parvenus à monter sur les quais, nous l'avons cherchée, mais nous ne l'avons pas revue.

Disparue. Durant une fraction de seconde, le mot flotta dans l'esprit de Maxime, sinistre, insaisissable, puis s'évapora tel un nuage de suie lorsque le son de la voix de Léa finit par percer le cocon ouaté qui l'étreignait.

— Donc pouvez-vous m'indiquer l'adresse à laquelle je peux vous rapporter le téléphone ?

Les yeux fermés, le pouce et l'index pincés sur l'arête du nez, Maxime lui dicta son adresse et raccrocha.

La bouteille de bière pendait fermée au bout du bras de Yann qui venait de comprendre que Célia n'était plus en possession de son téléphone. Durant trois secondes, Maxime resta sans réaction, puis se dirigea d'un pas décidé dans le hall et fouilla dans le vide-poche qui se trouvait sur la commode pour dénicher les clés du cadenas de son vélo.

— Je vais voir chez Célia.

Le claquement de la porte d'entrée résonna à nouveau dans l'appartement.

6

Mardi 31 juillet, 22 heures, rue des Rosiers.

Même si Célia lui avait donné un jeu de clés deux mois auparavant, Maxime préféra s'annoncer avant d'entrer. Il frappa trois coups sonores et tendit l'oreille en espérant entendre bouger et que la porte s'ouvre sur le sourire de Célia. Tout rentrerait alors dans l'ordre. Mais les secondes s'égrenèrent, implacables, transformant l'espoir en déception froide. Maxime prit la décision d'entrer. Il glissa la clé dans la serrure et pénétra dans l'appartement.

— Célia ?

Seul le silence répondit à son appel, lui donnant la désagréable impression de s'être introduit ici sans y être le bienvenu. Maxime fit le tour du deux pièces ; personne. Si Célia y était repassée, elle aurait peut-être laissé un mot à son attention, mais il ne trouva rien ; ni sur le bar, ni sur la table du salon, rien non plus sur le frigo. Aucun signe n'indiquait qu'elle soit revenue chez elle, puis ressortie ensuite. La sérénité des lieux contrastait avec la tempête qui régnait dans son crâne. Il fallait se calmer, faire le point. Célia avait quitté la rame juste derrière David. Environ quinze minutes plus tard, il descendait à son tour sur les voies. D'après ce qu'avait indiqué Léa, au moment de l'explosion, David s'était rendu compte que Célia n'était plus derrière eux. Peut-être qu'elle avait eu peur pour lui et était retournée vers les rames pour partir à sa recherche. Il faisait sombre, il était tout à fait possible que Léa et David ne s'en soient pas aperçus. Possible aussi, que cherchant parmi la foule qui se dirigeait vers la sortie, il ne l'ait pas vue non plus remonter à contresens. Mais si c'était le cas, au bout d'un moment, ne le trouvant pas, elle aurait dû faire demi-tour pour rejoindre les quais comme tout le monde. De plus, le pompier avec qui il avait échangé lui avait assuré qu'il ne restait personne, ni dans les rames ni dans les tunnels. C'était incompréhensible. Refoulant une vague d'angoisse en inspirant profondément, Maxime tentait de se persuader qu'il y avait forcément une explication logique, mais que pour l'instant elle lui échappait encore. D'un regard circulaire, il balaya la pièce une dernière fois afin d'être certain qu'aucun détail ne lui ait échappé, puis, troublé, il quitta l'appartement en verrouillant derrière lui.

Au moment où Maxime s'engageait dans la cage d'escalier, une petite voix aigrelette se fit entendre dans son dos.

— Excusez-moi…

Surpris, Maxime sursauta avant de se retourner.

— Pardon, je ne voulais pas vous faire peur.

Une vieille dame aux cheveux blancs se tenait dans l'entrebâillement de sa porte en robe de chambre, un gros chat roux dans les bras. L'animal toisait l'intrus d'un œil torve. Sans ne l'avoir jamais rencontrée, Maxime savait à qui il avait affaire : Mme Lehman.

Célia lui avait dépeint le portrait de sa voisine de palier : attentionnée, toujours prête à rendre service et aussi généreuse que curieuse. Quand Célia avait emménagé, Mme Lehman l'avait rapidement prise sous son aile. Les deux femmes se rendaient service de temps en temps et veillaient l'une sur l'autre.

— Vous êtes Maxime, n'est-ce pas ?

— Et vous, madame Lehman, si je ne me trompe pas.

Un sourire illumina son visage. Le fait que Célia ait pu parler d'elle semblait la toucher.

— C'est tout à fait exact.

Son visage changea soudain d'expression et se fit plus grave, elle se pencha vers Maxime et reprit un ton plus bas :

— Je vous ai entendu frapper à la porte de Célia tout à l'heure et l'appeler, il y a un problème ?

En essayant de ne rien laisser transparaître des craintes qui lui tenaillaient l'estomac, Maxime raconta les évènements de la soirée. Stupéfaite, Mme Lehman porta les mains à sa bouche, lâchant du même coup son matou qui tomba lourdement au sol et se faufila à l'intérieur de l'appartement dans un miaulement désapprobateur.

— Jc vais vous laisser mon numéro de téléphone, si elle revient chez elle, pouvez-vous lui dire de me contacter, s'il vous plaît ?

— Évidemment ! Je vais vous donner le mien aussi.

Mme Lehman invita Maxime à rentrer le temps qu'elle récupère de quoi noter. Tout en échangeant leurs numéros, la vieille dame lui fit promettre de la tenir informée si Célia réapparaissait.

Dehors, la brise avait cessé, rendant la moiteur insupportable. Des éclairs émaillaient la chape de plomb qui pesait sur les toits de Paris.

L'orage menaçait.

À la lueur d'un lampadaire, Maxime fouillait dans son porte-clés pour récupérer la clé de son cadenas quand son téléphone portable vibra au fond de sa poche. Yann.

— Max, je crois que je viens de voir Célia.

7

L'imprimante laser cracha une feuille de papier, puis son souffle diminua jusqu'à s'évanouir, replongeant le laboratoire dans un silence quasi monacal. Le témoin lumineux situé sur le capot de la machine repassa au vert indiquant qu'elle était prête à recevoir de nouvelles instructions. Au fond de la salle, entre les paillasses chargées de matériel de pointe, la lumière de l'écran de Dimitri se reflétait sur ses lunettes. Dans une des fenêtres ouvertes, une liste interminable de fichiers défilait. Le cliquetis nerveux des touches de son clavier se perdait dans l'immensité d'un étage désert. Lorsque le défilement s'arrêta, un message s'afficha : « Confirmez-vous la suppression ? » Après deux secondes d'hésitation, il confirma, puis verrouilla sa session en pressant une combinaison de touches. Des nuages multicolores se mirent à danser sur un fond noir dans une succession d'arabesques complexes.

Debout devant l'imprimante, Dimitri eut envie de déchirer la feuille de papier et de s'en tenir au plan d'origine, même si, au fond de lui, il savait que son choix se résumait entre la peste et le choléra. Il se résigna à prendre la feuille encore chaude et la glissa dans une enveloppe format A4 sur laquelle était noté dans un coin « G10 » au feutre noir. La suite était simple :

monter au vingtième étage et déposer l'enveloppe dans l'armoire blindée dont le code lui était parvenu par texto deux heures auparavant.

Dans l'ascenseur, Dimitri marqua un temps d'arrêt devant la cascade de boutons dégringolant du trentième étage jusqu'au quatrième sous-sol. À l'exception du rez-de-chaussée et des trois premiers étages de la tour, l'accès aux autres niveaux nécessitait l'utilisation d'un badge magnétique nominatif, dont les permissions déterminaient à quelles parties du bâtiment le porteur pouvait se rendre. Son poste de chargé de mission ne l'autorisait pas à monter au-delà du douzième étage, alors, lorsqu'il plaqua son badge contre le capteur et appuya sur le bouton 20, Dimitri fut surpris de voir celui-ci s'auréoler d'un anneau lumineux de couleur verte indiquant que l'accès lui était autorisé. Ses permissions avaient bien été modifiées, il ne pouvait plus reculer.

Au vingtième étage, la décoration indiquait sans ambiguïté que l'on avait changé de caste. Moquette anthracite au sol, placage de bois aux murs, parois de verre délimitant des salles de réunion spacieuses aux fauteuils confortables, le tout agrémenté, çà et là, de magnifiques plantes vertes, rappelant les engagements bioresponsables de l'entreprise. Bien placé pour savoir que tout cela n'était que foutaise, Dimitri se dirigea vers le couloir lui faisant face sans prêter attention aux caméras qui l'observaient.

Une silhouette fit son apparition dans l'angle d'un des moniteurs qui couvraient le mur de la salle de contrôle. Elle progressa sans se retourner jusqu'au fond d'un couloir, tourna à droite, disparut du cadre et réapparut sur l'écran d'à côté avant de s'immobiliser devant la porte d'un bureau. Pas n'importe quel bureau. Faisant couiner les roulettes de son fauteuil sous son quintal, le vigile se pencha vers le mur d'écrans et plissa les yeux pour noter les numéros des caméras qui avaient repéré l'intrus, ainsi que l'heure qui s'affichait au bas des moniteurs : 22 h 03. Conformément aux instructions, il fallait maintenant attendre que l'individu ressorte et suive le chemin en sens inverse pour effacer toute trace de son passage sans oublier l'enregistrement de la caméra de l'ascenseur.

Depuis le bureau, la vue sur Paris était à couper le souffle et la pénombre des lieux rendait le spectacle encore plus grandiose. Sans chercher à éclairer, Dimitri s'approcha des baies vitrées pour contempler les lumières de la capitale qui s'étalaient sous ses pieds. Une main collée au verre, il se prit à rêver qu'un jour peut-être, il pourrait revenir dans cette ville et la visiter avec sa femme et son fils sans avoir à craindre pour leur vie. Un éclair lézarda le ciel, déchirant au passage le voile de l'illusion et imposant à nouveau les contours acérés d'une réalité aussi froide que l'acier. Une boule au creux de l'estomac, il retourna près de la porte, chercha à tâtons un interrupteur, puis se dirigea vers la seule armoire blindée du bureau.

Une fois le dernier chiffre du code saisi, la diode rouge au-dessus du pavé numérique passa au vert et un claquement métallique se fit entendre. Comme on le lui avait demandé, Dimitri glissa l'enveloppe sur l'étagère la plus haute, sous une pile de documents déjà présents, et referma la porte blindée qui se verrouilla automatiquement. Les dés étaient jetés, il venait de remettre son sort et celui de sa famille entre les mains d'un homme qui avait su se montrer convaincant, mais qu'il ne connaissait pas. Dans une prière silencieuse, Dimitri implora un dieu qui lui avait si souvent tourné le dos. Il fallait que ça marche.

S'apprêtant à quitter le bureau, son regard accrocha les deux cadres photo suspendus sur le mur opposé. Sur l'un, les eaux calmes d'un étang reflétaient la lumière mordorée d'un soleil couchant. En arrière-plan, les contours d'une cabane de pêcheur se découpaient sur le ciel ambré et l'on devinait un ponton auquel était amarrée une barque. Au premier plan, des joncs s'invitaient sur le cliché renforçant l'impression de perspective. Même si cette photo avait pu être prise par un professionnel tant la lumière et le cadrage étaient parfaits, Dimitri l'aurait à peine remarquée si elle ne se trouvait pas à côté de l'autre. Sur le second cliché, la vieille baraque et son ponton avaient été pris de plus près et, la première fois qu'il était venu dans ce bureau et avait posé les yeux sur cette photo, une foule de détails étrangement familiers lui avait sauté au visage ; le vieux tuyau de poêle tordu en guise de cheminée, les persiennes cassées sur un volet, le bidon rouillé que l'on apercevait dans les herbes hautes… Dimitri se souvenait de la conversation qu'il avait eue ce jour-là lorsqu'il avait voulu en savoir un peu plus sur cet endroit. Bien que son interlocuteur soit resté évasif sur le lieu exact, il avait tout de même expliqué qu'il avait fait l'acquisition de cet étang se situant à environ une heure au nord de Paris et qu'il aimait par-dessus tout la tranquillité qui régnait dans ce coin de nature. Réajustant ses lunettes, Dimitri se rapprocha des clichés. Se pouvait-il que ce soit le même étang ? Des souvenirs anciens de jours heureux et insouciants envahirent sa mémoire. Les seules vacances passées en tête à tête avec son père qui avait réussi à l'emmener toute une semaine en France. Passionné de pêche, il lui avait transmis le virus dès son plus jeune âge et l'étang dans lequel ils avaient pêché lors de ces improbables vacances lui rappelait celui de cette photo. Quant à la maisonnette dans laquelle ils avaient logé – campé était le terme exact –, elle ressemblait en tout point à celle qu'il avait sous les yeux.

À l'époque, il n'avait pas compris comment ce séjour avait été possible, ne serait-ce que financièrement. Leur famille n'avait jamais roulé sur l'or, puis il y avait l'usine et les jours de congé distribués au compte-gouttes. Prendre toute une semaine d'affilée était juste inimaginable. Gamin, il ne s'était pas posé toutes ces questions, il avait seulement trouvé ça étrange, sans plus, et puis ce n'était pas le genre de sujet qu'il se voyait aborder avec son père. S'il avait su alors quel odieux marché était à l'origine de ces quelques journées de bonheur et quelles conséquences cela aurait sur sa vie future, il aurait préféré se casser une jambe et passer l'été entier claquemuré dans le réduit sordide qui lui servait de chambre. Mais son père avait toujours eu pour seule ambition que son fils ait une chance de réussir, qu'il se sorte de l'ornière dans laquelle sa famille s'était enlisée depuis des générations. Il avait donc vendu son âme au diable contre la promesse d'un avenir meilleur pour son fils, sans se douter que ce genre de pacte se transmettait en héritage.

Se laissant flotter dans les limbes d'un passé qui semblait si lointain, Dimitri passa un doigt sur le bord du cadre dans un geste empreint de nostalgie.

8

En déboulant sur le palier, Maxime renversa Romuald, le fils des voisins. Jean slim raccourci sur des bottines en cuir, chemise à carreaux, barbe et coupe de cheveux millimétrées ; le hipster partait en soirée et n'apprécia guère de se faire bousculer de la sorte par les quatre-vingts kilos d'un Maxime lancé à pleine vitesse. Le claquement de porte couvrit l'insulte que Romuald proféra et qu'il fut le seul à entendre.

Dans le salon, Yann était assis sur le canapé. Posé sur la table basse, son ordinateur portable lui faisait face. La télévision, dont on avait coupé le son, diffusait maintenant un reportage animalier. Maxime vint s'asseoir à côté de son ami.

— Alors ? Tu l'as vue où ?

— Comme je te l'ai dit, je ne suis pas certain que ce soit Célia. La personne que l'on voit est de dos et il fait sombre. Attends une seconde que je te retrouve la vidéo.

Yann sélectionna un onglet parmi la quinzaine ouverte dans son navigateur internet. Twitter. Puis fit défiler un interminable fil d'actualité préfiltré avec une série de mots-clés. La plupart des messages contenaient soit une vidéo, soit une photo prise dans les tunnels de la ligne 1.

— Quand tu es parti chez Célia, je me suis dit que sur les dizaines de vidéos publiées sur les réseaux sociaux il y avait peut-être une infime chance que l'on aperçoive Célia et je crois que j'ai eu du nez.

D'un clic de souris, il stoppa le défilement, remonta un peu pour retrouver le message recherché et cliqua sur l'icône pour basculer la vidéo en mode plein écran.

— C'est sur celle-là, regarde.

Même si on n'en voyait que le dos, Maxime reconnut de suite la silhouette de Célia ; tee-shirt noir, pantalon beige, besace en bandoulière et cheveux regroupés en un chignon maintenu par un stylo à bille, ça ne pouvait être qu'elle. Afin de s'en assurer, il se rapprocha de l'écran à la recherche d'un détail qui le lui confirmerait. Sur la nuque, légèrement excentré sur la droite, il trouva ce qu'il cherchait ; un petit tatouage en forme de lune celtique qui n'était visible que lorsque Célia se coiffait de la sorte.

— C'est bien elle !

— C'est ce que je pensais, mais je n'en étais pas sûr. Maintenant regarde ce qu'il va se passer.

La barre de progression se trouvant sous la vidéo indiquait qu'il restait moins d'une minute avant la fin. Tout à coup un bruit puissant résonna dans le tunnel et immédiatement le cadrage devint erratique, on entendait des gens crier sans les distinguer, puis l'image se fixa sur le ballast et sur un morceau de rail filmé en gros plan. Le téléphone avait échappé à son propriétaire. La personne ramassa l'appareil pour en pointer l'objectif du côté où la déflagration avait retenti. En dehors des visages affolés se trouvant à proximité et de la longue procession de halos lumineux s'enfonçant au loin dans l'obscurité, il était impossible de discerner quoi que ce soit. Une seconde de flottement s'écoula avant que les premières personnes ne se mettent à courir vers la sortie. La caméra pivota alors pour revenir dans la direction d'origine et à la place de Célia, un vide séparait le vidéaste amateur d'un homme au regard interloqué, scrutant la pénombre. L'image tressauta puis le cadrage devint aléatoire, balançant de droite à gauche. Cédant à la panique, l'homme qui filmait s'était lui aussi mis à courir. La vidéo s'arrêta net sur un écran noir, certainement coupée lorsqu'elle avait été mise en ligne car le reste ne devait présenter que peu d'intérêt tant le film bougeait dans tous les sens.

— Tu peux revenir en arrière, juste avant que le type ne se mette à courir ?

À l'aide de la souris, Yann positionna le curseur un peu avant la scène et relança la vidéo.

— Stop !

Interloqué, Maxime reconnut le visage de l'homme qui regardait en arrière, cherchant à comprendre ce qui pouvait être à l'origine de l'explosion.

— Lui, c'est l'infirmier qui est descendu sur les voies juste avant Célia. C'est incroyable ! Elle n'a pas pu disparaître comme ça, sans que personne remarque rien.

Maxime se saisit de la souris et fit défiler la vidéo en marche arrière jusqu'à ce que le dos de Célia soit à nouveau visible.

— On peut passer la séquence au ralenti ?

— Oui bien sûr, pas de problème.

Maxime rendit la souris à Yann qui alla fureter dans les options de la vidéo pour régler le défilement sur le quart de la vitesse normale, puis cliqua sur *play*.

Les sons distordus du début de la détonation rebondirent de façon lugubre sur les murs de l'appartement. Un frisson d'appréhension parcourut l'échine de Maxime ; conscient que les prochaines secondes pouvaient révéler un indice crucial sur la disparition de Célia, il redoubla d'attention. Lors des premiers soubresauts de l'objectif, on pouvait encore apercevoir le dos de Célia. Lorsque ensuite le cadrage bascula vers les voies, l'image plongea alors rapidement vers ses jambes qui, d'un coup, semblèrent happées par le mur de droite. Maxime bondit du canapé en pressant la barre espace pour stopper la vidéo.

— Tu as vu ça ?

— Oui, j'ai vu. Attends, je reviens en arrière.

Les images passèrent et repassèrent devant les yeux stupéfaits des deux amis qui tentaient en vain de comprendre. Même en réglant la vitesse de lecture sur la plus faible cadence, la piètre qualité des images qui s'enchaînaient malgré tout bien trop vite ne permettait pas de donner un sens à ce qu'ils voyaient. Célia avait-elle trouvé un passage dans lequel s'abriter ? Si c'était le cas, pourquoi y serait-elle restée cachée aussi longtemps ? Se pouvait-il qu'elle s'y trouvât encore ? D'une main tremblante, Maxime interrompit la vidéo, laissant les deux hommes dans l'incompréhension la plus complète. Yann fut le premier à rompre le silence.

— Tu devrais appeler les flics, ce n'est pas normal tout ça.

Ne tenant plus en place, Maxime se leva et se mit à arpenter le salon de long en large.

— Ils vont me répéter ce que les pompiers m'ont dit ; si Célia était restée là-dessous, les agents de la RATP ou les secours l'auraient forcément vue, mais après ce que l'on vient de voir j'ai de plus en plus de mal à y croire. Non, je suis persuadé qu'il s'est passé quelque chose au moment de l'explosion et qu'elle est encore dans les tunnels. Il faut que j'aille voir.

— Et comment tu comptes t'y prendre ? Tu penses qu'ils vont te laisser entrer comme ça ?

— Non, évidemment…

Les yeux de Yann glissèrent sur le commentaire laissé par l'auteur de la vidéo, un certain BillyBoy75 : « *Piégés pendant deux heures dans les tunnels de la ligne 1.* »

— On pourrait contacter le gars qui a posté la vidéo. Il a peut-être vu quelque chose ? proposa Yann.

L'idée fit mouche. Maxime cessa son défilé et vint se rasseoir sur le canapé.

Pensif, Yann ajouta :

— Si le gars est un mordu des réseaux sociaux, il aura bien laissé traîner ses coordonnées quelque part.

Yann cliqua sur la photo de profil ; belle gueule, clin d'œil et sourire à faire pâlir d'envie une publicité pour dentifrice. Le jeune cadre dynamique dans toute sa splendeur, pas du genre à se sauver la queue entre les jambes. Comme quoi les apparences… Le beau gosse s'appelait Bastien Ricci et avait eu le bon goût de laisser un lien vers son compte Facebook. En quelques clics, Yann dénicha un numéro téléphone.

— Bien joué ! lança Maxime en saisissant le numéro sur l'écran tactile de son smartphone.

Trois sonneries plus tard : répondeur. Au culot, Maxime se fit passer pour un journaliste. Il laissa un message expliquant qu'il avait vu la vidéo sur Twitter et qu'il souhaitait en discuter. Il termina en laissant ses coordonnées et raccrocha. Yann le regardait en souriant.

— OK, ce n'est pas joli de mentir, mais tu avoueras que vu le profil du gars, il y a quand même plus de chance qu'il rappelle un journaliste plutôt qu'un sinistre inconnu.

— Tu marques un point.

À son tour, Yann se leva du canapé et se dirigea vers le balcon embarquant au passage son paquet de clopes et son briquet.

Le nuage de fumée que Yann expira s'éleva au-dessus de sa tête avant de se dissoudre dans la nuit. Au loin le tonnerre grondait. Au bout de dix minutes, Maxime vint le rejoindre et annonça d'une voix blanche :

— Je viens d'appeler les hôpitaux, il n'y a eu aucune entrée au nom de Célia Meyer.

Dépité, il s'accouda à la balustrade, les yeux fixés sur la façade de l'immeuble d'en face. Le bruit de la circulation de l'avenue en contrebas ne parvenait pas à percer la bulle dans laquelle sa réflexion l'avait plongé. Il fallait trouver un moyen de se rendre à l'endroit où Célia s'était volatilisée. Soudain, un souvenir lui traversa l'esprit. Maxime se retourna et s'adressa à Yann qui s'était assis sur une des chaises du balcon, les pieds calés sur la petite table en fer forgé.

— Tu te souviens de la soirée chez Sophie ? Il y avait ce type qui t'avait pris la tête avec sa théorie du complot. Je ne me rappelle plus son prénom.

— Loïc.

— Voilà, c'est ça ! Si je me souviens bien, il nous avait proposé de nous faire visiter les catacombes. Il disait qu'il connaissait les sous-sols de Paris comme sa poche, non ?

— Je vois où tu veux en venir, mais je te rappelle aussi que dans la même soirée le gars racontait à qui voulait l'entendre qu'il était fan de chute libre, mordu de plongée en eaux profondes et de je ne sais plus quoi encore. Si tu veux mon avis, c'est surtout une grande gueule qui aime se la raconter.

Devant la moue dubitative de son ami et l'urgence de la situation, Yann céda.

— OK, ça va, j'appelle Sophie.

La conversation fut brève. Non pas que Sophie souhaitât l'écourter, bien au contraire, mais Yann tenait à son statut de célibataire et ne saisissait aucune des perches que la belle Sophie ne manquait jamais de lui tendre. Tel un funambule, il usait de tous les subterfuges pour éviter de blesser son amie. Au bout de quelques minutes, il raccrocha en levant les yeux au ciel.

— Je crois qu'elle ne lâchera jamais le morceau. Bref, j'ai les infos. Sophie m'envoie son numéro par texto, je te le transférerai. Par contre, elle m'a dit qu'il répondait rarement au téléphone. Si tu veux le trouver, tu peux essayer d'aller jeter un œil à *La Cave*, c'est un bar underground du quatorzième où tous les cataphiles de la capitale se retrouvent. Sophie m'a dit que c'était un habitué.

— Merci, c'est parfait. J'imagine que tu ne souhaites pas m'accompagner, par contre si tu pouvais rester à l'appartement au cas où Célia revienne…

Les derniers mots avaient été prononcés sans conviction.

— Compte sur moi.

9

Quatorzième arrondissement, bar La Cave, *22 h 30.*

La devanture ne payait pas de mine. Sur le trottoir, deux vieux tonneaux faisaient office de tables de bar et de cendriers géants. Autour, des types dopaient en sirotant leur pinte. Rires gras et conversations alcoolisées. Lorsque Maxime passa devant eux, il sentit le poids de leurs regards sur son dos. Il n'était pas un habitué et cela se voyait comme un morceau de charbon sur la neige. La lourde porte en fer donnait sur un petit vestibule dans lequel se planquait un colosse d'au moins deux mètres. Tel Cerbère, gardien de l'entrée des enfers, il dévisageait quiconque entrait en ces lieux. Suspendues à intervalles réguliers, des ampoules rouges éclairaient un couloir étroit qui menait au niveau inférieur. Dans la cage d'escalier taguée, Maxime laissa passer deux jeunes femmes qui remontaient vers la surface. Look gothique, piercings, maquillage excessif et regards en biais, il les regarda s'éloigner un instant jusqu'à ce qu'un majeur tendu bien haut lui rappelle qu'il ne faisait pas partie du clan. Charmant. Au fur et à mesure qu'il descendait, les basses se faisaient plus violentes.

En bas, la salle était vaste, même si la faible hauteur

sous plafond semblait réduire l'espace où une faune étrange se côtoyait sous des lumières violettes et orangées. Les imposantes poutres métalliques rivetées qui traversaient le lieu de part en part lui donnaient un aspect industriel. En se frayant un passage parmi la foule, Maxime s'aperçut que les murs étaient couverts de *graffs* aussi bizarres qu'inquiétants ; des têtes de monstres belliqueux qui semblaient vouloir avaler la salle entière, des paysages lunaires, des labyrinthes s'étirant à l'infini… Le malaise qu'il avait ressenti en entrant s'accentua encore un peu. S'agrippant au bar comme à l'unique bouée flottant sur les eaux noires d'un monde qu'il ne connaissait pas, il scanna la foule dans l'espoir d'y repérer Loïc. En vain. Il avait appelé deux fois le numéro transmis par Sophie et à chaque fois répondeur. Il n'avait pas laissé de message. Le barman s'approcha tout en nettoyant le zinc avec un chiffon qui avait dû servir de serpillière tant il était crasseux. Maxime en profita.

— Une Leffe, s'il vous plaît, en bouteille.

Il avait une gueule aussi tranchante qu'une lame de couteau et quand son sourcil s'arqua en accent circonflexe, Maxime comprit qu'il ne devait pas être habitué aux signes de politesse. Décidant de pousser un peu sa chance, Maxime se pencha vers le barman et mit sa main en porte-voix pour couvrir le bruit de la musique.

— Je cherche Loïc, vous l'avez vu, ce soir ?

La capsule de bière rebondit sur le comptoir et tomba par terre. En posant la bouteille en face de Maxime, *gueule de couteau* indiqua du menton un coin à l'extrémité du bar, puis ramassa la monnaie et alla servir un autre client. Pas loquace, le bougre, peut-être était-il muet ? Maxime se pencha en arrière pour voir derrière le poteau qui lui bouchait la vue et reconnut les traits anguleux du visage de Loïc. Cheveux blonds regroupés dans un bandana sombre, manches de chemise retroussées, pour un peu on aurait pu croire que son surf l'attendait à la sortie. Il était en grande conversation avec une minette, un peu trop jeune, qui avait l'air plus intéressée par les verres qu'il lui offrait que par sa compagnie. Tout en sirotant sa bière, Maxime observait. Il n'eut pas à attendre longtemps avant que la fille ne se levât et ne plantât le baratineur qui devait la gonfler depuis un bout de temps vu le nombre de verres de shooters qu'elle laissait derrière elle. Maxime but d'un trait le fond de sa bouteille et alla s'asseoir à sa place. Loïc avait l'air absorbé par les reflets ambrés du breuvage qu'il faisait tournoyer au fond de son verre. Sans même tourner la tête, il grogna.

— La place est prise.

— De ce que j'ai pu en voir, je n'ai pas l'impression que la jolie blonde reviendra de suite.

D'un geste Maxime fit signe à *gueule de couteau* qu'il pouvait remettre la même pour eux deux. Le visage de Loïc passa par plusieurs expressions en quelques secondes. D'abord agacé par l'audace de l'inconnu, puis interloqué par ce visage qui lui évoquait de vagues souvenirs, pour finir par de grands yeux écarquillés.

— Attends, je te connais, toi.

Maxime lui rafraîchit la mémoire. C'était quitte ou double.

— Ah oui, chez Sophie ! Ça y est, je me souviens. Ton pote le blasé n'est pas avec toi ?

Il fallait s'y attendre. S'il se souvenait de leur rencontre, impossible qu'il ait oublié la discussion qu'il avait eue avec Yann. L'un parcourait le monde et par ses photos tentait d'alerter le plus grand nombre sur les ravages causés par l'homme sur la nature, quand l'autre considérait la Terre comme un formidable terrain de jeux et une source inépuisable de *selfies*. L'un était avide d'informations : presse écrite, télé, Internet, alors que l'autre ne jurait que par d'obscurs sites complotistes et estimait que les médias n'étaient qu'un moyen de manipulation de masse. Maxime avait croisé les doigts toute la soirée pour qu'ils n'abordent pas le sujet des corridas ou des safaris car cela aurait immanquablement tourné au pugilat.

— Non, il est resté devant la télé à regarder des chaînes d'information, que veux-tu ? On ne se refait pas.

L'approche était grossière, mais Maxime décela quand même le début d'un sourire s'étirer sur la bouche du surfeur. Le genre de sourire suffisant qui voulait dire « quel con ! », mais il valait mieux ne pas relever.

— Vous n'aviez pas beaucoup de points communs, c'est vrai.

— On ne peut pas dire, non, mais bon, regarde, lui, il reste planté devant sa télé à se lamenter sur le sort de la planète pendant que moi, je profite de la vie… Chacun voit midi à sa porte, comme on dit.

Maxime se retint de lui signaler que si pour lui, profiter de la vie, c'était boire des coups dans un rade miteux et se faire envoyer balader par des jeunettes, ça pouvait se discuter.

— Je vous trouvais sympathiques au départ, mais ton pote, il est trop terre à terre, ça m'a gonflé. Quand je pense que je vous avais même proposé de vous faire faire un tour en bas…

Il accompagna ses propos en jetant un œil vers le sol.

— Eh bien, il faudra qu'il se trouve un autre guide, ton pote.

On y était. Loïc savait que Yann avait été tenté par sa proposition, au début du moins. Mais au fil de la discussion, il avait fait une croix sur cette idée, surtout guidé par un type pareil qui claironnait à tout-va qu'il connaissait les sous-sols de Paris mieux que personne. Trop prétentieux, trop différent, tout simplement impossible, mais ça, le cataphile l'ignorait.

Gueule de couteau arriva en coup de vent, posa devant Loïc un autre verre et une nouvelle bouteille de Leffe devant Maxime, puis repartit aussi vite s'affairer de l'autre côté du bar.

— Tu as raison, il est assez soupe au lait. Ceci dit, il n'est pas là et pour ma part, j'ai un service à te demander.

Le regard de Loïc s'assombrit.

— Tiens donc…

Sans lui laisser le temps de rebondir, Maxime enchaîna.

— J'imagine que tu as entendu parler de ce qu'il s'est passé dans le métro, ce soir.

Au vu de son léger haussement de sourcils, Maxime comprit que Loïc n'avait pas la moindre idée de ce dont il parlait. Mais pour ménager sa susceptibilité et éviter de rompre la conversation en le lui faisant remarquer, il continua en racontant dans les grandes lignes la disparition de Célia. Lorsqu'il se tut, il but une gorgée en guettant la réaction de son interlocuteur.

— Et toi, tu crois qu'elle est encore dessous ? conclut Loïc en sifflant d'un trait le fond de son verre.

— Exact. Du coup, j'ai repensé à ta proposition et c'est la raison pour laquelle je suis venu te voir.

— Donc si je comprends bien, ta nana disparaît et pour la retrouver, toi tu penses à un gars que tu as vu le temps d'une soirée et qui s'est pris la tête avec ton pote, c'est bien ça ?

Présenté de cette façon, c'est vrai que cela paraissait saugrenu, voire complètement idiot. Le temps et l'espace se dilatèrent en un silence gênant où seul l'écho des basses filtrait. Le verre vide de Loïc tournait entre ses doigts pendant que son regard flottait dans le vague. À cet instant, Maxime pensa que la discussion était close, qu'il n'avait plus qu'à se lever et partir. D'un coup sec, Loïc claqua son verre sur le bar et dit à voix basse :

— Après tout pourquoi pas, je serai mieux à crapahuter que de moisir ici. Dans une heure et demie, rue Honoré-Chevalier. Ne sois pas en retard, sinon je descends sans toi.

Il se leva de son tabouret et jeta un œil aux baskets de Maxime.

— Et j'espère que tu as d'autres pompes que celles-là… dit-il en s'éloignant.

Maxime le regarda disparaître dans la foule. Il lui avait fallu faire de gros efforts pour ne pas lui rentrer dans le lard, mais il avait obtenu ce qu'il voulait, c'était l'essentiel.

Au moment où il s'apprêtait à se lever, une main se posa sur son avant-bras.

— Avant de partir, il va falloir payer, dit *gueule de couteau* en montrant d'un signe de tête tous les verres qui traînaient sur le comptoir.

Tout compte fait, Maxime aurait préféré qu'il soit muet.

10

Les premières gouttes grosses comme des poings s'écrasaient sur le bitume et tambourinaient sur les carrosseries des véhicules stationnés dans la rue. Indifférent aux prémices de l'orage, Maxime traversait les flaques de lumière jaunâtre projetée par des réverbères vieillissants. Il composa le numéro de Yann.

— C'est moi. J'ai réussi à convaincre Loïc de m'aider à aller jeter un œil dans les tunnels.

— Bien. De mon côté, pas de nouvelles de Célia, mais ça, j'imagine que tu t'en doutais un peu.

La voix de Yann reprit sur un ton plus grave :

— Max, j'ai à nouveau regardé la vidéo et je trouve ça inquiétant. Tu ne peux pas juste te contenter d'aller voir en bas. Imagine qu'il lui soit vraiment arrivé quelque chose. Désolé d'insister, mon vieux, mais il faut que tu ailles voir les flics pour signaler sa disparition.

Interrompant sa marche au milieu d'une rue déserte, les yeux dans le vague et le téléphone collé à l'oreille, Maxime se rendit compte que Yann venait d'exprimer ce qu'il n'osait envisager. Ou, pour être honnête, ce qu'il se refusait à envisager. Son esprit tentait d'étouffer l'étincelle provoquée par cette pensée, de peur qu'elle ne ravive un incendie de souvenirs douloureux dans lequel il avait failli succomber quelques années auparavant. Il fallait se rendre à l'évidence ; en se bornant à ne pas regarder la vérité en face, il agissait en dépit du bon sens, mettant peut-être en péril la vie de Célia. Cela faisait plus de deux heures qu'elle avait disparu et il savait, comme tout le monde, que lors d'une enquête pour disparition les premières heures étaient décisives. Priant qu'à cause de son entêtement il n'ait pas sacrifié ces précieux instants, Maxime prit la décision de se rendre au plus vite dans le commissariat le plus proche.

— Tu as raison… J'aurais dû commencer par là.

— Content de te l'entendre dire.

En raccrochant, il jeta un coup d'œil à l'écran de son téléphone : 22 h 41. Avec un peu de chance, il pourrait signaler la disparition de Célia et être à l'heure au rendez-vous fixé par Loïc. De l'index, il effleura l'icône du navigateur internet de son smartphone pour trouver l'adresse de l'hôtel de police le plus proche : avenue du Maine. Parfait, c'était à deux rues à peine.

Au moment où il déverrouillait le cadenas de son vélo, son téléphone vibra. Sans prendre la peine de vérifier qui l'appelait, Maxime décrocha et coinça l'appareil entre sa joue et son épaule.

— Je t'ai dit que j'y allais, ne t'en fais pas, je ne compte pas me défiler.

Silence à l'autre bout du fil. Il interrompit son geste pour prendre en main son téléphone.

— Maxime Cairal ?

La voix lui était inconnue. Une pensée aussi furtive que délétère fit tomber une tonne de plomb au fond de son estomac ; et si c'était une demande de rançon ? Il s'éloigna du lampadaire au pied duquel il avait attaché son vélo et se mit à l'abri sous la devanture d'un magasin de prêt-à-porter. Adossé au rideau de fer, une main tenant le téléphone, l'autre plaquée contre son oreille, il répondit d'une voix qu'il aurait voulu plus assurée.

— Je vous écoute.

— Bastien Ricci, vous m'avez contacté tout à l'heure à propos de la vidéo que j'ai postée. Vous disiez avoir des questions sur ce qu'il s'est passé ce soir dans le métro.

Encore un peu sonné par ce qu'il avait pu imaginer deux secondes plus tôt, Maxime mit un instant avant de reprendre pied dans la réalité.

— Oui, pardon.

En se raclant la gorge pour essayer de se donner une contenance, il continua :

— J'étais également bloqué dans le métro, ce soir. Il se trouve que sur votre vidéo j'ai pu voir ma compagne qui marchait devant vous lorsque vous filmiez dans le tunnel. Mais juste après l'explosion elle a disparu et à la minute où je vous parle elle n'est toujours pas revenue. J'ai regardé attentivement votre vidéo pour essayer de comprendre ce qu'il avait bien pu arriver, mais je n'ai rien appris de plus. Donc si je vous ai contacté, c'est pour savoir si avant ou après la détonation, vous vous êtes aperçu de quelque chose...

— Je vois... Si je comprends bien, vous n'êtes pas plus journaliste que moi pilote de ligne.

— Bon, OK, je ne suis pas journaliste, mais c'est important, comprenez...

Maxime n'eut pas le temps de finir sa phrase. L'autre avait raccroché.

— Eh merde !

D'un coup de pied rageur, il envoya valser une canette de bière qui traînait dans le caniveau. Elle rebondit au milieu de la rue dans un bruit métallique pour finir sa course dans la gueule béante d'une bouche d'égout.

11

Commissariat central de police du quatorzième arrondissement, 23 h 27.

Maxime attacha son vélo à la cage métallique enserrant le tronc d'un des platanes qui se trouvaient au pied du paquebot de béton. Du haut de ses huit étages, l'hôtel de police dominait l'avenue et les immeubles voisins. Disséminé sur la façade, un patchwork de rectangles lumineux témoignait de l'activité tardive qui animait encore quelques bureaux. Sous l'œil de la caméra de surveillance, Maxime gravit en courant les cinq marches du perron et pénétra dans le commissariat. Derrière lui, un éclair illumina la rue, suivi d'un grondement sourd qui fit vibrer les portes vitrées. Comme si les cieux venaient de se déchirer dans un flash de lumière, des trombes d'eau s'abattirent sur le quartier. Il s'en était fallu de peu.

Fatigué était le premier mot qui venait à l'esprit pour décrire le hall ; peintures fanées par le temps, mobilier usé, carrelage d'une autre époque. Il fallait avoir à cœur de servir son prochain pour travailler ici. Maxime s'installa sur une des chaises en attendant que la policière de l'accueil termine. Une femme d'une cinquantaine d'années, sac à main posé sur le comptoir, remplissait un formulaire en se faisant aider par les conseils de la fonctionnaire. Machinalement, Maxime balaya du regard les affiches collées aux murs jusqu'à ce que son regard s'arrête sur une affiche à bordure jaune. On y voyait une dizaine de visages d'enfants souriants et au-dessus, aussi brutal qu'une gifle, un titre : « Disparus ». Le contraste entre ces sourires et cette cruelle réalité donnait la chair de poule. Maxime s'approcha pour observer l'affiche de plus près. Certains prénoms lui évoquèrent des souvenirs ; gros titres dans la presse, unes de journaux télévisés, parents en pleurs terrassés par la douleur et l'incompréhension. Puis, au fur et à mesure, les interviews s'espacent, les articles se réduisent à quelques lignes qui se noient dans les faits divers. Les semaines, les années filent et la mémoire de ces visages, de ces prénoms, s'estompe comme l'écume des vagues efface les dessins d'enfants tracés dans le sable. Et un jour on croise une affiche à bordure jaune et l'on s'aperçoit que certains manquent toujours à l'appel. Alors on peine à imaginer le manque abyssal conjugué au poison de l'espoir qui ronge toujours les proches depuis parfois plus de vingt ans. Célia allait-elle, elle aussi, se retrouver sur ce genre d'affiches ? Finirait-on par oublier son histoire ? La couleur de ses yeux ? Jusqu'à son prénom ? Le souvenir de sa silhouette deviendrait-il aussi fragile qu'une esquisse au fusain ?

Les flashs bleus d'un gyrophare éclaboussèrent le hall et tirèrent Maxime du cauchemar dans lequel il était en train de sombrer. Il détourna les yeux de l'affiche, balaya la salle du regard et se dirigea dans la direction pointée par la petite pancarte bleue : W-C.

Ses pas résonnèrent dans un couloir désert. Il dépassa une chaise de bureau cassée qui avait été mise au rebut à côté d'une armoire métallique grise et arriva devant la porte des toilettes des hommes. Deux morceaux de scotch orange en barraient l'entrée. Sur l'un d'eux était écrit : « *Danger ! Risque d'électrocution !* » Maxime ne chercha pas à comprendre et opta pour les toilettes des dames. Sans prêter attention à l'état des lieux, il ouvrit le robinet du premier lavabo et s'aspergea le visage d'eau fraîche. Les gouttes qui perlèrent sur sa peau drainèrent ses mauvaises pensées en les emportant dans les canalisations. Accroché à la faïence, il scruta son visage ; ses premières rides au coin des yeux, ses tempes grisonnantes, « argentées », disait Célia. À peine trente-six ans et déjà les premiers sillons creusés par le temps qui passe et les tourments de l'existence commençaient à altérer imperceptiblement ses traits. Maxime s'adressa mentalement à son reflet ; il fallait rester maître de soi-même, ne pas se laisser submerger par les émotions, maîtriser ses angoisses. Célia avait besoin de lui, ce n'était pas le moment de flancher ! D'une main ferme il arracha deux feuilles de papier au distributeur et s'essuya le visage. Après une profonde inspiration, il retourna s'asseoir dans le hall, en prenant garde à changer de place pour ne pas avoir à affronter les regards rieurs des enfants disparus.

— Monsieur ?

Surpris, Maxime pivota vers l'accueil, il ne s'était pas aperçu que la dame était partie. La policière le regardait d'un œil interrogateur.

— Excusez-moi, dit-il en se relevant d'un bond.

Ne sachant pas trop par où commencer, il décida d'aller à l'essentiel.

— Je viens signaler la disparition de ma compagne. Nous nous sommes perdus de vue ce soir dans le métro. Nous étions sur la ligne 1…

Contrairement à Loïc, la policière savait à quoi il faisait allusion. Elle prit un bloc-notes et un stylo.

— Expliquez-moi ça.

Maxime détailla l'histoire en essayant de ne rien omettre ; l'arrêt sur les voies, l'attente interminable dans une chaleur suffocante, Célia qui prête son téléphone à une jeune femme claustrophobe, l'évacuation des rames, la détonation dans les tunnels, le vent de panique qui s'ensuit. Puis sur les quais, l'impossibilité de la retrouver, les pompiers qui affirment qu'il ne reste personne dans les tunnels, la visite dans l'appartement de Célia et la voisine qui dit ne pas avoir entendu Célia rentrer chez elle. Pour finir, il détailla le contenu de la vidéo trouvée par Yann.

Attentive au récit, la jeune policière prenait des notes en intervenant de temps en temps pour demander des précisions sur un détail ou pour confirmer un horaire afin d'établir une chronologie précise des évènements.

— Je vois… Avez-vous essayé de joindre sa famille ?

— Sa mère est décédée il y a quelques années et son père vit à Londres. Ils communiquent peu, deux ou trois fois par an tout au plus.

— Pas d'autre famille proche ?

— Non, pas à ma connaissance.

— Avez-vous contacté les hôpitaux ?

— Oui, mais aucune entrée signalée au nom de Célia Meyer.

— Vous avez parlé d'une vidéo, pouvez-vous me la montrer ?

— Bien sûr.

Le fil d'actualité de BillyBoy75 apparut sur l'écran du smartphone. Maxime le fit défiler de haut en bas plusieurs fois avant de retrouver le message qui l'intéressait. Ricci était véritablement accro aux réseaux ; il avait posté pas moins de six messages supplémentaires, si bien que Maxime crut un instant qu'il avait supprimé celui qui l'intéressait.

— La voilà.

Le petit film amateur démarra.

— C'est elle que l'on voit de dos, dit Maxime en pointant l'écran.

Quand la détonation claqua, Célia s'évanouit presque aussitôt.

— On n'y voit pas grand-chose, remarqua la fonctionnaire de police qui se saisit de l'appareil.

Elle remonta une mèche de cheveux blonds sur son oreille et relança la vidéo, les yeux rivés sur l'écran. Maxime espéra un instant que ce nouveau regard aiguisé pourrait déceler un indice caché. Mais non.

— Vous avez essayé de joindre l'auteur ? dit la policière en rendant le téléphone portable.

— Oui, mais ça n'a servi à rien. Je l'ai appelé avant de venir ici pour savoir s'il n'avait pas repéré un détail, quelque chose que l'on ne voyait pas forcément sur sa vidéo et qui aurait permis de savoir où Célia avait pu aller. Mais le gars m'a pris de haut et m'a raccroché au nez.

— OK, vous avez une photo d'elle sur vous ?

Maxime chercha la photo qu'il avait montrée sur les quais de la station Bastille. Le visage de Célia s'afficha sur l'écran ; derrière la paroi de verre, ses yeux verts espiègles le regardaient tendrement. Il frissonna en repensant aux portraits des enfants disparus.

— Tenez.

Au bout de quarante-cinq minutes, Maxime ressortit du commissariat rassuré par le sérieux des fonctionnaires à qui il avait eu affaire. Une enquête pour disparition inquiétante allait être lancée et d'ici deux heures, tous les commissariats et les gendarmeries de France recevraient le signalement de Célia. Dans la poche arrière de son jean, Maxime avait glissé l'impression numérique pleine page du portrait de Célia qui alimenterait le fichier des personnes recherchées. À défaut de lui fournir une copie complète de l'avis de recherche, la policière avait accepté de lui imprimer la photo.

À la faveur d'une accalmie, Maxime se précipita pour récupérer son vélo. Il lui restait moins de trois minutes pour être à l'heure rue Honoré-Chevalier.

12

Rue Honoré-Chevalier, 0 h 32.

— Tu es en retard.

Tapi contre la porte cochère d'un immeuble pour s'abriter de la pluie, Loïc tira une dernière bouffée sur sa cigarette avant de la jeter dans le caniveau. Le roulement lugubre du tonnerre résonna dans la rue.

— Allez, ne traînons pas, il faut y aller, avec ce temps certains passages risquent d'être inondés et plus on attend, plus on risque de galérer.

Loïc composa un code et la lourde porte en bois se déverrouilla dans un claquement sec. D'un geste ample, le cataphile jeta sur son épaule le sac de randonnée qui traînait à ses pieds et pénétra dans le hall de l'immeuble. Maxime lui emboîta le pas en se demandant comment Loïc comptait s'y prendre pour rejoindre les tunnels de la ligne 1 en passant par cet immeuble situé rive gauche, mais il s'abstint de tout commentaire. À grandes enjambées, Loïc traversa la petite cour balayée par la pluie et s'engouffra dans un passage étroit débouchant sur un escalier qui s'enfonçait dans les entrailles de l'immeuble. Une fois qu'ils furent arrivés en bas, Loïc appuya sur l'interrupteur de la minuterie. Une lumière blafarde éclaira le couloir des caves ; ciment brut au sol, murs de briques rouges et forte odeur de moisi.

— J'imagine que tu te demandes ce que l'on fout là ?

— Je n'osais pas te le demander.

Tout en avançant, Loïc expliqua.

— Le sous-sol de Paris est un véritable gruyère. Entre le métro, le RER, les égouts, les galeries techniques, les carrières et les catacombes, ce sont plusieurs milliers de kilomètres de souterrains qui s'entremêlent dans un maillage complexe. Les moyens d'accéder à ce labyrinthe géant sont des secrets jalousement gardés. Personne ne souhaite que ça devienne la foire et donc, comme en boîte, il faut filtrer. Du coup, chacun sa technique, moi je me suis aménagé ma propre entrée à l'abri des regards indiscrets. Comme ça, je sais que ceux que j'emmène en bas ne peuvent pas y retourner tout seuls. C'est mieux ainsi, parce que descendre là-dessous sans guide ou sans carte, c'est une connerie. Je ne compte plus le nombre de touristes perdus que j'ai croisés, errant à la recherche d'une sortie. Une fois, deux types qui se croyaient plus malins que tout le monde avaient réussi à dénicher une entrée et pensaient qu'ils avaient fait le plus dur. Manque de pot, à force de tourner, ils se sont paumés et sont tombés en rade de batterie. Et dans le noir complet, c'était plus du tout la même histoire. Quand je les ai trouvés, ça faisait plus de quinze heures qu'ils attendaient que quelqu'un passe par là. L'un d'eux était en hypothermie et l'autre était presque devenu hystérique. Remarque, je peux le comprendre, coincé dans ce dédale sans lumière, il y a de quoi devenir dingue. Je pense que ceux-là ne sont pas près de retenter l'aventure. Par contre, lorsque tu connais les méandres et les passages qui interconnectent ses différents réseaux, tu peux te rendre n'importe où. Moi, ça fait des années que je descends, je suis un *cata* comme on dit, un vieux de la vieille en quelque sorte. Je peux t'amener n'importe où.

Tout en poursuivant son monologue visant à montrer l'étendue de ses connaissances en la matière, Loïc bifurqua à droite et longea le couloir jusqu'au bout pour s'arrêter devant la porte la plus éloignée. Il extirpa une clé de sa poche, déverrouilla la serrure et invita Maxime à entrer.

— Après toi.

L'ampoule nue crachait une lumière hésitante sur le sol poussiéreux de la cave. Le mur de droite, couvert d'étagères où s'entassaient de vieux cartons et divers objets, faisait face à un établi encombré d'outils rouillés. Loïc posa son sac à dos et se dirigea vers le mur du fond pour faire glisser la grande plaque de contreplaqué qui était appuyée contre. Derrière, des briques avaient été descellées et un trou d'une cinquantaine de centimètres de diamètre donnait sur un boyau étroit qui s'enfonçait dans les ténèbres.

— Voilà notre porte d'entrée pour le monde d'en bas, annonça Loïc. C'est ta première descente ?

Sans pouvoir détacher ses yeux de la cavité, Maxime acquiesça.

— T'inquiète, si tu me suis, il ne peut rien t'arriver. Où est-ce que tu m'as dit que ta nana s'était volatilisée déjà ?

— Sur la ligne 1, entre la station Saint-Paul et Bastille. Plus près de la station Bastille.

La lumière vacilla. Les deux hommes suspendirent leur conversation braquant les yeux sur l'ampoule qui peinait à retrouver une intensité normale.

— L'orage n'a pas l'air de se calmer, on dirait… Plus près de Bastille, tu disais.

— Oui, c'est ça, mais où exactement, je n'en sais rien.

Loïc récupéra dans son sac à dos une carte qu'il déplia à même le sol et posa son doigt à un emplacement précis.

— Nous, on est là.

Maxime s'accroupit à côté pour détailler cet étrange plan. En dehors des noms des grands boulevards, des lignes et stations de métro, il n'avait rien de commun avec un plan de Paris traditionnel. Cela ressemblait plus à l'enchevêtrement de fils d'une toile tissée par une araignée cocaïnomane. Çà et là des ratures et des annotations en complétaient ou en modifiaient le tracé. Maxime se dit que même avec une carte, il n'était pas certain que ce soit une bonne idée de descendre seul.

— Je te crois sur parole.

Sans détecter la touche d'ironie, Loïc continua :

— Il faut savoir que le réseau bouge en permanence, dit-il en suivant du doigt une succession de lignes brisées. Des galeries sont condamnées, d'autres passages s'effondrent, des chatières sont creusées par les cataphiles pour accéder à une salle ou relier deux parties de réseaux qui ont été désolidarisés. Bref, à chaque descente, le voyage est différent.

Il tapota de l'index un point sur sa carte.

— On va passer par là.

Sans attendre un consentement que Maxime aurait bien été incapable de lui fournir, Loïc replia sa carte et la rangea dans son sac.

— Avant de descendre, donne-moi tout ce qui craint : téléphone portable, clés, bijoux, tout ce que tu ne veux pas perdre ou voir passer sous la flotte.

Maxime tendit son trousseau de clés, son portefeuille et son téléphone portable à Loïc qui les glissa dans un sac plastique de congélation avec fermeture zip.

— De toute façon, là où on va, ton téléphone te sera inutile. Je te rends tout ça dès que l'on refait surface.

Loïc plaça la poche en plastique dans son sac à dos et en retira une antique lampe torche dont il manipula le bouton marche/arrêt à plusieurs reprises sans qu'elle émette la moindre lueur. Deux tapes énergiques sur le culot finirent par lui faire cracher un faible rayon de lumière.

— Tiens, celle-là, c'est la tienne.

Plongeant une nouvelle fois la main dans son sac, Loïc récupéra une lampe frontale à LED de dernière génération. Il s'en équipa et testa l'appareil qui émit un puissant faisceau de lumière crue. Satisfait, il se retourna vers Maxime.

— Prêt ?

13

Maxime et Loïc progressaient en pataugeant dans le flot tumultueux des égouts. Les parois suintaient l'humidité et la crasse, et de la vermine grouillait dans les recoins les plus sombres. Une odeur nauséabonde, presque palpable tant elle était tenace, s'accrochait à leurs vêtements. Ils n'avaient pas fait cinquante mètres que Maxime repéra une première ombre détaler le long d'une coursive, puis une seconde qui se faufila dans une canalisation perpendiculaire. Des rats, presque aussi gros que des chats, il y en avait partout. Pour l'instant, ils fuyaient à leur approche. Maxime eut la désagréable sensation que des centaines de paires de petites billes luisantes les observaient tapies dans l'obscurité. Loïc suivait mentalement le plan qu'il s'était fixé à l'avance. Il s'orientait les yeux fermés et semblait connaître le moindre recoin de cet infect labyrinthe. Ils grimpèrent trois marches, tournèrent à droite, suivirent un étroit corridor pour arriver sur une échelle de service qui rejoignait d'autres galeries se trouvant au niveau inférieur.

Là encore, des couloirs, des marches, des échelles et puis enfin ils arrivèrent devant une vieille porte rouillée.

— OK, maintenant, on change de monde.

Loïc la poussa en s'aidant de son épaule et elle finit par s'ouvrir dans un grincement sinistre. Ils débouchèrent dans une alcôve poussiéreuse dont les murs étaient couverts de *graffs*. Soudain le fracas violent d'une rame lancée à pleine vitesse leur fit faire un bond en arrière.

— La vache !

— Oui, il faut faire gaffe, ça va vite, ces engins. Maintenant qu'on est dans le réseau du métro, tu peux éteindre ta lampe, il vaut mieux éviter de se faire repérer.

— Pourquoi ? Qu'est-ce qu'on risque à se faire prendre ici ? demanda Maxime en éteignant sa torche.

— Ça dépend, il y a plusieurs options. Soit tu tombes sur des agents qui vont bosser et qui s'en foutent. Soit tu tombes sur des gros lourds, genre barbouzes, qui patrouillent à la recherche de tagueurs et qui n'hésiteront pas à te coller une prune et à te raccompagner à la sortie *manu militari*. Autant te dire qu'il vaut mieux qu'ils ne trouvent pas sur toi des bombes de peinture. Soit, et là ce n'est pas de bol, tu croises la route d'un maître-chien un peu trop zélé qui te cassera la gueule juste pour l'exemple et te laissera agoniser sur le ballast. Crois-moi, peu importe ce que tu es venu faire ici, évite de te faire voir.

Maxime hocha la tête en signe d'assentiment.

— OK, maintenant quelques petits conseils pour éviter que notre balade tourne au drame ; comme t'as pu le voir, il reste encore des rames en circulation. C'est peut-être la dernière qui nous a frôlés tout à l'heure, mais je n'en suis pas certain. Donc sois très attentif, dès que je te fais signe, tu te plaques contre un mur, ou tu t'abrites dans un renfoncement. Une fois que la rame est passée, fais gaffe à l'aspiration, ça pourrait te déséquilibrer et te faire tomber sur les rails. Ah oui, et à propos de rail, tu vois celui-là ? dit Loïc en pointant du doigt un rail surélevé qui se trouvait entre les deux rails de roulement. C'est le troisième rail ou le rail de traction, si tu préfères. Il y a 750 volts qui circulent là-dedans, donc si tu te vautres, évite de mettre les mains dessus si tu ne veux pas que ton cerveau se transforme instantanément en pop-corn.

— Je tâcherai de m'en souvenir.

— Il vaut mieux, oui. Allez, en avant.

Après quelques minutes de marche, le tunnel se mit à descendre en pente douce, donnant l'impression de s'enfoncer lentement dans les profondeurs de la terre. Tout à coup, Maxime réalisa où ils se situaient.

— On est en train de passer sous la Seine, c'est ça ?

— Oui, on va passer sous l'île de la Cité et les deux bras de Seine. Ce tunnel a plus d'un siècle et il paraît que ça a été un chantier pharaonique pour l'époque. J'ai un pote qui m'a dit qu'ils avaient même congelé le sous-sol pour pouvoir creuser. Congeler le sous-sol, tu imagines ça ?

Interloqué par les paroles de Loïc, Maxime s'arrêta un moment pour contempler le lieu. Il avait pris un nombre incalculable de fois cette ligne, mais n'avait jamais imaginé qu'elle puisse être aussi ancienne, ni même pensé aux prouesses techniques qu'il avait fallu mettre en œuvre pour achever ce tronçon. Arpenter ces tunnels à pied, aussi dangereux soient-ils, avait au moins le mérite de lui faire découvrir le métro sous un autre angle. Loïc le ramena brutalement à la réalité.

— Tu veux peut-être faire une pause et prendre quelques photos ?

Maxime se mordit la lèvre inférieure et se retint de l'envoyer balader, il avait besoin de lui alors il fallait encaisser en silence. Loïc perçut le malaise, mais fit comme si de rien n'était.

— Bon, écoute, il va falloir traverser la station Cité à découvert. On va guetter depuis le tunnel pour s'assurer qu'il ne reste personne sur les quais et quand la voie est libre, on fonce. Il faut juste croiser les doigts que l'on ne se fasse pas repérer par les caméras. Je l'ai fait plusieurs fois, c'est largement jouable.

Cachés dans la pénombre, les deux hommes scrutaient les quais.

— Tu penses que c'est bon ? questionna Maxime.

— Non, on va attendre la prochaine ronde, sinon on risque de se faire surprendre.

Dix minutes plus tard, un rottweiler en muselière, tout en muscles, déboula sur le quai maintenu en laisse par un vigile aussi trapu que son chien. S'approchant du bord du quai, le molosse marqua un temps d'arrêt en braquant ses yeux marron dans la direction de Maxime et Loïc qui arrêtèrent immédiatement de respirer. La tête relevée, la bête humait l'air en scrutant d'un œil mauvais l'ombre du tunnel. Une poignée de secondes s'écoula avant que le maître-chien ne donne un coup sec sur la laisse de l'animal, le forçant à abandonner l'analyse de l'effluve suspect qui lui avait titillé la truffe. Lorsque le tandem reprit sa ronde d'un pas nonchalant, Maxime remarqua que le vigile avait les jambes aussi arquées que les pattes arrière de son chien. S'il n'avait pas eu aussi peur, il aurait certainement trouvé ça comique.

Une fois les quais désertés, Loïc se pencha vers Maxime et demanda à voix basse :

— Bon, c'est le moment, on va piquer un sprint jusqu'à l'autre côté. Tu es prêt ?

Dans les starting-blocks, Maxime confirma d'un hochement de tête.

— *Go!* souffla Loïc.

Maxime courut en apnée aussi vite que ses jambes le lui permettaient. Le sport n'avait jamais été sa matière favorite. Mis à part quelques footings occasionnels dans les parcs de la capitale et un peu de vélo, il n'avait rien d'un grand sportif. Lorsqu'il parvint à se mettre à couvert, il avait le cœur au bord des lèvres. Loïc, lui, ne semblait même pas avoir transpiré et il ne manqua pas de le faire remarquer.

— Eh bien, heureusement que le clébard nous a pas coursés.

— T'inquiète, les chiens m'adorent, haleta Maxime, plié en deux et les mains sur les genoux.

— Il va falloir traverser chaque station en courant comme des lapins ?

— Pourquoi ? T'es déjà fatigué ?

Loïc dut comprendre que sa pointe d'humour ne fut pas appréciée à sa juste valeur, car il enchaîna rapidement :

— Non, pour les suivantes, on passera dans des tunnels annexes ou de maintenance, ça sera plus cool.

Allez, ne restons pas là, le vigile et son clebs pourraient revenir.

Au fur et à mesure qu'ils progressaient, un ronronnement sourd s'amplifiait. Maxime guettait les réactions de Loïc, s'attendant à voir surgir d'une seconde à l'autre une rame lancée à pleine vitesse. Mais le cataphile avançait d'un pas rapide sans s'émouvoir de ce bruit grandissant. Les deux hommes longèrent alors une grille derrière laquelle tournaient les gigantesques pales d'un système de ventilation. La puissance du souffle surprit Maxime qui dut faire un pas de côté pour ne pas perdre l'équilibre.

— Ça décoiffe, hein ? s'égosilla Loïc en souriant devant le manque d'assurance de Maxime.

S'éloignant du système de soufflerie pour pouvoir parler sans hurler, Loïc montra la voie qui continuait devant eux.

— On va continuer à suivre ces rails sur une centaine de mètres environ, après on bifurquera à droite pour prendre un tunnel de raccordement qui relie la ligne 4 à la ligne 1. Une fois que l'on y sera, il faudra faire gaffe, s'ils n'ont pas encore dégagé les rames, ça risque de grouiller d'agents de maintenance.

Après un bon quart d'heure de marche dans des tunnels poussiéreux, empruntant des passages étroits ou longeant des voies désertes, Loïc annonça :

— Voilà, on est entre les stations Saint-Paul et Bastille. D'après ce que tu as dit, les rames ont dû être stoppées environ à peu près à mi-parcours. Tu sais où chercher ?

— Non, pas vraiment... Nous avons évacué en

suivant les rails de ce côté, indiqua Maxime en pointant le mur de droite. On se suivait tous en file indienne jusqu'au moment de l'explosion, après tout le monde s'est dispersé.

— OK, et tu sais au moins ce que tu cherches ?

— L'endroit où Célia se trouvait au moment de la déflagration.

— Tu m'as dit qu'elle était descendue sur les voies avant toi, donc comment tu comptes t'y prendre ?

Ne sachant que répondre, Maxime se retourna et balaya le tunnel du regard. Des néons sales crachaient leur halo de lumière triste sur des murs couverts de crasse. Leur lueur peinait à percer la pénombre dans laquelle se cachaient peut-être des détails qui auraient pu servir de point de repère. À un mètre cinquante du sol, des dizaines de gaines électriques de différents diamètres couraient sur les parois. Juste en dessous de ce réseau de câbles, Maxime découvrit le nombre 25 tracé à la bombe de peinture jaune, certainement par un technicien.

— Les tags, pensa-t-il tout haut.

— Quoi ?

— Tu peux me rendre mon téléphone ?

Sans chercher à comprendre, Loïc retira une bretelle de son sac à dos, le fit basculer sur son ventre et fouilla à l'intérieur. Il tendit le smartphone à Maxime qui expliqua :

— Un mec a posté une vidéo de l'évacuation, dit-il en récupérant l'appareil et en lançant l'application Twitter. Il était juste derrière Célia et il a filmé jusqu'au moment de la détonation. Je l'ai visionnée plusieurs fois et je me souviens que l'on aperçoit à plusieurs reprises des tags et des inscriptions sur ce mur. Il suffit de les retrouver et cela nous conduira à l'endroit où Célia a disparu.

Les sourcils de Loïc se soulevèrent de surprise, figeant son visage dans une expression bizarre à mi-chemin entre l'étonnement et la déception de devoir admettre que l'idée était intéressante. Une seconde de flottement plus tard, le masque tomba et il répondit avec aplomb :

— Pas con, mais ça m'étonnerait que tu puisses la voir, ta vidéo. Je te rappelle que l'on est à quinze mètres sous terre.

— Je sais, mais ça fait des années que la RATP bosse sur le déploiement de la 4G et il se trouve que la ligne 1 est la mieux équipée.

Maxime lança la vidéo, mais la première image se figea sur un sablier qui n'en finissait pas de tourner sur lui-même.

— Eh bien, on dirait qu'ils n'ont pas terminé le travail, commenta Loïc en posant les yeux sur l'écran du téléphone.

L'icône de chargement s'éclipsa laissant place aux premières images de la vidéo et gommant du même coup le sourire narquois qui s'étalait sur le visage de Loïc.

Les premières traces de peinture apparurent, mais trop vite, mal cadrées, pas exploitables. Puis un A rageur cerclé d'un rond rouge, symbole du mouvement anarchiste, jaillit sur la droite de l'écran.

— Tiens, regarde ça.

— Tu rigoles, des comme ça, il doit y en avoir des centaines juste sur cette ligne. Il va falloir trouver autre chose.

— OK, maugréa Maxime qui laissa défiler la suite de la vidéo.

La fin s'approchait sans que rien de significatif croise l'objectif de la caméra. Puis le cadrage bascula une nouvelle fois sur la droite et le nombre 77 apparut tracé à la peinture jaune.

Maxime mit la vidéo sur pause.

— Et ça ?

— C'est mieux, concéda Loïc.

Soudain le cataphile plaqua une main sur l'écran du téléphone et mit son index sur ses lèvres.

— Chut, souffla-t-il à voix basse en se retournant.

À part le souffle régulier de la ventilation, Maxime ne décela aucun bruit suspect.

— J'ai cru entendre un truc…

Loïc fit un signe de la main, comme s'il souhaitait effacer l'instant précédent. Les deux hommes se rapprochèrent du mur et en scrutèrent attentivement chaque mètre en progressant en direction de la station Bastille. Au bout de cinq minutes, Maxime s'écria :

— Là ! La marque ! Célia a dû s'arrêter un peu plus loin.

D'un pas rapide, Maxime avança sur une dizaine de mètres et dénicha un petit passage étroit qui s'enfonçait dans le mur. C'était une sorte de couloir technique permettant de relier la voie principale à un tunnel annexe ou à un entrepôt. Cette partie de la ligne 1 était plus sombre et l'entrée du passage était si petite que l'on pouvait aisément passer à côté sans la remarquer.

— C'est là ! C'est forcément là !

Après l'explosion, Célia avait dû fuir en empruntant ce couloir et se perdre dans l'enchevêtrement des tunnels. Une étincelle d'optimisme raviva la flamme de l'espoir. D'un geste sec, Maxime frappa sur le culot de sa lampe torche et dirigea le pinceau lumineux vers l'entrée pour en chasser les ténèbres.

— Tu crois qu'elle est passée par là ?

— Je sais pas, mais je compte bien aller vérifier, répondit Maxime en pénétrant dans le passage.

Loïc alluma sa lampe frontale, baissa la tête et s'engouffra à la suite de Maxime.

L'espoir fut de courte durée. Au bout de dix mètres à peine une lourde porte en fer interdisait toute progression. Maxime s'acharna sur la poignée et envoya un coup d'épaule qui eut pour seul effet de produire un « bong » lugubre.

— Putain ! Mais c'est pas vrai !

— Calme-toi ! Elle n'est peut-être pas venue ici, c'est tout.

— Tu as une idée de ce qu'il y a derrière cette porte ? Où est-ce que ça mène ?

Maxime s'exprimait les mâchoires serrées, irrité d'être passé aussi vite de l'espoir à la déception.

— Non, je ne sais pas…

Il était clair que cet aveu coûtait à Loïc.

— Moi qui croyais que tu connaissais les sous-sols mieux que personne, ironisa Maxime.

— Eh ! Je te signale que je t'ai emmené où tu voulais

sans encombre, si t'es pas content, je me barre et tu te démerdes pour sortir.

Soudain Loïc sauta sur Maxime et lui plaqua une main sur la bouche.

— Tais-toi.

Le bruit du crissement de bottes marchant sur le ballast leur parvint. Ténu d'abord, il s'amplifia progressivement. Au moins deux hommes remontaient la voie en discutant.

D'un même geste, Maxime et Loïc éteignirent leur lampe et se calfeutrèrent dans l'obscurité. Retenant leur respiration, ils tendirent l'oreille pour épier la conversation.

— … les restes d'un cocktail Molotov.

— T'es sérieux ?

Au fur et à mesure qu'ils avançaient, les voix se firent plus distinctes.

— Je t'assure ! Et ce qui est bizarre, c'est qu'il n'a pas été jeté contre le matériel roulant ou même contre la foule, ce qui aurait pu être dramatique, non, il a été jeté de l'autre côté des voies. Comme si on avait voulu faire diversion…

Des agents en patrouille. S'ils connaissaient l'entrée du passage, Maxime et Loïc étaient cuits.

— Faire diversion ? Comment ça ?

Le grésillement d'un talkie-walkie interrompit la conversation et stoppa les bruits de pas. Quelques secondes s'écoulèrent avant qu'un des deux agents ne réponde.

— Sur la ligne 6 ? OK, on arrive…

La conversation reprit en s'éloignant jusqu'à disparaître, masquée par le souffle de la ventilation.

— C'est pas passé loin, dit Loïc en rallumant sa lampe frontale.

Maxime acquiesça d'un signe de tête et sans perdre de vue son objectif, il demanda :

— Qu'est-ce qu'on fait maintenant ?

— Écoute, si ta nana est encore là-dessous, je connais quelqu'un qui peut peut-être nous aider.

14

Les tunnels poussiéreux du métro avaient cédé la place aux couloirs étroits et obscurs des carrières, réputées pour abriter en leur sein les catacombes. Le plafond des galeries, souvent trop bas, obligeait Maxime et Loïc à avancer courbés. Depuis qu'ils avaient pénétré dans ce monde minéral, la température avait chuté de plusieurs degrés et l'humidité omniprésente accentuait la sensation de froid. Des couloirs inondés les forcèrent à progresser dans une eau glacée leur montant parfois jusqu'aux genoux, rendant leurs vêtements collants et poisseux. Seuls le bruit de leur respiration se transformant en nuage de buée et l'écho de leurs chaussures trempées venaient troubler le silence séculaire qui régnait en ces lieux. Le halo projeté par la frontale de Loïc léchait des parois de calcaire striées par les coups de pioches des carriers, qui, plusieurs siècles auparavant, avaient œuvré pour ouvrir ces passages et en exploiter la roche. La Ville lumière s'était érigée à la sueur de ces hommes, arrachant la pierre au tréfonds de la terre et creusant encore et toujours plus loin cet invraisemblable dédale de ténèbres.

Au détour d'un couloir, Loïc s'arrêta devant un petit monticule de gravats dans lequel il balança un coup de pied et en éparpilla les restes en balayant le sol avec sa semelle.

— Qu'est-ce que tu fais ?

— Je brouille les pistes. Il faut que les nouveaux apprennent à se repérer par eux-mêmes. On n'aime pas les Petit Poucet par ici. C'est une sorte de bizutage si tu préfères, rien de bien méchant. Ils finiront de toute façon par croiser quelqu'un.

Perplexe, Maxime observa le visage de Loïc ; depuis qu'ils avaient pénétré dans les carrières, son attitude avait changé. L'arrogance et la suffisance dans lesquelles il se drapait d'ordinaire s'étaient peu à peu effacées. Ses traits et son regard indiquaient qu'ici il se sentait investi d'une mission, tel le conservateur passionné d'un musée, il guidait les privilégiés tout en leur apprenant à respecter les lieux en employant des manières peu orthodoxes.

— Je ne comprends pas, tu m'as raconté tout à l'heure l'histoire des deux types que tu as trouvés perdus sans lumière.

— Oui et je t'ai dit aussi qu'ils avaient tenté de s'aventurer ici sans aucune préparation. Personne ne souhaite que les catacombes deviennent une attraction touristique à la Disneyland. Je te rassure, ces deux types, même s'ils étaient morts de trouille, n'étaient pas près de crever. Pour être honnête, je pense même que d'autres catas plus hard-core que moi les ont entendus, mais ont préféré les laisser mariner encore un peu. De toute façon, quand je les ai trouvés, la plaisanterie avait assez duré alors je les ai aidés à sortir. On ne laisse personne au fond, on veut juste faire passer un message, c'est tout.

La torche de Maxime clignota puis s'arrêta. Il s'apprêta à utiliser la manière forte pour la rallumer, mais Loïc intervint en lui posant une main sur l'avant-bras.

— Laisse-la éteinte pour le moment, on n'en a pas besoin. Économise la batterie si tu ne veux pas te retrouver dans le noir comme ces deux types, ajouta-t-il avec un clin d'œil.

En reprenant la marche, Loïc continua :

— Tu as l'air surpris, mais tu sais, il y a pire comme bizutage. Certains catas, en entendant des touristes se pointer, allument des fumigènes. Les types se retrouvent dans le brouillard à errer sans repère, ça peut être assez impressionnant. Et encore, ça, c'est la version soft, d'autres font cramer les fumigènes dans des excréments. Je te raconte pas l'odeur, en plus de ne rien y voir, tu peux à peine respirer tellement ça pue. On n'est pas tous des saints, c'est vrai, mais ici c'est un peu chez nous, alors on fait gaffe à qui y met les pieds. Il y a une dizaine d'années, des gars des banlieues descendaient ici pour casser la gueule et détrousser tous ceux qui croisaient leur chemin. Ça n'a pas duré longtemps, on s'est occupés du problème et on leur a fait comprendre qu'ils n'étaient pas les bienvenus. Depuis, on n'a plus revu leurs tronches.

Stoppant son monologue, Loïc s'arrêta à un embranchement et scruta le passage de droite, puis celui de gauche.

— Je ne suis pas certain que l'on puisse passer par là, attends-moi ici, je vais aller vérifier.

Loïc baissa la tête et entra dans le boyau de droite. Au fur et à mesure qu'il s'éloignait, l'intensité de la lumière diminuait, laissant derrière lui l'obscurité reprendre ses droits. Maxime hésita un instant à rallumer sa lampe torche, mais se ravisa. S'il venait à Loïc l'idée de le planter là, saurait-il retrouver la sortie ? Il était évident que non. Toutes les histoires que lui racontait Loïc depuis tout à l'heure n'étaient-elles pas des mises en garde ? Après tout, il ne le connaissait pas et la seule soirée qu'ils avaient passée ensemble semblait avoir laissé un goût amer au cataphile. Loïc avait-il la rancune tenace au point de lui faire payer le discours moralisateur de Yann ? Maxime réalisa alors que toutes ses affaires se trouvaient dans le sac de Loïc. Comment avait-il pu être aussi naïf ? Un frisson de peur lui hérissa les poils de la nuque. Pris de panique, il ralluma sa lampe torche et balaya le couloir par lequel ils étaient arrivés jusqu'ici essayant de se remémorer le parcours qu'ils avaient suivi.

— Laisse-la éteinte, je t'ai dit !

La voix de Loïc le fit sursauter ; trop occupé à chercher un moyen de parvenir seul à trouver une sortie, il ne l'avait même pas entendu revenir.

— Ça va ? Tu es blanc comme un linge…

— Oui… Il caille et sans bouger, c'est pire, mentit Maxime en éteignant la lampe torche.

— Bon, ce couloir est plein de flotte, on ne pourra pas passer par là. Il va falloir emprunter une chatière un peu étroite qui se trouve plus loin, mais au moins, on sera au sec. En avant !

Durant leur progression, Maxime croisa des objets

qu'il ne pensait pas retrouver ici : un Vélib' défoncé couvert de glaise, figé telle une sculpture moderne, témoin déchu d'une vie urbaine dont les règles n'avaient plus cours ici.

Plus ils avançaient, plus les expressions artistiques se multipliaient ; des sculptures fabriquées à partir d'objets divers, des salles décorées de façon psychédélique, des bas-reliefs sculptés à même la roche, des *graffs* immenses recouvrant des pans de murs entiers. Maxime avait le sentiment d'appréhender un autre monde, un monde aux règles différentes, une sorte d'univers parallèle où l'expression sous toutes ses formes tenait une place importante. Où ceux qui arpentaient ces galeries et ces salles semblaient vouloir vivre de façon différente, hors du temps, hors des lois et de la morale imposées par une société dans laquelle ils ne se reconnaissaient plus. La voix de Loïc le coupa dans ses pensées.

— Hakim ! Ça fait plaisir de te voir.

Le dénommé Hakim et Loïc se donnèrent l'accolade et échangèrent quelques banalités. Hakim salua Maxime d'un signe de tête et lui adressa un sourire amical.

— Vous allez où comme ça ?

— On va essayer de trouver Darko et sa bande, on a des questions à lui poser, mais impossible de passer par le chemin habituel, c'est sous l'eau. On va contourner.

— Darko…

Le regard de Hakim s'assombrit.

— Je l'aime pas beaucoup celui-là…

— Je comprends. Tu viens d'où ?

— J'étais posé à la plage avec les potes, mais bon, demain faut aller turbiner, alors… tu vois quoi… Faut pas que j'aie la gueule trop en biais.

— Ouais, t'as raison.

Loïc tapa dans le dos de l'autre et chacun reprit sa route.

— La plage ? questionna Maxime. Il y a une plage ici ?

— Non, c'est une salle où le sol est sablonneux et sur un des murs, il y a une immense vague qui a été peinte, c'est inspiré d'une estampe japonaise connue. Mais je ne me rappelle jamais le nom du mec qui en est à l'origine.

— La vague d'Hokusai ?

— Voilà, c'est ça ! Eh bien, je vois que monsieur a de la culture.

Pour la première fois, Maxime lut autre chose que du dédain dans les yeux de son guide.

— Bref, cette salle était un vrai dépotoir, mais un groupe a décidé de changer ça. Ils ont tout nettoyé, peint ce *graff* et ont entretenu le tout pendant un bon nombre d'années. C'est devenu un lieu sympa où tu peux te poser tranquille et partager une bière avec des potes. Maintenant d'autres groupes ont pris le relais et continuent à entretenir cette salle. C'est ça aussi l'esprit des catacombes. On essaye de respecter les lieux, malheureusement, on n'est pas toujours d'accord sur la façon de faire. Du coup, même entre nous parfois, c'est pas simple.

Loïc s'interrompit et posa son sac à dos contre le mur de gauche. La partie supérieure s'était éboulée sur environ deux mètres de large. Au fond, Maxime vit l'œil noir d'un boyau étroit qui s'enfonçait à l'horizontale vers une destination inconnue. Il fallait quand même avoir les nerfs solides et une sacrée bonne raison pour se mettre à creuser ce genre de tunnel.

— Voilà, on y est. Je vais passer en premier.

Loïc fouilla dans son sac et en sortit une corde. Il en noua une extrémité à sa taille et l'autre à une des anses du sac à dos.

— Quand j'arrive de l'autre côté, je te fais signe, tu fais passer d'abord le sac à dos et ensuite, c'est à ton tour. OK ?

Sans attendre, Loïc grimpa sur un bloc de pierre et se hissa dans la chatière. Il se contorsionna, puis disparut, avalé par la pénombre. Seule la corde, glissant par à-coups, comme aspirée par cette bouche obscène, indiquait que Loïc continuait à avancer. Maxime profita de ce moment pour examiner l'endroit où il se trouvait. Le mur de gauche continuait sur plusieurs dizaines de mètres et finissait par se perdre dans le noir. À droite, des murs de confortement, soutenant la voûte, avaient été érigés tous les cinq mètres. Sur l'un d'entre eux une inscription ancienne indiquait 1777. Maxime avait déjà aperçu plusieurs fois cette date. Sur le mur suivant, une silhouette énigmatique en fil de fer ondulait dans une danse étrange.

— Oh ! Eh ! C'est bon, tu peux envoyer le sac…

Maxime abandonna sa contemplation du personnage sans visage et plaça le sac à dos à l'entrée de la chatière, puis tira deux coups secs sur la corde. Le sac se mit en mouvement, immédiatement suivi par Maxime.

La salle dans laquelle il déboucha était vaste, mais basse de plafond. De gros piliers massifs en forme de pyramides inversées soutenaient les milliers de tonnes de roche qui se trouvaient au-dessus de leur tête.

— Dis, ça fait plusieurs fois que je vois une date ancienne gravée à différents endroits…

— 1777 ? Oui, c'est une date importante dans l'histoire des carrières. Paris s'est construit grâce à l'exploitation du gypse et du calcaire que l'on extrayait d'ici. Le problème, c'est qu'à force de creuser des galeries dans tous les sens, ça a fragilisé les fondations des bâtiments en surface. Résultat, le 17 décembre 1774 au niveau de la rue d'Enfer, à la hauteur du boulevard Saint-Michel, il s'est produit un terrible effondrement qui a englouti des dizaines d'habitations.

— Ah, quand même !

Instinctivement Maxime scruta la voûte.

— Comme tu dis. Autant te dire qu'à l'époque, ça a fait flipper tout le monde. Du coup c'est comme ça que, par décret royal, l'Inspection Générale des Carrières a été créée en 1777 pour surveiller et consolider les galeries qui couraient sous la voie publique. C'est la raison pour laquelle tu peux voir cette date gravée un peu partout : sur les murs, les piliers…

— Et ils ont fait du bon boulot ?

— Ouais, en général.

Loïc sourit devant la mine dubitative de Maxime.

— Allez, c'est par là, indiqua-t-il en montrant le couloir qui leur faisait face. On est presque arrivés. Comme je te l'ai dit, les mecs qu'on va voir, ce sont pas des rigolos, mais bon, ils nous foutent la paix, alors on les laisse faire leur business. On traîne pas avec eux en général sauf quand on a besoin d'un petit remontant. Ils ont toutes les cames, des trucs inimaginables. Toi par exemple, prof à la fac, c'est ça ? Tu dois bien t'envoyer un petit quelque chose de temps en temps histoire de tenir le coup, non ?

— Non, ce n'est pas mon truc.

Du moins ça ne l'était plus depuis qu'il avait accepté la main tendue de Yann et passé des semaines ou plutôt des mois à se sevrer de tous les anxiolytiques et antidépresseurs qu'il s'envoyait alors quotidiennement. Se bourrer de médicaments jusqu'à ne plus percevoir la réalité qu'au travers d'un filtre de coton, jusqu'à ce que le cerveau soit suffisamment assommé pour qu'il ne puisse plus réagir au moindre stimulus. Quitte à arroser ce cocktail chimique détonant de plusieurs rasades de bourbon pour en accélérer le processus et oublier la culpabilité. Définitivement. Oui, Maxime connaissait tout un tas de saloperies et il en avait essayé un bon nombre, mais c'était du passé et il comptait bien ne pas replonger.

Ils bifurquèrent dans un couloir étroit aux parois irrégulières éclairé par des bougies placées dans des cavités à différentes hauteurs. Loïc éteignit sa frontale. Sur leur passage les flammes vacillèrent faisant danser des ombres inquiétantes qui s'accrochaient à leurs pas.

— On y est. Comme je te l'ai dit, tu fais profil bas. Je ne pense pas qu'ils apprécient beaucoup que je ramène une nouvelle tête, donc on va éviter de faire des vagues. C'est clair ?

— Très clair.

Ils entrèrent dans une grande salle voûtée, éclairée par des centaines de bougies. Des étals rudimentaires, faits de planches de bois et de pierres amoncelées, présentaient des assortiments de sachets divers, contenant soit des cachets multicolores, soit des poudres suspectes ou encore des mélanges de feuilles qui, selon toute vraisemblance, ne devaient pas se consommer en tisane. Un peu plus loin, couteaux de chasse et coups-de-poing américains côtoyaient magazines pornographiques du genre hard-core, bondage, sadomasochisme, ainsi que des DVD dont la pochette vierge laissait présager le pire. Les vendeurs restaient tapis dans l'ombre attendant que le chaland fasse le premier pas.

En voyant sa tête, Loïc se pencha vers Maxime et chuchota :

— Je t'avais prévenu, c'est pas des enfants de chœur qui traînent ici.

Face à eux, un rouquin grand et sec au sourire carnassier leur barra la route.

— Tiens, Lolo, qu'est-ce que tu fous là ? T'as amené une copine ?

— C'est bon, ça va ! Il est clean. Darko est là ?

L'autre jeta un regard noir à Maxime avant de hocher la tête.

— Ouais, comme d'hab, répondit-il en désignant du menton une trouée dans la paroi du fond, mais il y a foule ce soir, il va falloir que tu fasses la queue.

Loïc fit signe à Maxime de le suivre et en s'éloignant du rouquin, il expliqua :

— Darko, c'est pas le genre de mec qui aime les nouvelles têtes, si tu vois ce que je veux dire. Je vais y aller seul. Je lui ai rendu deux ou trois services par le passé, s'il sait quelque chose, il me le dira. Tu as une photo ? Ça pourrait aider.

Maxime lui tendit le cliché imprimé au commissariat.

— Parfait. En attendant, tu te la joues discret.

Se faufilant par l'ouverture percée dans le mur, Loïc disparut dans une salle bien plus sombre que l'endroit qu'ils avaient rejoint.

Maxime se retourna et observa les alentours ; de part et d'autre, la pénombre enveloppait un ensemble de petites terrasses soutenues par des murets en pierre qui s'empilaient jusqu'à atteindre le plafond ; une sorte d'amphithéâtre à la construction erratique, écrasé par le poids de la voûte qui le surplombait. Son regard accrocha un mouvement et lorsque ses yeux s'habituèrent à l'obscurité, il discerna un homme squelettique assis en tailleur, cernes creusés jusqu'au milieu des joues, en train de s'envoyer sa dose. En regardant attentivement autour de ce squelette vivant, il distingua d'autres silhouettes couchées, naviguant dans les limbes entre ce qui leur restait de vie et une mort certaine. À la vue de ce spectacle de désolation, une vague immense de tristesse et d'impuissance déferla sur Maxime. Résigné, il s'adossa contre le mur derrière lequel Loïc s'était éclipsé et laissa son regard vagabonder sur ces corps décharnés, détaillant le matériel qui les entourait : petites cuillères, morceaux de papier d'aluminium, pipes à crack, seringues usagées et garrots de fortune. Certains étaient allongés sur des couvertures trouées, d'autres à même le sol. Calé sous la tête d'un de ces morts en sursis, Maxime repéra un morceau de tissu vaguement familier. C'était un détail... Trois fois rien... Mais dans de pareilles circonstances, les détails prennent des proportions considérables. Alors, poussé par son seul pressentiment, il s'approcha à pas de loup, enjambant un corps inerte sous l'œil apathique d'un fumeur de crack trop stone pour réagir. Il s'accroupit à côté de la tête de l'homme et écarta ses longs cheveux gras qui se répandaient sur le morceau de toile comme les franges d'un balai espagnol. Impossible ! Il ne pouvait pas croire ce qu'il voyait. Du bout des doigts, il bascula légèrement la tête et tira avec délicatesse. Peine perdue. Le type se mit à bouger et à râler. D'un coup sec, Maxime récupéra le substitut d'oreiller et l'examina : la besace de Célia. Vide. Il resta bouche bée jusqu'à ce qu'une voix éraillée l'extirpe de ses pensées.

— Hey, putain mec, tu fais quoi ?

Sans lui laisser le temps de se relever seul, Maxime se jeta sur lui, souleva le sac d'os de terre et le plaqua contre le mur.

— T'as trouvé ça où ?

En guise de réponse, l'homme lui cracha au visage. Maxime essuya d'un revers de main le mollard et accentua la pression sur la trachée du camé avec son avant-bras. Sans prêter attention à la rumeur menaçante qui grandissait autour de lui, il continua :

— Dis-moi ! Dis-moi où tu as trouvé ça !

Loïc arriva en courant et força Maxime à relâcher son étreinte.

— Arrête, merde ! Tu fais quoi là ?

Le sac d'os s'écroula à terre et sa gorge émit un sifflement rauque inquiétant. Il cracha un liquide noir et visqueux.

— Tu fais chier ! Regarde ce bordel ! éructa Loïc en jetant des coups d'œil affolés alternativement à l'homme qui gisait à leurs pieds et au trou dans la paroi qui menait à la salle de Darko.

— Faut pas moisir ici ! Cours ! hurla Loïc en poussant Maxime dans le dos.

Enfilant la besace en bandoulière, Maxime se mit à courir vers la seule issue visible en espérant que d'autres n'arrivent pas à contresens. Derrière lui, Loïc le talonnait. Ils détalèrent dans un couloir étroit, puis un autre, et bifurquèrent à droite avant d'arriver dans une salle où deux issues leur faisaient face.

— Celle de gauche ! hurla Loïc.

Sans chercher à comprendre, Maxime s'engouffra dans le passage indiqué, poussé par Loïc.

— Accélère ! Ils sont derrière nous.

Poussant sur ses muscles, les poumons en feu, Maxime donnait tout ce qu'il avait, galvanisé par la peur, il repoussait ses limites.

— Attends ! Stop ! Par ici ! cria Loïc en désignant une échelle à barreaux qui remontait vers le niveau supérieur.

Faisant volte-face, Maxime gravit les échelons à la suite de Loïc. Ils débouchèrent dans une petite alcôve donnant sur un quai recouvert par des flots tumultueux. Les égouts. Au vu du débit, il devait encore tomber des trombes d'eau en surface.

— Par ici, indiqua Loïc en pointant la direction opposée du courant.

— Tu sais où on va ?

— J'en ai pas la moindre idée ! Mais si tu veux, tu peux les attendre et demander ton chemin, je suis sûr qu'ils seront ravis de te l'indiquer.

15

Planqués dans une conduite perpendiculaire, Maxime et Loïc luttaient pour ne pas se faire emporter par le courant puissant qui s'y engouffrait, tout en espérant que leur cachette de fortune ne soit pas découverte. Les deux fugitifs étaient à l'affût, se cramponnant tant bien que mal aux aspérités des parois pour ne pas glisser et être avalés par les flots bouillonnants qui leur fouettaient les cuisses. La cavalcade de leurs poursuivants passa devant l'entrée de leur planque et s'éloigna jusqu'à disparaître, balayée par le rugissement du torrent d'eau sale qui déferlait dans les égouts. Comme un diable sort de sa boîte, Loïc bondit sur Maxime, l'agrippa par le col et le plaqua contre la paroi poisseuse.

— Tu peux m'expliquer ce que tu n'as pas compris dans « tu te la joues discret » ? Tu as vu le bordel que tu as foutu ? Je t'avais prévenu pourtant ! Merde ! Tu sais combien de temps il faut pour se faire accepter par ces types ?

Les traits du visage de Loïc étaient déformés par la colère. Deux grosses rides lui barraient le front tandis que ses cheveux ne semblaient plus vouloir tenir sagement sous son bandana. Sans se laisser impressionner par cet accès de fureur, Maxime le repoussa et lui mit la besace de Célia sous le nez.

— Lâche-moi ! OK, j'y suis peut-être allé un peu fort, mais regarde ce que j'ai trouvé !

Devant la mine interdite de Loïc, Maxime poursuivit :

— C'est le sac de Célia ! C'est la preuve qu'il s'est passé quelque chose ! Que Célia est peut-être toujours ici, quelque part !

— La preuve ? Mais quelle preuve ? Tu vois des signes où tu as envie de les voir, c'est tout ! Il ne t'est pas venu à l'idée qu'elle a pu le perdre, son sac, et qu'un de ces types l'a tout simplement ramassé ?

— Tu ne comprends rien !

— Non, c'est toi qui ne comprends rien ! Qui ne respectes rien ! fulmina Loïc. Je te viens en aide en te servant de guide au pied levé et toi, comment tu me remercies ? En n'en faisant qu'à ta tête, en te foutant de ma gueule ! Tu n'es qu'un putain d'égoïste !

Maxime soutint un instant le regard noir de Loïc, cherchant une réplique cinglante à lui balancer en retour, juste pour lui faire mal, juste comme ça, pour qu'il prenne la mesure de la douleur qui le rongeait. Mais rien ne vint et il finit par abdiquer. Il fallait se rendre à l'évidence ; Loïc avait raison. Il avait agi comme un con, il avait foncé tête baissée au mépris des consignes en les mettant tous les deux en danger.

Soudain, une voix puissante résonna.

— Ils sont là !

Loïc se retourna trop vite et perdit l'équilibre. Pris de panique, ses bras se mirent à faire des moulinets dans les airs cherchant à se raccrocher à ce qu'il pouvait. En vain. En tombant, il agrippa la cheville de Maxime qui à son tour fut happé par la puissance du torrent qui pesait de toute sa force sur ces deux corps qui tentaient de lui résister.

Brinquebalé dans tous les sens, secoué comme dans le tambour d'une machine à laver en position essorage, Maxime eut le réflexe de se protéger la tête avec ses avant-bras, serrant de toutes ses forces le culot de sa lampe torche. Sa jambe heurta un objet dur, puis son corps fut projeté à l'opposé, rebondissant et virevoltant, telle une poupée de chiffon prise dans l'œil d'un cyclone. Plus il luttait, plus ses réserves d'oxygène s'amenuisaient et ses chances de survie avec. Il fallait tenir. Un nouveau choc faillit lui faire ouvrir la bouche, mais il tint bon et tout à coup, il sentit son corps chuter et plonger plusieurs mètres sous la surface d'une sorte de lac souterrain. Puisant dans ses dernières ressources, il battit des pieds aussi fort et aussi vite qu'il le pouvait. Son cœur s'emballait et une douleur aiguë lui vrillait les tympans. Respirer ! Impossible, pas maintenant ! Tenir encore deux secondes, une seconde et enfin… La délivrance. La première goulée d'air qu'il avala lui brûla la gorge et les poumons, il dut cligner plusieurs fois des yeux pour chasser le voile qui lui troublait la vue et faire le point sur sa situation ; il se trouvait dans une sorte de grand déversoir dont la pénombre empêchait de distinguer les dimensions exactes et où plusieurs énormes tuyaux crachaient leur trop-plein. Surnageant péniblement dans ces eaux agitées, Maxime jeta des coups d'œil fiévreux tout autour de lui pour essayer de repérer Loïc. C'est alors qu'il vit flotter, à un mètre environ, une forme molle. Il nageait en plein cauchemar. Le cœur au bord des lèvres, il tendit une main tremblante pour effleurer cette chose inerte. S'attendant à ce que ses doigts entrent en contact avec un corps, il fut soulagé quand il comprit qu'il ne s'agissait que du sac en toile à l'origine de leur discorde. Il le récupéra, passa l'anse autour de son cou et continua à battre des pieds pour se maintenir la tête hors de l'eau, Maxime hurla à plusieurs reprises : « Loïc ! » mais sa voix n'arrivait pas à percer le bruit assourdissant des cataractes qui l'entouraient. Il tendit l'oreille. Aucune réponse. Il cria une nouvelle fois à s'en déchirer le larynx. De l'eau sale lui rentra dans la bouche, il la recracha, toussa, relâcha une seconde son effort et au moment où il passa la tête sous l'eau, il lui sembla entendre un cri en retour. Rassemblant ses forces, il poussa encore sur ses cuisses en feu pour se remettre à flot. Lorsque sa tête perça à nouveau la surface, un éclair blanc lui griffa les pupilles. La frontale de Loïc venait de s'allumer face à lui, elle donnait l'impression de flotter plusieurs mètres au-dessus du niveau de l'eau.

— Par ici ! Il y a une sorte de ponton.

Vivant. Loïc était vivant. À elle seule, cette nouvelle suffit à lui insuffler l'énergie nécessaire pour rejoindre cet îlot providentiel. Après s'être hissé sur le minuscule promontoire où il était difficile de tenir à deux, Maxime se traîna jusqu'à la paroi et s'y adossa. La tête penchée en arrière, il reprenait son souffle tandis que Loïc commençait à gravir la dizaine d'échelons rouillés scellés dans le mur pour accéder à la trappe qui les surplombait. Fermée. Loïc poussa, tira, cria, cogna plusieurs fois contre le métal, mais il obtint pour seule réponse un écho métallique sinistre immédiatement avalé par le vacarme de la lessiveuse dans laquelle ils étaient piégés.

De retour sur la plateforme, Loïc fut le premier à briser la glace.

— Le point positif, c'est que ça m'étonnerait qu'ils nous suivent…

— Et le point négatif, c'est qu'on ne sait pas combien de temps on va devoir attendre ici avant que quelqu'un ouvre cette trappe, compléta Maxime d'une voix grave.

Loïc s'accroupit en tailleur à côté de lui, le dos appuyé contre les barreaux, il retira sa frontale, lentement, la cala à côté de lui, fit glisser son bandana à l'arrière de son crâne, puis remit de l'ordre dans sa chevelure avant de renouer son bandeau noir par-dessus. Ces gestes exécutés de façon mécanique ressemblaient à un rituel, un moyen de faire le vide ; ne pas se laisser parasiter par les émotions et se concentrer sur l'épreuve à affronter. Comme l'alpiniste vérifie son matériel par des gestes maintes fois répétés tout en défiant du regard la falaise qu'il s'apprête à gravir. Pour la première fois, Loïc ne se cachait plus derrière un masque et pour la deuxième fois en quelques minutes, Maxime se sentit con. Comment avait-il pu ne pas détecter le personnage derrière le costume et s'être laissé aller à un jugement trop hâtif ? Lui qui rabâchait à ses étudiants qu'il ne fallait jamais se laisser berner par les apparences, il pesta intérieurement contre son manque de discernement. Il avait cédé à la facilité et il détestait ça.

À nouveau en place sur la tête de son propriétaire, la

frontale balaya l'espace de son pinceau lumineux, chassant l'obscurité pour dévoiler les contours du déversoir : environ dix mètres sur vingt d'eau bouillonnante dans laquelle se déversaient six torrents furieux crachés par d'énormes conduites réparties autour du bassin. Loïc s'avança au bord de la plateforme et plongea son regard vers l'échelle qui s'enfonçait dans les profondeurs. Il resta planté un moment, immobile, à fixer un point se trouvant en dessous du ponton.

— Tu as vu quelque chose ?

— L'eau monte vite, maugréa-t-il d'une voix trop faible pour que Maxime puisse entendre.

— Quoi ?

— L'eau, elle monte beaucoup trop vite, répondit Loïc en forçant la voix. Tout à l'heure quand j'ai grimpé sur cette échelle, il y avait deux barreaux au-dessus de la surface, et maintenant il n'en reste plus qu'un seul. À cette allure, dans dix minutes, cette plateforme sera sous la flotte et si ça ne se calme pas, d'ici une heure, on devra se remettre à nager.

Maxime se rapprocha du bord. Constatant par lui-même la montée des eaux il s'emporta.

— C'est pas vrai ! Il ne manquait plus que ça ! Comment c'est possible ? Ces machins ne sont pas censés déborder à chaque fois qu'il pleut sur Paris ! Non ?

— Je ne suis pas ingénieur, mais ce dont je suis à peu près certain, c'est que ces machins, comme tu dis, n'ont pas été conçus pour que des mecs s'amusent à y descendre en toboggan façon Aqualand et ça, quel que soit le temps.

Cette réflexion frappée au coin du bon sens arracha un sourire à Maxime. C'est vrai qu'ils n'avaient rien à faire là. Raison de plus pour ne pas y moisir. Il coinça sa lampe torche dans la poche arrière de son jean et se mit à grimper les échelons. Arrivé en haut, il assura son équilibre en passant le bras gauche dans le dernier barreau et commença à tambouriner sur la trappe en hurlant. Ils ne pouvaient pas crever ici, pas comme ça.

Au bout de cinq minutes, à bout de souffle et la paume rouge d'avoir trop cogné, il regarda en bas et fut horrifié de voir que Loïc pataugeait déjà dans l'eau. Il y avait urgence, il fallait redoubler d'efforts, ne rien lâcher. On allait les entendre, venir leur ouvrir cette fichue trappe, ce n'était pas possible autrement. Loïc n'avait-il pas dit qu'il y avait une sorte de code d'honneur, de règlement tacite entre cataphiles qui stipulait que l'on ne laissait personne crever dans les catacombes ? Oui il l'avait dit, bien sûr qu'il en avait parlé, mais le problème, c'est qu'ils n'étaient plus dans les catacombes, mais dans les égouts et ici il ne fallait compter sur personne. Loïc le savait. C'était la raison pour laquelle il tournait en rond sur sa plateforme, résigné. Il s'apprêtait à nager jusqu'à l'épuisement car il avait compris quc les chances qu'on les retrouve étaient infimes et que la seule chose sensée qui leur restait à faire était de gagner du temps. Refusant la fatalité, Maxime se retourna et recommença à frapper de plus belle sur le métal rouillé. Il cognerait jusqu'à s'en écorcher la main, jusqu'au sang, mais il ne baissera pas les bras. Au second coup, la trappe s'ouvrit brusquement si bien que Maxime poussa un cri et faillit lâcher prise.

Dans l'encadrement, une tête hirsute, creusée de rides profondes, le fixait d'un œil mauvais.

— Eh bien ! Qu'est-ce que tu fous là-dedans ?

La voix ne tremblait pas, elle était ferme et autoritaire. Cette question, bien que posée sur un ton sévère, sous-entendait que cette personne n'avait rien à voir avec les types qui les avaient pris en chasse. Il y avait donc un espoir, il fallait juste trouver les bons mots. Se raccrochant à cette pensée, Maxime tenta un début d'explication.

— Nous sommes tombés dans une de ces conduites…

— Nous ? Comment ça, nous ? Vous êtes combien ? Si vous êtes venus me piquer mes affaires, ça va mal se passer ! Je vous laisse crever là, moi !

L'homme fit mine de refermer la trappe.

— Non, non, je vous assure, on ne vous veut aucun mal, implora Maxime en levant une main en signe de paix. On veut juste sortir d'ici. On est tombés dans ce déversoir par accident.

Le vieux jaugea Maxime du regard.

— Je vous préviens, si vous vous foutez de ma gueule, ça va mal se passer.

Dans sa main droite, l'homme tenait fermement une barre de fer et il ne faisait aucun doute qu'il n'hésiterait pas à s'en servir. Son visage fermé, ses mains noueuses, tout son corps portait les cicatrices de ceux qui vivent en marge de la société, les oubliés, ceux qui doivent se battre pour survivre. L'homme hésitait ; soit il refermait la trappe et attendait que les voix se taisent à jamais, soit il faisait confiance à un inconnu.

Malheureusement tout chez lui indiquait qu'il n'avait pas fait confiance depuis des lustres.

— S'il vous plaît, répéta Maxime d'une voix qu'il voulait rassurante. On veut juste sortir de là.

Hésitant encore une seconde, l'homme se laissa convaincre et s'écarta d'un pas, laissant pénétrer les deux intrus dans le local technique qui lui servait de tanière.

— Asseyez-vous là.

Les deux hommes obéirent sans dire un mot et prirent place sur la caisse en bois qui leur avait été indiquée parmi l'amas d'objets hétéroclites qui avaient été entreposés dans cet endroit exigu. Le vieux referma la trappe étouffant ainsi le vacarme provenant du déversoir et se retourna pour les dévisager tour à tour. Dans un coin, une lampe à pétrole projetait une lumière jaunâtre étirant les ombres de façon inquiétante et faisant briller une lueur étrange dans les yeux du vieux.

— J'peux savoir comment vous avez réussi à tomber là-dedans ?

La voix était glaçante, accusatrice et, durant un court instant, le sang de Maxime se figea. Son esprit venait de trébucher sur un mauvais pressentiment ; qui était ce type qui vivait sous terre avec ce regard de fou ? Fallait-il ruser pour s'enfuir encore ? Il jeta un rapide coup d'œil à Loïc qui semblait ailleurs, plongé dans ses pensées, réalisant à peine la chance qu'ils avaient eue de sortir vivants de ce piège mortel. Laissant Loïc à son introspection, Maxime choisit d'être franc avec l'homme qui venait de leur sauver la vie. Il raconta pourquoi ils étaient descendus et comment ils avaient fini par se retrouver coincés. Au fur et à mesure de l'histoire, le vieux semblait de plus en plus intrigué. Il posa sa barre de fer à ses côtés tout en continuant à prêter une oreille attentive au récit. Lorsque Maxime en eut terminé, le vieux se leva et se mit à faire les cent pas.

Maxime et Loïc échangèrent un regard interrogateur. Le temps des soupçons semblait s'être envolé au profit d'une intense réflexion. Le vieux allait et venait en marmonnant dans sa barbe, se frottant vigoureusement la tête des deux mains, puis tout à coup se planta face à eux.

— J'ai peut-être vu un truc qui pourrait vous intéresser. Il y a eu beaucoup d'agitation cette nuit, j'ai vu quelqu'un qui ne descend que très rarement et à chaque fois qu'il vient, c'est mauvais signe…

Les yeux du vieux papillonnèrent vers l'entrée du local technique comme s'il craignait que quelqu'un d'autre l'écoute.

Maxime se pencha vers Loïc et demanda :

— De quoi il parle ?

— Aucune idée, il a l'air un peu secoué.

Maxime se leva et du regard chercha à accrocher les yeux du vieux.

— Qui avez-vous vu ?

— Hadès ! siffla le vieux.

— Qui ça ?

Le vieux reprit à voix basse :

— Hadès. Une brute, un sadique, un chef de gang qui donne dans le trafic en tout genre et qui n'hésite pas à faire le sale boulot lui-même. Je l'ai vu lui, avec deux autres gars tout à l'heure quand je revenais. Les autres, je ne les connais pas. L'un était grand, costaud, crâne rasé, l'autre je ne l'ai pas bien vu. Mais ce dont je suis sûr, c'est que ces trois-là traînaient avec eux quelqu'un ; une fille qui avait l'air complètement défoncée…

Soudain, Loïc se leva interrompant la conversation, il semblait ne pas avoir entendu les paroles du vieux ou du moins cela ne l'intéressait pas, ne l'intéressait plus. Maxime lui jeta un regard furieux, alors qu'ils tenaient une piste, qu'ils avaient un témoin, il ne comprenait pas pourquoi Loïc agissait de la sorte.

— Écoute, Maxime, on a eu beaucoup de chance de s'en tirer. Tu devrais laisser tomber, tu as fait ce que tu as pu. Préviens les flics, qui tu veux, mais là, ça nous dépasse. Moi j'arrête, tu devrais faire pareil et remonter avec moi.

Maxime hésita avant de répondre.

— Désolé, mais je peux pas.

Las, à court d'arguments, Loïc eut un hochement de tête désapprobateur. Il fouilla dans son sac à dos pour récupérer le sachet plastique dans lequel se trouvaient les affaires de Maxime, trousseau de clés, portefeuille et téléphone portable, et les lui rendit.

— Tiens et garde la torche, tu en auras besoin.

— Merci…

Loïc referma son sac, puis le jeta sur son épaule et au moment où il allait quitter le local, Maxime l'interpella.

— Loïc ?

Le cataphile se retourna.

— Je voulais te dire… pour le bordel que j'ai foutu…

— Ouais ça va, laisse tomber. Fais gaffe à toi.

Loïc tourna les talons et disparut derrière l'embrasure de la porte.

16

Au fond d'une impasse coincée entre deux immeubles et un mur de briques, trois hommes sortaient de terre. Des paquets de pluie leur fouettaient le visage et rendaient glissantes les marches du minuscule escalier qu'ils gravissaient. Le premier à faire surface fit signe aux deux autres de rester planqués derrière le container gris débordant de sacs-poubelle. Le deuxième mit un genou à terre et adossa contre le mur le corps qu'il portait sur son épaule, lequel s'affaissa mollement sur lui-même. Le troisième, gueule taillée à la serpe, phalanges tatouées et lourdes chaînes en or autour du cou, scrutait l'éclaireur. Il l'aimait bien celui-là et son accent à couper au couteau. Concentré, méthodique, efficace, pas du genre à se répéter, il n'y avait qu'à le voir agir pour comprendre que ce type-là avait un iceberg à la place du cœur.

Au milieu de la ruelle, l'homme au regard de glace appuya sur une touche de son téléphone et colla l'appareil à son oreille. Tout en fixant la rue sur laquelle débouchait l'impasse une vingtaine de mètres plus loin, il décocha une série d'instructions en russe. Le ton était sec, tranchant. Malgré les trombes d'eau, il ne bougeait pas d'un millimètre. Impassible. Moins d'une minute plus tard, un 4 × 4 Mercedes de couleur noire s'engagea en marche arrière dans le cul-de-sac. Le véhicule s'immobilisa moteur tournant, les feux arrière nimbèrent sa silhouette massive d'un halo rougeâtre. D'un pas rapide, il s'avança jusqu'à l'arrière du véhicule, ouvrit le coffre, puis se retourna pour adresser un bref signe de tête aux deux autres.

Le corps fut soulevé sans ménagement, plié en deux sur une épaule, transporté comme un vulgaire sac de plâtre. Chevelure dégoulinante et vêtements trempés, il fut largué comme un vieux tas de chiffons sur une moquette anthracite aussi rugueuse que de la toile émeri. Le coffre claqua et les hommes se séparèrent en deux groupes.

Un poing toqua lourdement sur la vitre côté conducteur. Sur les phalanges on pouvait lire le mot HELL, sur l'autre poing il était inscrit STYX. Les tatouages étaient baveux, barrés de plusieurs cicatrices, l'encre verdie par les années. Combien de gueules fracassées par ces énormes poings, le visage déformé, réduit en une bouillie sanguinolente, avaient dû apercevoir ces mots juste avant de passer l'arme à gauche ? La vitre teintée se baissa et une main gantée de cuir tendit un sachet en papier kraft immédiatement constellé de gouttes de pluie. Sans attendre, le 4 × 4 démarra en trombe laissant le chef de gang seul, hypnotisé par ce qu'il venait de récupérer. C'était presque trop facile. Soudain le charme se brisa. Croyant percevoir un mouvement, l'homme dégaina en un éclair un flingue assez gros pour stopper net un rhinocéros en pleine charge. La gueule du canon pointa vers le coin suspect et l'index se crispa sur la détente. Le souffle suspendu, tel le prédateur, il observait. Rien. L'arme disparut aussi vite qu'elle était apparue. Du bout des doigts, il retira une poche plastique transparente dans laquelle se trouvaient environ deux cents grammes de petits cristaux. Il leva son trophée en direction du seul lampadaire visible depuis la ruelle. Les cristaux se mirent à scintiller d'une couleur verte iridescente et un reflet cruel, quasi animal, traversa ses pupilles dilatées.

17

Redescendre dans les carrières avait été plus facile que prévu. Maxime s'attendait à ce que les explications du vieux Will soient approximatives, mais ce fut tout le contraire. Sous son air de vieil acariâtre, Will avait une mémoire d'éléphant. Une fois Loïc parti, Maxime avait découvert un personnage étonnant. Un vieux fou, qui malgré les affres de la rue, avait su conserver une grande sensibilité et une forte empathie. Deux traits de caractère incompatibles avec les règles de survie des sans-abri. C'est ce qui l'avait contraint, peu à peu, à déserter les trottoirs et à descendre se terrer dans les égouts pour éviter les mauvaises rencontres ; les voleurs, les violents, les enragés qui vous mettent en pièces pour un regard de biais. La loi de la rue est impitoyable, mais qui se soucie vraiment de ça ? Will s'était réfugié dans ce local technique désaffecté qu'il défendait bec et ongles comme son chez-lui, sa dernière parcelle d'humanité. Depuis quand vivait-il là ? Il n'avait pas pu répondre à cette question, mais après tout, ça n'avait pas d'importance, il disait qu'il vivait quelque part et c'était déjà pas si mal. Passée l'image du reclus au regard dérangé, Maxime avait trouvé une écoute attentive et un fin observateur. La description de la jeune femme qu'il avait aperçue était précise.

Tous les détails correspondaient : la chevelure, la tenue et même les chaussures. Pour Maxime, cela ne faisait aucun doute, Will avait vu Célia et cela confirmait ses pires craintes ; elle était en danger. Qui étaient ces types et que lui voulaient-ils ? Will était catégorique : un des trois était un chef de gang qui se fait appeler Hadès, les deux autres, il ne les connaissait pas, mais ils n'avaient pas des têtes de secouristes. Will avait terminé cette phrase par un clin d'œil appuyé, comme s'il avait ajouté à voix haute « si tu vois ce que je veux dire ». Oui, Maxime voyait tout à fait ce qu'il voulait dire, mais il ne comprenait pas, ça ne collait pas, ça n'avait aucun sens. Pourquoi Célia ? Pourquoi enlever une étudiante en histoire de l'Art ? Les paroles des agents de la RATP résonnèrent à nouveau dans son crâne ; ils avaient parlé d'un cocktail Molotov, de diversion. Le mouvement de panique avait donc été créé de façon que les ravisseurs puissent agir sans se faire repérer. Se pouvait-il que l'enlèvement de Célia ait été prémédité ? planifié ? Enlèvement. À lui seul, ce mot cristallisait les pires craintes, les plus noirs des scénarios. Était-il possible que les ravisseurs se soient trompés de cible ?

Une boule de plomb au creux de l'estomac, les jambes tremblantes, le souffle court, Maxime s'arrêta et posa une main sur la paroi rocheuse. Comme le ressac incessant des vagues tente inlassablement d'éroder les édifices les plus solides, il sentit sa raison vaciller sous le flot des questions surgissant à chaque nouvelle hypothèse envisagée. La tête lui tournait. Il se laissa glisser à terre et le temps de se calmer, il s'adossa au mur et ramena ses genoux contre sa poitrine. La torche posée à ses côtés projetait sur la paroi qui lui faisait face une sorte d'ellipse déformée. Se rappelant les conseils de Loïc, il l'éteignit pour économiser les piles et se laissa envelopper par les ténèbres. Basculant sa tête en arrière, il tendit l'oreille et écouta. Dans le noir le plus total, son ouïe semblait décuplée. Les bruits d'eau qui résonnaient aux alentours lui parvenaient avec une netteté surprenante. Se laissant bercer par le lent tic-tac des gouttes tombant dans une flaque, il reprit le fil de ses réflexions. À bien y réfléchir, il n'y avait que deux options possibles : soit les ravisseurs ne s'étaient pas trompés et c'était bien Célia qu'ils ciblaient, soit il y avait erreur sur la personne. Malheureusement tout portait à croire que la seconde option n'était pas à retenir. Si un chef de gang, accompagné de ses sbires, venait s'occuper en personne d'un kidnapping, il y avait peu de chance qu'il se trompe. Qu'avait fait Célia pour s'attirer les foudres de quelqu'un comme Hadès ? D'après le vieux Will, ce type-là trempait dans tous les trafics possibles : armes, drogues, prostitution… Et il ne connaissait probablement pas toute l'étendue de son business. Alors que venait faire Célia là-dedans ? La question tournait en boucle, sans parvenir à trouver un commencement de réponse. Était-elle impliquée de près ou de loin dans les affaires de ce mafieux ? Servirait-elle de monnaie d'échange ? Allait-il demander une rançon ? Toutes ces questions se bousculaient dans son esprit. Célia menait une existence confortable grâce à son père qui veillait à ce que sa fille ne manque de rien. Bien que discrète sur sa vie, sur son passé, elle avait parlé de lui à deux ou trois reprises. Son père vivait à Londres depuis la mort de sa mère, il travaillait dans la promotion immobilière et de ce qu'il avait pu comprendre ses affaires marchaient plutôt bien. Était-ce là le motif de l'enlèvement ?

Un écho étrange l'extirpa de ses pensées, il ralluma aussitôt sa lampe torche qu'il pointa en direction du bruit suspect. Des poussières en suspension dansèrent dans le rayon de lumière. Il avait cru entendre… des pas ? Il écouta encore attentivement, mais en dehors du son régulier produit par les gouttes d'eau, il ne distingua rien d'autre. De sa main libre, il se massa les paupières, cette histoire commençait à le rendre parano. Il se releva doucement, les vertiges avaient cessé. Avant de se remettre en route, il consulta la carte que Will lui avait fournie à défaut de l'accompagner. D'après le plan, il ne lui restait plus qu'à finir de longer ce couloir, prendre à droite à la prochaine bifurcation, puis en continuant tout droit il finirait par déboucher dans la salle où Célia avait été vue.

Le plafond de la salle était assez haut pour qu'il puisse se tenir droit. Plusieurs piliers imposants taillés à même la roche et disposés en quinconce empêchaient d'avoir une vue d'ensemble sur les lieux. En balayant les ténèbres avec sa lampe torche, Maxime comprit pourquoi Will ne s'était pas fait repérer. Il était facile de se cacher dans l'ombre d'un de ces piliers monumentaux et d'observer sans être vu. Une intuition le fit se retourner brusquement ; si Will avait pu se dissimuler de la sorte, était-il possible que quelqu'un l'observe en ce moment même ? Tout à l'heure, les bruits de pas, les avaient-ils rêvés ou était-ce réel ? Ce monde minéral brouillait la réalité, distordant l'espace et le temps, et il fallait reconnaître que cette perte de repères pouvait finir par taper sur les nerfs. Il balança le faisceau lumineux vers différents coins obscurs pour surprendre un éventuel intrus, mais il ne décela aucune silhouette, aucune menace. Troublé, il renifla bruyamment pour se donner une contenance et retrouver un peu de courage, puis retourna à ses investigations. Il se rapprocha du mur du fond duquel démarraient trois couloirs. Will n'avait pas pu dire par lequel le groupe avait quitté la salle. Lorsqu'il avait reconnu Hadès, il avait préféré ne pas traîner dans les parages. Les trois passages étaient identiques, leurs entrées étaient séparées d'une dizaine de mètres et chacun filait vers une direction différente. Maxime les observa minutieusement un par un, s'engageant de quelques mètres dans chacun d'eux, revenant en arrière, fouillant du pied le sol dans l'espoir d'y dénicher une trace, un indice, quelque chose. Puis, devant l'entrée du troisième couloir, il repéra un éclat argenté brillant dans la lumière de sa torche. Il épousseta l'objet du bout des doigts. C'était un bracelet de cuir marron, piqué de quatre petites perles d'argent. Voilà le signe qu'il cherchait, il avait maintenant la certitude que Célia avait emprunté ce passage. Il glissa sa découverte dans une de ses poches. Au moment où il s'apprêtait à pénétrer dans le couloir, sa lampe torche se mit à donner des signes de faiblesse en clignotant plusieurs fois, toussant ses derniers photons avant de s'éteindre.

— Merde ! Pas maintenant !

Deux tapes fortes sur le culot suffirent à la faire repartir, mais pour combien de temps ? Sans perdre une seconde, il s'engagea d'un pas rapide dans le couloir, faisant traîner les doigts de sa main gauche sur la paroi rugueuse. Comme Ariane suivant son fil. Pour économiser le peu d'énergie restant, il décida de s'éclairer par flashs et de progresser ensuite aussi loin qu'il le pouvait en aveugle. Quand les piles seraient complètement HS, il pourrait toujours utiliser son portable. Mais ne sachant pas quelle distance il lui restait à parcourir avant de rejoindre la sortie, il fallait l'économiser au maximum.

Voûté, une main au-dessus de la tête pour éviter de se fracasser le crâne sur un linteau traversant le passage ou sur un bloc de pierre saillant, Maxime progressait dans un noir d'encre ponctué de flashs de repérages. Privé de la vue, il avançait à tâtons, se fiant juste à sa mémoire visuelle et à ses autres sens. Il se savait vulnérable, à la merci du premier venu. Avait-il réellement entendu des pas ? À chaque flash, les ombres refluaient, entraînant avec elles cette pensée délétère. Durant ce répit, il procédait de façon méthodique. Attentif, il mémorisait la topologie des lieux, les obstacles, les bifurcations, puis jetait un bref coup d'œil sur la carte pour confirmer la direction avant de plonger à nouveau dans l'obscurité et laisser les ombres et les spectres se rapprocher jusqu'à le frôler. Si, depuis qu'il était descendu, il n'avait pas vu un seul os humain, il savait que les catacombes se trouvaient là tout près. Savoir qu'ici-bas, au tréfonds de ces galeries, avaient été entreposés les restes de plusieurs millions de personnes pouvait flanquer la trouille au plus téméraire. Parfois, même s'il savait qu'il pouvait encore avancer quelques mètres sans lumière, cette ambiance oppressante le forçait à rallumer sa torche. Bulle de vie dans le royaume des morts. Des gouttes de sueur froide perlaient dans sa nuque. Il fallait admettre qu'il avait réussi une fois encore à se mettre dans une situation improbable. Si de temps en temps il pouvait être moins borné…

Un souvenir remonta à la surface de sa conscience. C'était à l'époque où Yann et lui avaient une douzaine d'années. Pendant les vacances d'été ils exploraient la garrigue aux abords de Saint-Mathieu-de-Tréviers, au nord de Montpellier, à la recherche d'un improbable trésor comme seule l'enfance sait en créer. Un dimanche après-midi, après le repas dominical qui avait réuni à la même table les familles Morvan et Cairal, ils étaient partis explorer un endroit éloigné de leur périmètre de jeu habituel. Thomas, un copain du village, leur avait parlé d'un lieu dangereux, où de profonds avens se cachaient dans les taillis et les broussailles. Les anciens n'aimaient pas ce coin, trop d'accidents, trop d'histoires. Lorsqu'un promeneur imprudent avait été retrouvé mort au fond d'un de ces pièges de calcaire creusés par les siècles, certains vieux allèrent même jusqu'à dire que l'endroit était maudit. Le récit avait attisé leur curiosité et les poussa à échapper à la vigilance de leurs parents, émoussée par le vin, la bonne chère et la chaleur.

Pour y accéder, il fallait emprunter le sentier qui menait aux ruines du château de Montferrand, puis abandonner ce chemin pour continuer tout droit sur deux cents mètres environ en direction du sommet du pic Saint-Loup. Une fois sur place, il ne leur avait pas fallu plus de dix minutes pour dénicher le premier aven ; gueule noire bordée de dents de calcaire tranchantes, s'enfonçant à la verticale dans les profondeurs de la terre. Maxime s'en souvenait comme si c'était hier. La chaleur écrasante du soleil d'août, les stridulations assourdissantes des cigales et l'ombre treillissée des chênes verts qui tapissait la rocaille. Aujourd'hui encore, il se sentait capable de retrouver l'entrée de ce trou béant dans lequel il était tombé cet après-midi-là. Yann l'avait pourtant prévenu de ne pas trop s'approcher, lui rappelant les mises en garde des anciens, mais il n'avait rien écouté. Il voulait aller voir de plus près, explorer cette caverne qui recelait peut-être des traces préhistoriques. Quelle idiotie ! Il s'était avancé jusqu'à ce que le bout de ses baskets se trouve en aplomb au-dessus du vide, puis il avait balancé un caillou pour avoir une idée de la profondeur. Tous deux tendirent l'oreille pour scruter le bruit ; un rebond, un second et plus rien. Maxime se souvenait de ce qui lui était passé par la tête à ce moment précis : « Il faut aller voir ! » Mais, au moment où il s'était retourné vers Yann pour l'encourager à le suivre, une de ses baskets ripa sur le bord de la pierre et il bascula, comme avalé par la gueule de calcaire. En tombant, sa tête heurta la roche et il perdit connaissance.

Lorsqu'il se réveilla trois jours plus tard, il était allongé dans un lit d'hôpital. Bras droit et jambe gauche plâtrés, bandage autour de la tête et divers pansements sur le corps. Les médecins lui apprirent qu'il avait été plongé dans un coma artificiel pendant trois jours. Il revenait de loin. Maxime se souvenait des larmes de sa mère, de la chaleur des mains de son père qui lui pétrissaient les doigts comme s'il peinait à croire que son fils était là, devant lui, bien vivant. Il se souvenait des paroles rassurantes, des regards humides, des promesses de « plus jamais ça » et surtout du sang-froid de son copain Yann qui, du haut de ses douze ans, avait su prendre la meilleure décision possible pour sauver son ami. Au lieu de redescendre au village pour aller chercher de l'aide, il avait coupé plein sud pour rejoindre le domaine de Mortiès qui se trouvait bien plus proche du lieu de l'accident. Cette initiative avait permis de gagner un temps précieux et lui avait certainement sauvé la vie. Yann était comme ça, calme et réfléchi. Il était plus jeune de quelques mois, mais il avait la sagesse de l'aîné.

Cette réminiscence s'évapora et le réel s'imposa à nouveau. Maxime pestait à voix basse ; Yann, lui, ne se serait jamais fourré dans un guêpier pareil. Il aurait agi différemment, rationnellement. Plongé dans ses récriminations, il baissa sa garde un instant et son pied heurta un obstacle. Il chuta lourdement s'étalant de tout son long dans la poussière. La torche lui échappa et roula un peu plus loin dans le couloir, hors d'atteinte. Étouffant un juron, il s'assit et se massa vigoureusement le tibia. Au moment où il s'apprêtait à continuer son chemin à l'aide de son téléphone, il entendit un souffle, puis un bruit de pas. Plus aucun doute possible, il n'était pas seul, on le suivait depuis un moment.

Maxime rangea son portable dans sa poche et tâta tout autour de lui. Ses doigts rencontrèrent la pierre sur laquelle il avait trébuché, il s'en empara à deux mains et se releva pour faire face. Ça s'approchait encore et ça progressait en aveugle. Ce n'était pas bon signe. Maxime leva la pierre au-dessus de sa tête et banda ses muscles, prêt à lancer son projectile de toutes ses forces. Plus que quelques mètres. Le souffle s'amplifiait, les bruits de pas aussi et, avec eux, la certitude froide que la menace était multiple.

18

Un homme avançait d'un pas rapide dans un couloir éclairé aux néons. Ses chaussures cirées couinaient sur le linoléum bleu foncé. De la poche de sa veste dépassait une enveloppe en papier kraft. L'homme s'arrêta devant une porte sécurisée sur laquelle un écriteau indiquait : « Laboratoire C – Biologie moléculaire ». Il fit glisser son badge dans la fente de la serrure magnétique et la porte du sas se déverrouilla. À grands pas, il traversa le laboratoire en direction de la porte du fond.

Elle se referma derrière lui en claquant. Les néons crépitèrent une fraction de seconde avant de cracher leur lumière froide. Il venait de pénétrer dans une salle longiligne, sorte de long couloir dans lequel se trouvaient de part et d'autre de l'allée centrale toutes les armoires réfrigérées du laboratoire. Des milliers d'éprouvettes, de tubes à essai, de flacons de toutes tailles contenant analyses, échantillons, expériences en cours étaient stockés entre ces murs. Chacune de ces armoires renfermait plusieurs centaines de milliers d'euros d'investissement. Il jeta un œil sur l'inscription notée dans le coin de l'enveloppe : G10. Avançant le long des vitrines réfrigérées, il examinait les lettres affichées en haut de chacune d'elles. E, F, G… On y était. Sur la paroi vitrée s'étalait un symbole menaçant, devenu message d'alerte universel avec ces cercles acérés : « danger biologique ». En voyant cela, quiconque aurait tourné les talons et passé son chemin. Il sourit, ce Dimitri Petrov était un malin, dommage pour lui qu'il soit aussi crédule. G10. Le nombre 10 pour la dixième étagère. Impossible de se tromper. Chacune était numérotée par une étiquette. Un numéro suivi d'un code-barres à rallonge. Maintenant il fallait trouver les bonnes fioles. Pour ce faire, il ouvrit la porte vitrée et balaya le contenu des racks avec une petite torche à LED émettant un faisceau de lumière noire. Dans la dernière rangée du support central, un A phosphorescent se mit à scintiller sur trois tubes à essai. Parfait. L'homme en préleva deux sur les trois et les glissa délicatement dans sa poche. Satisfait, il referma la porte. Pour finir, il retira la dernière page du registre et la remplaça par celle qui se trouvait dans l'enveloppe.

Si tout se passait bien, dans moins de vingt-quatre heures, tout serait terminé.

19

La chance avait détourné le regard, ignorant la prière de Maxime lorsqu'il projeta sa pierre. Au lieu de faire mouche, elle frôla la cuisse d'un des deux types qui hurla de rage avant de lui sauter dessus et de le plaquer contre le mur en lui écrasant la trachée de son avant-bras. Le second, plus petit, lui braquait une puissante lampe torche dans les yeux en lui braillant à l'oreille :

— Alors comme ça, tu viens sur notre territoire, tu fous le bordel et tu te casses sans dire au revoir ?

Le plus grand avait une face de rat : oreilles décollées, visage en pointe couronné d'une touffe de cheveux filasse. L'autre avait une tête de pitbull, crâne rasé, de petits yeux vicieux bien enfoncés au fond de leur orbite et la tête couverte de piercings. Son haleine puait le chien mouillé.

— Tu pensais nous échapper en te cachant dans le noir ?

Les deux éclatèrent d'un rire mauvais qui transpirait la haine.

Le pitbull attrapa Maxime par les cheveux le forçant à se baisser vers lui.

— Écoute-moi bien, connard, ici c'est chez nous ! On crèche ici, on becte ici, on baise ici, par contre toi, tu n'as rien à y foutre alors tu vas crever ici.

Il se racla la gorge et lui balança un gros mollard en plein visage.

— Vas-y, fais-le chanter ce petit pédé.

Avec un large sourire édenté, face de rat lui envoya un direct du gauche à l'estomac. Le souffle coupé, Maxime se plia en deux avant de se faire cueillir par un genou qui lui remontait pleine face. Sous le choc sa lèvre inférieure éclata. À terre, Maxime se recroquevilla et tenta tant bien que mal de se protéger de la pluie de coups qui s'abattait sur lui. Soudain un des deux types se mit à beugler de douleur et les coups cessèrent. La gueule de face de rat vint s'écraser à quelques centimètres du visage de Maxime. Les yeux révulsés, il se mordait la lèvre jusqu'au sang en se tenant le tibia.

Une voix féminine résonna.

— Écarte-toi ou je t'éclate les rotules !

Maxime bascula légèrement sur le côté, la tête toujours coincée entre les bras pour jeter un coup d'œil vers l'inconnue. Une lampe frontale projetait un faisceau de lumière crue, aveuglant, qui ne laissait entrevoir qu'une silhouette brandissant ce qui devait être une barre de fer. Quand elle avança d'un pas en direction de pitbull, celui-ci recula et leva les mains en signe de reddition.

— Tout doux, ma belle, calme-toi, on peut discuter, non ?

— Toi et ton pote, cassez-vous !

Il venait de se faire humilier par une femme et elle insistait, ça lui était insupportable. Des éclairs de colère pure passèrent dans ses yeux. D'une main ferme, il attrapa le col de face de rat qui se releva en geignant.

— Putain ! Elle m'a pété la jambe, c'te conne !

L'inconnue souleva son arme, prête à porter un nouveau coup et ajouta d'une voix ferme :

— Si tu veux pas que je te pète l'autre, dégage !

Pitbull la fixa droit dans les yeux.

— Tu sais pas ce que tu viens de faire. Si je te recroise, je te ferai regretter ton geste. Je t'enfermerai au fond d'une cave et je te vendrai au plus offrant. Tu finiras par maudire le jour où tu es venue au monde et tu supplieras…

Il n'eut pas le temps de terminer sa phrase. L'extrémité de la barre de fer lui frappa le thorax coupant net le flot des menaces. Il se retrouva genoux à terre, les yeux injectés de sang. Sa gorge émit un long sifflement aigu.

— Cassez-vous !

Les deux types déguerpirent sans demander leur reste.

L'inconnue s'accroupit face à Maxime et lui releva le menton pour examiner ses blessures.

— Ils ne t'ont pas loupé.

Maxime plissa les yeux, aveuglé. Sa lèvre le lançait. Il porta une main à sa bouche et la retira couverte de sang. Encore sous le choc de l'agression, il releva la tête en direction de celle qui l'avait sauvé d'un lynchage en règle. Elle venait de retirer sa frontale et baisser le foulard qui lui masquait le visage. Elle avait de jolis yeux verts, des pommettes hautes et des lèvres larges. Sa silhouette athlétique et ses cheveux blonds attachés en queue-de-cheval lui donnaient l'allure d'une guerrière, d'une walkyrie. Voyant que Maxime la dévisageait, elle anticipa sa question.

— Moi, c'est Chloé, ravie que tu le demandes.

Elle lui tendit un mouchoir en papier.

— Tiens, désolée, mais j'ai oublié ma trousse d'infirmière.

Maxime esquissa un sourire qui se transforma aussitôt en une grimace de douleur.

— Merci.

Le sang s'insinua dans les fibres de la compresse improvisée.

— Pourquoi tu as pris le risque d'affronter ces types ?

— Parce que j'ai des questions à te poser.

Maxime fronça les sourcils.

— Je ne comprends pas.

— Je vous ai vus vous enfuir tout à l'heure, toi et ton pote. Et d'ailleurs je suis impressionnée que tu sois encore en vie. Il est où ton pote ? Comment vous avez réussi à les semer ?

— On a eu de la chance, dit Maxime en se tamponnant la lèvre inférieure, enfin si on peut dire… Toi aussi, tu connais Darko ?

Chloé vint s'asseoir à côté de Maxime.

— Non, pas vraiment, je lui achète juste un peu de matos de temps en temps. On a tous nos faiblesses, hein ?

Elle plongea le regard vers ses chaussures. Un voile de tristesse lui passa dans les yeux. Maxime ne sut comment réagir. Elle se mordit la lèvre, puis continua :

— Les deux affreux, là, ils bossent pour lui. Des sales types. Ils faisaient partie de ceux qui vous couraient après. Je les ai recroisés en remontant tout à l'heure. Ils n'étaient plus que deux et comme ils avaient l'air de suivre quelqu'un, ça a piqué ma curiosité, du coup je leur ai filé le train.

— Ce n'est pas moi qui vais te le reprocher.

Maxime passa une main sur son visage tuméfié avant de reporter son regard sur Chloé.

— Que voulais-tu me demander ?

— Ton pote tout à l'heure…

— Loïc.

— Oui, Loïc, il posait des questions à propos d'une nana, savoir si on l'avait vue ce soir. Mais je n'ai pu voir de suite de qui il s'agissait. Ça s'est mis à gueuler dans la grande salle, du coup, il est reparti comme s'il avait le diable aux trousses. La photo lui a échappé à ce moment-là. Quand je l'ai ramassée, je l'ai de suite reconnue.

Maxime la regarda bouche bée. Reconnue ? Elle connaissait Célia ?

— J'ai voulu le rattraper pour lui dire, mais vous étiez déjà en train de vous enfuir. Quand j'ai vu les mecs qui vous couraient après, je me suis dit qu'il y avait malheureusement peu de chance pour que l'on se recroise. Alors j'ai laissé tomber… Je ne pensais pas que le hasard me conduirait jusqu'à toi…

— La fille de la photo, tu la connais ?

— Oui, c'est Camille. Ça fait une dizaine de jours que je n'ai plus de nouvelles. On a bossé ensemble pendant quelques mois, on est vite devenues amies, puis elle a disparu du jour au lendemain. Plus aucune trace, évaporée. Elle m'avait donné un numéro de téléphone mais il ne répondait pas. Je suis allée à l'adresse qu'elle avait indiquée lors de son embauche, mais elle était bidon. Un couple de vieux habitait là et ils n'avaient jamais entendu parler d'elle. Il y a quatre jours, des types louches sont venus au boulot, ils voulaient la liste de ceux qui avaient nettoyé leurs locaux sur les six derniers mois. J'ai de suite pensé qu'il y avait un rapport avec elle, mais je n'avais aucun moyen de la joindre pour la prévenir. Je ne sais pas dans quel pétrin elle s'est fourrée, mais ce dont je suis sûre, c'est qu'elle est en danger. C'est pour ça que si tu la connais, si tu sais quoi que ce soit, il faut me le dire.

— Camille ? Non, non, non, on ne parle pas de la même personne.

— Attends…

Chloé se releva pour fouiller dans ses poches, elle en retira une feuille de papier pliée en petits morceaux. Elle la déplia, la défroissa d'un revers de main et la tendit à Maxime. C'était le portrait de Célia imprimé par les flics.

— C'est d'elle que je parle.

Maxime resta interdit devant le sourire de Célia. Il perdait pied. Il avait la sensation qu'au fur et à mesure qu'il avançait, ses repères se délitaient. Son regard passa alternativement du visage de Chloé au portrait de Célia.

— Mais non, non, ça n'a aucun sens ! Elle ne s'appelle pas Camille, mais Célia, Célia Meyer.

— C'est ta nana ?

— Oui.

Chloé plongea le regard dans ses chaussures, troublée. Elle reprit un ton plus bas :

— Eh bien, on dirait qu'elle ne t'a pas tout raconté… Remarque, je crois qu'elle ne m'a pas tout dit à moi non plus… Pour moi, elle s'appelle Camille Junel.

Maxime observa la photo. Qui était cette fille qu'il croyait connaître ? Quels secrets se cachaient derrière ces yeux, derrière ce sourire ?

— Tu as bossé avec elle ? C'était où ? Quand ?

— Chez Clean Service. On nettoie des bureaux la nuit. Je crois qu'elle a été embauchée en mai dernier. On n'a pas travaillé ensemble de suite, on était sur des tournées différentes, mais on se croisait au début et à la fin de notre service. C'était vraiment une chouette fille. Elle m'a aidée à faire des démarches pour trouver un appart. Même si ça n'a encore rien donné, elle m'a aidée et ça, c'est déjà énorme. La paperasse, l'administration, ça n'a jamais été mon truc, mais elle, elle s'y connaissait. Ça se voyait. On a très vite sympathisé. Elle m'a demandé s'il y avait une chance qu'elle vienne travailler avec moi sur ma tournée. J'ai insisté auprès de la direction et ça s'est fait. C'était une sacrée bosseuse, elle ne rechignait jamais à la tâche. Quand une collègue manquait à l'appel, elle se démenait pour que le job soit fait quand même. Je lui ai dit plusieurs fois qu'elle ne devait pas faire ça car si les patrons se rendaient compte qu'on s'en sortait en étant une de moins sur la tournée, ils n'hésiteraient pas à réduire l'effectif de l'équipe. Ils se foutent bien de savoir si on en chie, pour eux, c'est la rentabilité qui compte.

Mais elle était comme ça. Et puis la semaine dernière elle n'est pas venue bosser…

— La semaine dernière ? Non, mais c'est impossible ! Il ne peut pas s'agir de la même personne ! Elle ne t'a jamais parlé de sa vie ? De ce qu'elle faisait en dehors du boulot ?

— Non, c'était une nana discrète, elle ne faisait jamais de vagues. À vrai dire, je n'ai jamais compris ce qu'elle foutait là, mais bon, je suis bien placée pour savoir que tous ceux qui bossent la nuit pour récurer des chiottes et passer l'aspirateur ne le font jamais par choix, alors je me suis dit qu'elle aussi devait avoir son lot de galères. Je n'ai pas posé de questions, après tout, chacun a sa croix à porter. J'ai respecté sa discrétion.

La graine du doute venait d'être plantée et elle commençait à germer. Ces derniers mois, Célia était épuisée. Elle disait travailler tard sur sa thèse, mais la vérité était tout autre ; elle travaillait de nuit dans une entreprise de nettoyage. De ce que Maxime en savait, Célia n'avait pas de problème d'argent. Son père y veillait. Se pouvait-il qu'ils se soient disputés et que son père ait décidé de lui couper les vivres ? Après tout Célia ne parlait jamais de sa famille, à peine quelques mots sur son père depuis qu'ils se connaissaient. Leur relation semblait assez distante. Cette brouille expliquerait le boulot, mais pourquoi ne pas lui en avoir parlé ?

Machinalement Maxime mit une main sur la besace de Célia qui se trouvait calée entre son dos et la paroi. Il la récupéra et la montra à Chloé.

— Ce sac, ça te parle ?

Du bout des doigts, Chloé caressa la toile élimée.

— Oui, elle disait que c'était sa machine à voyager…

— … dans le temps, compléta Maxime effaré.

— Exactement.

Célia transportait dans son sac une collection de petits objets *a priori* sans valeur : un coquillage, un bouton doré, une clé qui n'appartenait plus à aucune serrure. La liste était longue. Elle racontait que lorsqu'elle y plongeait la main à la recherche d'un stylo, de son trousseau, ou de tout autre chose et que par hasard elle effleurait un de ces objets, elle se téléportait alors vers le lieu lié à ce souvenir. Traversant en une fraction de seconde l'espace et le temps, elle pouvait revivre les émotions du passé, ressentir sur sa peau les embruns, la chaleur de l'été ou le froid mordant de l'hiver.

— Qu'est-ce que l'on fait maintenant ?

Maxime hésita un moment avant de répondre.

— Hadès, tu connais ?

20

Un coup sourd fit sauter de son emplacement la lourde plaque de fonte et de béton frappée des lettres IDC, sigle de l'Inspection des carrières. Accès privilégiés aux sous-sols parisiens, rares étaient celles n'ayant pas encore été soudées par les pouvoirs publics. Sur le trottoir de l'avenue du Général-Leclerc, deux silhouettes regagnèrent la surface sous l'œil ahuri d'un septuagénaire insomniaque qui avait profité du fait que la pluie ait cessé pour descendre faire pisser son chien.

Aidée de Maxime, Chloé repoussa la plaque qui ripa lourdement sur le bitume détrempé et vint obstruer le passage vers le monde d'en bas. Maxime eut l'impression de refermer le couvercle d'un tombeau maudit.

— Pas fâché d'en être sorti, lâcha-t-il en s'essuyant le front.

Maxime jeta un œil autour de lui, il avait l'impression d'être resté une éternité sous terre. Désorienté, il prit le temps d'observer l'avenue ; l'éclairage des vitrines, l'agressivité de leurs néons roses, bleus, jaunes déversant des flots de lumière criarde, les réverbères, les feux tricolores, les phares des voitures qui filaient dans l'humidité de la nuit, tout semblait agressif, superficiel. Le passage brutal du cœur enténébré des carrières à la multitude de stimuli visuels heurtant sa rétine lui donna la nausée. De l'autre côté de l'avenue, une tempête de diodes dans la croix verte d'une pharmacie balaya un caducée pour afficher l'heure : 3 h 57.

Retrouvant l'accès au réseau, son téléphone portable se mit à vibrer au fond de sa poche. Deux coups ; le signal pour les appels en absence. Sur l'écran, trois notifications s'empilaient. Un message de la voisine de palier de Célia et deux de Yann.

— Ça va ? Tu fais une drôle de tête.

— La voisine de Célia m'a laissé un message à 2 h 43. Je me doute qu'elle ne doit pas être du genre à dormir beaucoup, mais là, c'est quand même le beau milieu de la nuit.

Maxime fit glisser la pile des notifications sur la gauche de l'écran pour accéder au répondeur. Il lança l'écoute du premier message et mit sur haut-parleur. Chloé se rapprocha et tendit l'oreille.

« Maxime, c'est madame Lehman… »

La voix tremblait. La vieille dame n'était pas rassurée, presque choquée, elle cherchait ses mots.

« L'appartement de Célia a été visité… Tout a été retourné… J'ai prévenu la police, ils sont en route, ils ne devraient plus tarder maintenant… »

Durant une poignée de secondes, seule sa respiration se fit entendre, comme si elle hésitait à poursuivre. Comme si exprimer à voix haute ses craintes pouvait les rendre réelles. La voix reprit, un ton plus bas.

« Maxime, je suis très inquiète. J'espère que vous avez retrouvé Célia, que tout va bien et que cette effraction n'est juste qu'une coïncidence. Je vous en prie, rappelez-moi dès que vous avez ce message. »

Maxime et Chloé échangèrent un regard soucieux. Chloé fut la première à réagir.

— Tu as une idée de l'heure à laquelle le vieux a vu Hadès et ses sbires ?

— Je ne sais pas précisément, il n'a pas été très clair. En tous les cas, c'était avant 2 heures du matin. C'est à peu près à ce moment-là que nous nous sommes invités chez lui, Loïc et moi.

— OK, donc il se peut que la voisine ait raison. Niveau timing, ça colle.

— Oui, c'est bien possible. Ce qui veut dire que si ce sont les mêmes, ils cherchent quelque chose que Célia a en sa possession.

Maxime mit la main à plat sur le sac de Célia.

— Quand je l'ai récupéré, il n'y avait plus rien dedans. Ils l'ont sûrement balancé derrière eux après l'avoir fouillé.

— Oui, et ne trouvant rien, ils sont allés direct chez elle.

Pensif, Maxime se frotta le menton, il peinait à appréhender toutes les pièces du puzzle. Qu'est-ce que ces types pouvaient bien chercher ? Ses yeux quittèrent ceux de Chloé pour se poser sur l'écran du smartphone où attendaient les deux messages suivants. Yann lui avait laissé le premier à 3 h 11, l'autre dix-huit minutes plus tard. Yann était un insomniaque chronique et le décalage horaire subi par ses nombreux voyages à l'autre bout du monde n'arrangeait rien, il n'y avait donc rien d'étonnant à ce qu'il appelle à cette heure-ci. Maxime lança la lecture du premier message.

« Max, c'est moi, tu vas sûrement me prendre pour

un dingue, mais je crois qu'il se passe un truc bizarre dans la rue. Enfin, je ne sais pas vraiment, c'est peut-être rien. Quand la pluie s'est arrêtée, je suis allé fumer une clope sur le balcon et j'ai repéré une grosse bagnole noire, vitres teintées qui s'est garée juste en bas de l'immeuble. Tu sais, le genre de bagnole que l'on voit dans les films de gangsters, Audi ou Mercedes, vue d'en haut, c'est difficile à dire. Bref, jusque-là pas de quoi tomber par terre, on est d'accord. Ce qui m'a fait tiquer, c'est que le passager en est descendu deux fois pour venir fureter dans le hall d'entrée, comme s'il cherchait quelque chose ou quelqu'un. Peut-être que toute cette histoire me rend parano, que je ferais mieux d'essayer de dormir, mais le look du gars ne me revient pas : cheveux longs attachés en catogan, veste noire, mal rasé… Il n'a pas la gueule d'un saint… Ouais, bon, je sais, c'est con, on est d'accord. Laisse tomber. »

— C'est qui Yann ?

— Mon pote, mon coloc, répondit Maxime d'une voix glacée.

Une pluie acide se mit à tambouriner contre les parois du cerveau de Maxime. Jusqu'à présent, l'idée ne lui avait même pas effleuré l'esprit. Si les ravisseurs de Célia avaient fouillé dans son téléphone, mis à sac son appartement, il y avait de fortes chances qu'ils soient au courant de leur relation. Et donc de son adresse. Fébrile, Maxime lança la lecture du dernier message.

« Max ! Putain ! Les deux types ont réussi à rentrer dans l'immeuble… Ils sont devant notre porte, ils essayent de forcer la serrure… »

Yann murmurait plus qu'il ne parlait. Maxime, lui,

ne bougeait plus, ne respirait plus. Les doigts crispés sur la coque du téléphone, il fixait la barre bleue de progression ; le message touchait à sa fin.

« Je vais appeler les flics… »

Soudain des bruits de pas précipités résonnèrent dans le haut-parleur, suivis d'un sifflement sec et du son mat d'un corps qui s'écrase au sol. Deux secondes s'écoulèrent avant que la communication ne s'interrompe sur un grésillement bref.

21

Un vide abyssal s'ouvrit sous les pieds de Maxime. Il chutait à une vitesse telle que son estomac lui remonta dans la gorge, que tous ses membres se raidirent, se préparant à l'impact avec le mur de la réalité. Ses yeux s'embuèrent de larmes. Il se raccrocha au regard de Chloé, y cherchant désespérément un signe, une étincelle, une lueur d'espoir. Mais le vert de ses iris avait viré au noir. Elle aussi semblait pétrifiée par ce qu'elle venait d'entendre. Maxime tenta de prononcer un mot, mais aucun son ne sortit de sa bouche. Chloé s'approcha de lui et lui attrapa le poignet. Le contact de cette main chaude, vivante, lui fit l'effet d'un électrochoc. La douleur et l'émotion refluèrent tout au fond de ses entrailles. Qu'avait-il entendu ? Des bruits, des sons, mais après tout, rien de vraiment distinct. Son cerveau avait interprété ces bribes pour bâtir en un millième de seconde un cauchemar éveillé qui ne reflétait peut-être pas ce qu'il s'était réellement passé.

— Je vais voir !

— Attends ! Tu ne peux pas y aller comme ça. Imagine que ces types soient encore chez toi, qu'ils attendent ton retour.

Une Fiat 500 remontait l'avenue, vitres baissées. Un air de reggae les enveloppa un instant avant de s'évanouir presque aussitôt une fois le véhicule passé. Maxime suivit du regard les feux arrière qui s'éloignaient dans la nuit, puis il se retourna vers Chloé.

— Je connais un moyen.

— Quoi ? Comment tu comptes t'y prendre ? Tu n'es même pas armé…

Mais Maxime n'écoutait plus, il s'était déjà faufilé entre les voitures stationnées le long du trottoir et s'apprêtait à traverser. Le voyant s'éloigner, Chloé hésita une seconde, jura, puis s'élança à son tour sur la chaussée.

— Arrêtez-nous là !

Le chauffeur de taxi jeta un coup d'œil de biais dans son rétro. Visage gris, humeur terne, il n'ajouta pas un mot et stoppa sa Ford Mondeo en double file, warnings allumés. Bien content de larguer les deux zouaves qui lui pourrissaient la banquette arrière. Il pestait intérieurement contre ce métier devenu ingrat. « Ubérisation », qu'ils disaient. Tu parles, juste un mot à la con pour ne pas dire esclavage, mais bon il paraît que ça fait mauvais genre de dire ça. Alors on invente des mots pour masquer la misère, sauver les apparences et laisser débattre les intellectuels avec de nouveaux termes qui ne tachent pas leurs cols blancs. C'était comme ça. Avant c'est lui qui choisissait les clients, maintenant, il fermait sa gueule et prenait ce qui restait. D'ailleurs, il n'y avait qu'à les observer ces deux-là ; elle, ça allait encore, mais lui, il fallait le voir avec sa tronche de punching-ball sur lequel se serait défoulé Brahim Asloum. Un billet de vingt fit son apparition entre les sièges, stoppant un instant la rengaine de la rancœur. À peine l'eut-il saisi que les portes claquèrent, le laissant seul avec l'odeur âcre de son amertume flottant dans l'habitacle. À moins que ce ne soit un vague relent d'œuf pourri.

— Par ici.

Chloé emboîta le pas de Maxime, ils longèrent une façade puis se planquèrent sous un porche. L'emplacement était parfait pour observer la rue sans être vu. Sous la lumière jaune orangé des réverbères, ils ne repérèrent aucune voiture correspondant à la description faite par Yann.

— C'est à quel numéro ?

— Au 12, ça se trouve au milieu de la rue environ. Mais on peut y accéder en passant par ici.

Dubitative, Chloé se pencha pour observer la petite plaque en métal fixée au mur ; elle portait le numéro 22. Comment comptait-il s'y prendre pour passer du 22 au 12 ? Maxime appuya sur une sonnette jusqu'à ce qu'une voix rauque lui réponde.

— Ouais ?

— Bob, c'est Max, j'ai oublié mes clés, tu peux me dépanner, s'il te plaît ?

— Eh bien, t'as sacrément fait la fête, toi, t'as vu l'heure ?

— Désolé.

— Pas de soucis, mec, monte.

Le claquement sec de la serrure automatique résonna et un battant de la porte cochère s'entrebâilla.

En gravissant les premières marches de l'escalier, Chloé demanda :

— Tu m'expliques ?

— Bob est un ami de Yann. Il me l'a présenté quand je suis monté sur Paris. C'est un rasta qui a le cœur sur la main, toujours prêt à dépanner, il te donnerait sa chemise si ça peut t'aider. Bref, une fois, Yann m'a raconté qu'il avait paumé ses clés et qu'il était passé par les toits depuis l'appart de Bob.

Chloé s'arrêta net entre deux paliers.

— Tu te fous de moi ? Tu n'es quand même pas en train de me dire que l'on va jouer les funambules pour aller chez toi ?

— Si tu as une meilleure solution, vas-y, je t'écoute. Je te rappelle qu'il y a peut-être des types planqués chez moi et que c'est toi qui m'as dit qu'il faudrait éviter de se pointer comme des fleurs en passant par l'entrée. En plus de ça, je te rappelle que mon pote Yann est peut-être blessé, voire pire. Donc si tu as mieux à proposer, surtout n'hésite pas.

Piquée au vif, Chloé soutint son regard, puis lui passa devant, les mâchoires serrées.

Arrivés au quatrième étage, ils toquèrent à la dernière porte du palier. Un bruit de savates traînantes se fit entendre à l'intérieur, puis la poignée tourna et un visage au sourire amical les accueillit. Les yeux de Bob encore embués de sommeil s'écarquillèrent aussitôt quand il découvrit les blessures sur le visage de Maxime. D'un geste ample, presque théâtral, il fit passer ses longues dreadlocks derrière son dos et se pencha en avant pour l'observer de plus près.

— Ça va, mec ? Qu'est-ce qui t'est arrivé ?

— Oui, ça va, t'inquiète, répondit Maxime en lui posant une main rassurante sur l'épaule. On peut rentrer ?

S'apercevant qu'il n'était pas seul, il se pencha vers Maxime et lui glissa à l'oreille :

— Ne me dis pas que c'est elle qui t'a fait ça, hein ? souffla-t-il en lui lançant un clin d'œil complice, puis il s'écarta pour libérer le passage.

Quand Chloé entra à son tour, il se courba légèrement pour la laisser passer. Par ce geste maladroit, il souhaitait montrer qu'il savait accueillir les dames et ce, à n'importe quelle heure et comme cette nuit, dans n'importe quelle tenue : caleçon bariolé, marcel blanc et espadrilles usées. Peu habituée à ce genre de démonstration, Chloé lui sourit et bafouilla son prénom en guise de présentation.

L'appartement de Bob était assez petit et il y régnait un bazar indescriptible. Le stock incroyable de bâtonnets d'encens et de papier d'Arménie qui se consumait quotidiennement entre ces quatre murs ne parvenait pas à masquer l'odeur caractéristique de la résine de cannabis. Toute cette fumée s'accumulait en un épais brouillard qui flottait en permanence entre les poutres de son deux pièces. Bob y voyait une sorte de dimension mystique qu'il contemplait en fumant le narguilé, affalé au fond de son sofa.

— Bon alors, comme ça, tu as perdu tes clés ?

Maxime acquiesça en haussant les épaules et en tournant ses paumes vers le ciel.

— C'est ça, Yann m'a raconté qu'une fois il était passé par chez toi…

Bob partit dans un rire sonore dévoilant deux belles rangées de dents bien blanches, puis il reprit de sa voix grave aux accents chantants :

— Et il ne l'a pas fait qu'une fois. Je lui ai dit qu'il devrait attacher son trousseau de clés avec une ficelle autour de son cou. Mais voilà, il ne m'écoute jamais celui-là, et toi, tu devrais faire pareil.

Bob tapotait de son index la poitrine de Maxime qui accepta de bonne grâce ces recommandations farfelues.

— Ça vous éviterait de vous rompre le cou à chaque fois que vous avez la tête en l'air. Bon, allez, suivez-moi.

Ils passèrent dans la petite chambre mansardée qui devait servir de débarras tant elle semblait encore plus encombrée que la pièce principale. Bob ouvrit la fenêtre qui donnait sur un minuscule balcon avec vue plongeante sur la rue qui se situait quatre étages en contrebas. Chloé se pencha en avant, jeta un œil par-dessus le garde-corps en fer forgé, puis se retourna vers Maxime.

— C'est une blague ?

22

Les graviers blancs crissaient sous les pneus du 4 × 4, laissant les immenses grilles du portail se refermer lentement derrière lui. Le véhicule progressait au pas, sous l'épaisse frondaison des arbres centenaires, guidé par les plots lumineux se trouvant de part et d'autre de l'allée. En arrivant face au manoir anglais, le Mercedes noir contourna le parterre de fleurs et s'immobilisa devant le porche, sous les regards froids des statues qui ornaient les abords du parc. Le conducteur coupa le moteur. La lumière qui filtrait derrière les rideaux des fenêtres du rez-de-chaussée suffisait à éclairer le seuil de l'imposante façade. Au moment où il mit un pied à terre, la porte d'entrée du manoir s'ouvrit sur une silhouette qui s'avança jusqu'à la balustrade. L'homme sur le perron porta à ses lèvres une cigarette. La flamme du briquet jaillit dans l'obscurité, embrasant les brins de tabac et éclairant du même coup le visage de l'un des hommes les plus riches de France : Jean-Marc Debailly.

— On vous attendait.

La phrase avait été prononcée à voix basse, murmurée juste pour lui, comme s'il cochait mentalement une case de plus dans une longue liste de tâches visant à atteindre un objectif précis.

Le conducteur chargea sur son épaule le corps inerte

qui gisait dans le coffre. Il grimpa la volée de marches et s'arrêta devant Debailly. Celui-ci s'approcha, releva avec déférence la cascade de cheveux bruns et pencha la tête pour découvrir le visage de l'ennemi. C'était donc elle, le grain de sable, le battement d'ailes de papillon, qui avait failli provoquer un tsunami. D'où sortait-elle ? Pour qui travaillait-elle ? Il reporta ensuite son regard sur le conducteur qui précéda la question qui allait lui être posée.

— Kétamine.

Debailly hocha la tête. Il s'éloigna de quelques pas pour contempler les sentinelles immobiles en marbre blanc qui entouraient sa propriété. Il tira une longue taffe sur sa cigarette avant d'exhaler un nuage de fumée bleutée.

— J'espère qu'ils n'ont pas trop forcé la dose, il faut qu'elle parle. Descends-la à la cave, je m'en occuperai plus tard.

Le bout rougeoyant de la cigarette grésilla encore une fois dans la moiteur de la nuit. Parmi les langues de brume qui se formaient entre les troncs, Debailly repéra une biche qui avançait à pas de velours. Lorsqu'elle parvint à la lisière de la forêt, elle se figea. Tous les sens en alerte, l'animal sentait qu'on l'observait. Debailly se dit que cette apparition était peut-être un signe, un présage favorable. Les yeux plissés, il s'envoya une dernière bouffée de nicotine, puis jeta son mégot à terre et l'écrasa sous son talon. Il n'avait jamais cru ni aux signes, ni au karma, ni au destin. Sa seule religion, c'était le pouvoir de l'argent et il était grand temps de retourner prier. D'un bond, le cervidé se mit à couvert sous l'épais feuillage et disparut dans la pénombre des sous-bois.

23

La pluie avait rendu les toitures glissantes. Le zinc mouillé, aussi noir que les abysses, donnait la sensation de progresser sur des plaques de cristal suspendues au-dessus d'un gouffre sans fond. Un pas de travers, un saut mal ajusté, une seconde d'inattention et la chute serait fatale. Progressant entre les hautes cheminées, escaladant les mansardes et les minuscules terrasses, Chloé et Maxime parvinrent à rejoindre le toit de l'appartement, juste à l'aplomb du balcon. Maxime se cala sur le faîtage et pivota vers Chloé.

— OK, on y est. Pour descendre, on va se laisser glisser contre le mur de l'immeuble voisin jusqu'à la gouttière, dit-il en pointant de l'index la trajectoire à suivre.

— Tu es déjà rentré chez toi en passant par ici ?

— Non jamais, pourquoi ?

— Alors comment tu peux être sûr qu'on se trouve au bon endroit ? Tout se ressemble ici. Tu as compté les cheminées pour te repérer ?

— Pas besoin, regarde en face. Tu vois le balcon couvert de plantes ? demanda Maxime en désignant la façade de l'immeuble voisin. Il y en a tellement que l'on dirait qu'un petit morceau de verdure a été arraché d'un parc pour être collé ici. Bref, il se trouve que ce balcon se situe pile dans l'axe du salon, juste un étage en dessous. Difficile de se tromper.

— Bon, si tu le dis… Et une fois que l'on est perchés sur ta gouttière, on fait quoi ?

— On saute.

— On saute ? répéta Chloé incrédule.

Les yeux écarquillés comme des soucoupes, elle scrutait le visage de Maxime. Il ne pouvait pas être sérieux.

— À moins que tu caches sur toi une corde qui nous permettrait de descendre en rappel, je ne vois pas comment faire autrement.

Il était sérieux.

— Merde ! pesta Chloé.

— Allez, je passe le premier.

Maxime s'engagea sur la pente glissante et contrôla sa descente en s'accrochant du bout des doigts à toutes les aspérités qu'il pouvait trouver. En apnée, Chloé le regarda faire, notant scrupuleusement quelles prises étaient les plus sûres pour que ce bout de toiture ne se transforme pas en toboggan mortel. Suspendue aux gestes de Maxime, elle se demanda ce qu'elle foutait là. Pourquoi, encore une fois, avait-il fallu qu'elle mette le nez dans une histoire qui ne la concernait pas, ou du moins qui ne la concernait plus ? Camille avait menti sur son nom, sur son adresse, elle lui avait même donné un faux numéro, le message était pourtant clair, elle ne voulait pas de contact. Alors pourquoi ? Pourquoi se donner tant de mal pour elle ? Peut-être parce que malgré les apparences qui jouaient en sa défaveur, Chloé avait ressenti chez cette nana une vraie sensibilité et une grande générosité. À l'évidence, cette fausse identité n'était qu'une couverture, une protection. Camille, ou quel que soit son prénom, n'était pas une mauvaise personne, bien au contraire. Elle évoluait en eaux troubles, dans un milieu qui n'était pas le sien, tout en évitant de faire des vagues. L'amitié qui les avait liées durant la période où elles bossaient ensemble n'était pas feinte, Chloé en était persuadée. Parfois, certaines rencontres, même éphémères, peuvent changer la trajectoire d'une vie. C'est ce que Chloé ressentait au sujet de Camille. Elle qui avait depuis longtemps baissé les bras et cessé de lutter, elle avait retrouvé la hargne, l'envie de s'en sortir. Même si ce soir elle avait failli craquer et céder à ses anciens démons en troquant un petit bout de vie contre une petite dose de mort qui lui ferait oublier le temps d'une parenthèse que la vie, ça peut être dur, ça peut être moche. Mais quelque part, bien planqué au fond de l'univers, son ange gardien avait décidé de reprendre du service et lui avait collé la photo de son amie entre les mains. C'était la raison pour laquelle elle se retrouvait ici, perchée sur ce petit bout de zinc à se demander comment elle parviendrait à rejoindre cette fichue gouttière sans se fracasser le crâne.

La basket droite de Maxime ripa, il glissa sur un bon mètre avant d'arriver à stopper sa course. Chloé étouffa un cri en se mordant le poing. Quand il cala ses deux pieds sur le rebord de la gouttière, Chloé respira enfin.

Maxime se contorsionna pour tenter de jeter un coup d'œil sur le balcon. L'appartement semblait plongé dans le noir, mais de là où il se trouvait, impossible d'en voir plus.

— Je descends, souffla-t-il à l'intention de Chloé.

Entre le moment où le corps de Maxime bascula dans le vide et l'instant où elle l'entendit se réceptionner deux mètres plus bas, durant cette fraction de seconde que dura la chute, un frisson de terreur glacée parcourut la nuque de Chloé. Moment de panique pure où elle eut la sensation de se retrouver seule au monde, piégée, incapable de descendre.

Avant de rejoindre Maxime, elle tenta de se calmer. Elle inspira et expira lentement, à plusieurs reprises. Puis, elle se remémora les gestes de Maxime, ses prises, ses points d'appui. Elle se mit alors à quatre pattes, cala un pied contre le mur et l'autre contre le minuscule joint en zinc, exactement comme elle l'avait vu faire. Elle tremblait, la peur s'insinuait dans ses veines, ses muscles se tétanisaient. De toutes ses forces, elle se concentra, ferma les yeux et lutta contre ce souffle glacial qui l'attirait vers le vide. Elle n'était pourtant pas sujette au vertige, alors quoi ? Il fallait qu'elle relâche la pression, qu'elle y aille doucement, comme Maxime l'avait fait, centimètre par centimètre, ne pas prendre de risque et ça irait. Au moment où elle s'apprêtait à changer de prise, un merle noir la frôla et se posa sur la cheminée juste en surplomb.

L'oiseau pencha la tête sur le côté pour observer l'envol de cet étrange animal qui se débattait en glissant de plus en plus vite vers le rebord du toit. Lorsqu'un cri déchira la nuit, le merle s'envola à tire-d'aile vers d'autres horizons.

Juste avant de tomber, Chloé s'agrippa avec l'énergie du désespoir à la gouttière. Son corps bascula en avant et elle chuta lourdement sur Maxime. Il s'en était fallu d'un cheveu pour que Chloé ne s'éclate pas la tête sur le garde-corps ou, pire, ne bascule pas côté rue.

— C'est pas toi qui as dit qu'on devait se la jouer discret ? ironisa Maxime en se massant la nuque.

— Ça va, c'est bon, râla Chloé. Au fait, je vais bien, merci de demander. Je ne sais pas ce qu'elle te trouve ta Célia.

En se relevant, elle demanda :

— Tu n'as vu personne ?

— Non, les deux portes-fenêtres sont fermées, par contre tout l'appartement a été retourné.

— Donc ils sont venus fouiller ici aussi. Et ton pote ?

— Aucun signe de vie, je ne sais pas s'il est là, répondit Maxime.

L'inquiétude transpirait dans chacun de ses gestes, dans sa voix. Il jeta à nouveau un bref coup d'œil dans la cuisine.

— Vu le bordel que l'on vient de faire, si quelqu'un nous attendait, il aurait déjà rappliqué depuis un moment. Je pense que la voie est libre. On va entrer, écarte-toi.

Maxime plaça le sac de toile de Célia contre un des petits carreaux de la porte-fenêtre de la cuisine et frappa un coup sec. Le verre se cassa net. Les plus gros morceaux se brisèrent sur le carrelage en une pluie de petits diamants acérés. La besace servit ensuite à retirer les plus grosses dents de verre encore en place sur le châssis. Maxime faufila son bras à l'intérieur et bascula la poignée, mais quand il le retira, une petite griffe de verre, tranchante comme une lame de rasoir, lui entailla la peau sur une dizaine de centimètres. De lourdes gouttes de sang vinrent éclabousser la myriade d'éclats de verre qui jonchaient le sol de la cuisine.

— Merde !

Tous les placards avaient été ouverts, les tiroirs renversés et leur contenu était répandu au sol. Maxime attrapa un chiffon qu'il noua sommairement autour de sa plaie. En enjambant les ustensiles de cuisine et la vaisselle brisée, ils traversèrent le champ de bataille pour rejoindre le salon. Maxime peinait à reconnaître son chez-lui, son cocon, il eut la sensation d'être un étranger dans son propre appartement. Comme un de ces badauds qui s'agglutinent aux abords des scènes de crimes, dans l'espoir un peu pervers d'apercevoir un détail sordide et de se repaître du malheur d'autrui, pour conjurer le mal et se dire que cette fois encore, ce n'était pas pour nous. Sauf que cette fois, le mal avait frappé au cœur de sa nouvelle vie, pile dans ce petit morceau d'existence qu'il avait eu tant de mal à reconstruire. Le salon semblait avoir été traversé par une tornade. Toutes les étagères avaient été balayées. Les livres, les revues, les courriers et les CD se trouvaient éparpillés aux quatre coins de la pièce. Le bahut et la bibliothèque avaient été décalés des murs. Les coussins du canapé gisaient éventrés, tel un troupeau de buffles sur lequel un prédateur sanguinaire se serait acharné. Maxime balaya la pièce du regard, indifférent au désordre ; dans son esprit une seule question revenait sans cesse : où est Yann ? Soudain son sang se figea et une mâchoire d'acier vint se refermer sur sa gorge, l'empêchant de respirer. Dans l'embrasure de la double porte menant au hall d'entrée, un bras dépassait, paume ouverte vers le ciel. D'un pas chancelant, il se rapprocha et découvrit un corps inerte, allongé dans une mare de sang. Sur la poitrine deux auréoles rouge sombre. Les images se mirent à défiler au ralenti, comme si son cerveau ne parvenait pas à traiter toutes les informations qu'il recevait. Décalage entre perception et émotion, contraste entre cruauté de la scène et douceur des souvenirs. Tout se mêlait, se mélangeait, tourbillonnait à en vomir.

Chloé resta interdite, clouée sur place, ne sachant que dire, que faire, face à la déferlante de sentiments qui était en train de s'abattre sur Maxime, le fauchant de plein fouet. Il tomba à genoux, posa une main sur le torse de Yann, de l'autre il tâta son cou, tentant désespérément de trouver un pouls.

— C'est moi qui aurais dû être à sa place, murmura-t-il.

Au loin, le deux-tons d'une voiture de police écorcha le silence. L'écho ricochait sur les façades des immeubles, faisant vibrer la nuit d'une sinistre urgence.

— Maxime ! Il faut y aller ! Les flics arrivent, il ne faut pas qu'ils nous trouvent là !

Apathique, Maxime restait pétrifié, les yeux rivés sur le corps de Yann.

Chloé fonça dans la salle de bains. La pièce n'avait pas non plus échappé à une fouille en règle. Tout était sens dessus dessous. Dans l'armoire à pharmacie, elle récupéra une bande, un rouleau de sparadrap et la bouteille d'alcool à 70° qui était tombée dans le lavabo. Elle se figea une seconde et tendit l'oreille ; la sirène s'approchait, un voisin avait dû prévenir les flics et ils fonçaient droit sur eux, il fallait se tirer, et vite. Avec ses antécédents, si elle se faisait choper sur une scène de crime, elle pouvait dire adieu à ses projets d'appartement et de vie normale. Chloé se précipita dans le salon, ramassa la besace de Célia et y fourra son butin.

Maxime, toujours immobile, fixait la dépouille de son ami. Des larmes roulaient sur ses joues, ses lèvres tremblaient. D'une main tendre mais ferme, elle l'aida à se relever.

— Viens, c'est fini, on ne peut plus rien pour lui.

Encore sous le choc, Maxime n'opposa pas de résistance, il se releva. K.-O. debout.

— Tu as une voiture ?

Maxime ne réagit pas, son regard survolait le chaos de l'appartement à la recherche d'un bout de réalité auquel se raccrocher, un petit morceau de vérité qui lui prouverait que tout ça n'était qu'un décor fabriqué de toutes pièces, que ce n'était que les eaux noires d'un cauchemar dans lesquelles il était en train de se noyer. Mais non, tout était là, rien ne manquait ; la brûlure sur l'accoudoir du canapé, la lame de parquet cassée, les éclaboussures derrière la machine à café…

— Maxime, putain, réveille-toi ! Le temps presse ! Tu as une voiture ?

Il se tourna vers Chloé, hagard.

— Yann en a une…

Au moment où les mots franchirent ses lèvres, il se rendit compte que le présent n'était plus d'actualité. Ne le serait plus jamais.

— Où sont les clés ? Où sont-elles ?

— Dans le vide-poche, sur le meuble dans l'entrée.

Chloé attrapa Maxime par le bras et le força à la suivre. Elle renversa le pot émaillé et un bazar hétéroclite se répandit sur le guéridon. Des piles, des stylos, des pièces de monnaie et une dizaine de clés de toutes sortes, seules ou réunies en trousseau.

— C'est laquelle ?

Du bout des doigts, Maxime récupéra un porte-clés Volkswagen auquel étaient accrochées deux clés.

— Celles-ci, dit-il en tendant le trousseau à Chloé.

— Elle est garée où ? Dans la rue ?

Le son de la sirène était à son paroxysme, les flics venaient de s'engager dans la rue.

— Non, au sous-sol.

— OK, on fonce !

Sur le palier, Maxime se dirigea d'instinct vers les escaliers tandis que Chloé se rua vers l'ascenseur.

— Non ! Pas les escaliers ! On va tomber sur les flics ! lança Chloé. En intervention, ils prennent toujours les escaliers, ajouta-t-elle en appuyant frénétiquement sur le bouton d'appel.

Les portes de l'ascenseur s'ouvrirent, ils se réfugièrent à l'intérieur. Stupéfaite, Chloé se retourna vers Maxime.

— Comment on descend au garage ? Il n'y a pas de bouton !

— L'ascenseur ne dessert que les étages, pour aller au sous-sol, il y a un escalier dans le hall.

— C'est pas vrai ! grogna Chloé en bloquant les portes de l'ascenseur en position ouverte.

— Qu'est-ce que tu fais ? On ne descend pas ?

— Si, mais avant, on attend qu'ils montent, ensuite on descend en espérant qu'ils ne laissent pas un planton en bas, sinon on est cuits.

Le claquement de la porte d'entrée de l'immeuble résonna dans le hall, suivi d'une cavalcade de pas gravissant quatre à quatre les marches menant au dernier étage.

— Maintenant, souffla Chloé en appuyant sur le bouton « RDC ».

Les portes de l'ascenseur se refermèrent sur une prière silencieuse.

Au rez-de-chaussée, le témoin au-dessus de l'ascenseur s'illumina indiquant que la cabine venait d'arriver. À l'intérieur, Maxime et Chloé, collés chacun contre une paroi, retenaient leur souffle. Les portes s'ouvrirent dans un grincement lent et infernal qui semblait résonner jusque dans les fondations de l'immeuble. Chloé jeta un coup d'œil furtif dans le hall, craignant entendre hurler : « Policc ! Ne bougez plus ! » Mais non, personne. Préférant s'en assurer une nouvelle fois avant de sortir à découvert, elle pencha à nouveau la tête hors de l'ascenseur.

— La voie est libre ! murmura Chloé. Il est où cet escalier ?

— À gauche, juste avant les boîtes aux lettres.

— OK, on y va !

Ils s'élancèrent sur le marbre blanc du rez-de-chaussée, sautant les deux marches qui séparaient le hall en deux et au moment où ils allaient atteindre la seule issue possible, la lourde porte d'entrée s'ouvrit sur un homme dont le regard vira au noir dès qu'il reconnut Maxime.

24

— On n'a rien trouvé, ni chez elle ni chez lui.

L'homme au bout du fil se racla la gorge avant de reprendre.

— Elle l'a forcément planqué quelque part. Et lui, vous avez pu le localiser ?

— Oui, il était là quand on est arrivés…

— Et ?

— Il est allé rejoindre Berg.

— Je vois…

Un silence s'installa, lourd de réflexion.

L'homme au regard de glace changea son téléphone d'oreille et se cala au fond de la banquette en attendant les prochaines instructions. La mission était en train de déraper, il le savait, mais en bon soldat il garderait ses réflexions pour lui, tout comme il se passerait de donner son avis quant à la rencontre qui les attendait la nuit prochaine. Sergueï. Il ne pensait pas devoir recroiser cet homme un jour. À croire que la vie est tissée de fils invisibles qui vous lient à jamais à vos racines. Que peu importe la distance que vous mettez entre elles et vous, il est illusoire d'imaginer que l'on peut échapper à son destin. L'homme ferma les yeux et se passa la main sur son crâne rasé, de la base de la nuque jusqu'au front. Dans son cou, son tatouage de serpent palpitait au rythme de ses pulsations cardiaques, lui insufflant une troublante vitalité. Assis au fond de la boîte de nuit, il rouvrit les yeux sur cet univers à la dérive où des corps alcoolisés, luisants de sueur, se démenaient sur une piste de danse souillée par les verres renversés. Les basses, trop fortes, percutaient les murs avant de fondre sur ces silhouettes en transe qui en redemandaient. Sans même qu'il s'en aperçoive, il glissa dans un souvenir, dix ans plus tôt, dans une autre boîte de nuit au fin fond de sa grande Russie. L'alcool coulait à flots et des filles à moitié nues dansaient pour eux. Ils se croyaient alors invulnérables, invincibles. La mission avait été un succès et chose rare, le bureau les avait même félicités. Mais en quelques secondes, tout avait basculé. Ses réflexes émoussés n'avaient rien pu faire pour répliquer et il s'était retrouvé entouré d'un champ de cadavres. Cette nuit-là, emporté par le vent glacial de l'hiver et la vengeance aveugle d'un puissant oligarque, il avait perdu un ami, un frère et toutes ses illusions. Sergueï, jeune mafieux en devenir, avait été le bras armé de cette sanglante vendetta. Pour étouffer l'affaire, le FSB avait tout nié en bloc, peu importaient ses états de service, préférant lui tourner le dos plutôt que de lui tendre la main. La traque avait alors commencé, impitoyable. Toutes les polices du pays à ses trousses l'avaient contraint à fuir cette terre qu'il aimait tant, mais qu'il ne reverrait jamais plus.

— Viktor ?

La voix dans le téléphone balaya les dernières réminiscences du passé et le ramena sur sa banquette au velours rouge carmin… rouge sang.

— On a un autre problème…

Quand il raccrocha, il vit Franck fendre la foule en jouant des épaules tout en tenant à bout de bras leurs verres.

— Tiens, ton jus de tomate, lança-t-il moqueur. Tu sais que ça file la chiasse, ton truc ? Tu devrais goûter une boisson d'homme un jour…

Viktor n'esquissa même pas un sourire, cela faisait bien longtemps qu'il ne souriait plus. Il se releva, attrapa sa veste et planta son regard de glace dans les yeux de Franck.

— On y va.

— Quoi ? Tu déconnes ! Ça fait des plombes que je poireaute au bar !

Sourd à ses récriminations, Viktor traçait déjà son sillon vers la sortie.

— Putain de Russkof !

25

Maxime et Chloé dévalèrent l'escalier menant au garage, puis s'élancèrent vers la place de parking où était stationnée la vieille Golf GTI rouge de Yann.

— Elle roule encore ? s'étonna Chloé devant l'allure fatiguée du véhicule.

— Oui, à condition qu'elle veuille bien démarrer. Laisse-moi faire.

Chloé lui envoya le trousseau et Maxime s'installa derrière le volant. Quand il tourna la clé dans le contact, le moteur toussa plusieurs fois tel un asthmatique souffreteux.

— Allez ! trépigna Chloé en posant les deux mains sur le tableau de bord.

Quand le pot d'échappement pétarada, Maxime enclencha la première et écrasa l'accélérateur faisant hurler les roues sur le sol du parking.

— Évite de nous foutre en l'air, s'il te plaît.

Lorsque la Golf déboucha en haut de la rampe d'accès, elle marqua un temps d'arrêt. Sur la droite, les flashs rouges et bleus des gyrophares illuminaient les façades ainsi que les visages des premiers curieux.

— OK, tu prends à gauche, mais tu démarres calmement, il ne faut pas que l'on se fasse repérer maintenant, ça serait trop con.

Quand la voiture s'engagea dans la rue, Chloé scruta dans le rétroviseur.

— Ils ne bougent pas, je crois qu'ils ne nous ont pas vus ! Tu tournes dans la première rue que tu trouves !

La Golf se faufila dans un dédale de ruelles avant de se glisser dans la circulation naissante des grands boulevards.

— C'était qui, le type dans le hall ? Il a fait une de ces tronches quand il t'a vu.

— Romuald, on habite sur le même palier.

— Merde !

— Ouais, comme tu dis, et puis on n'est pas vraiment potes, alors quand il verra les flics, qu'il apprendra pour Yann, il se fera un malin plaisir de leur balancer qu'il m'a vu descendre au garage.

Le regard de Chloé glissa des traits tirés du visage de Maxime aux façades des immeubles qui défilaient derrière le pare-brise. Elle soupira.

— Et j'imagine qu'il dira que tu n'étais pas seul, que tu étais accompagné par une nana qu'il n'avait jamais vue auparavant et il ira peut-être même jusqu'à donner ma description… C'est juste ce qu'il me fallait, c'est parfait…

Quittant deux secondes la route des yeux, Maxime jeta un coup d'œil à Chloé qui semblait se recroqueviller sur son siège passager.

— Ça va ?

— À ton avis ?

— Tu veux en parler ?

— À quoi bon ? Pour te dire quoi ? rétorqua Chloé d'une voix sombre. Pour te dire que je ne suis qu'une victime d'une justice pourrie ? Que je n'ai jamais eu la chance de croiser les bonnes personnes et que ça n'a pas l'air de vouloir s'arranger ?

— Je suis désolé…

— Laisse tomber…

Reportant son attention sur le chiffon imbibé de sang noué autour de l'avant-bras de Maxime, Chloé reprit d'une voix plus ferme pour masquer son trouble :

— Bon, je vais d'abord m'occuper de ça.

Elle retira du sac de Célia ce qu'elle avait récupéré dans la pharmacie et entreprit de désinfecter la plaie.

— Attention, ça va piquer un peu…

— Tu parles comme une infirmière, sourit Maxime.

— Oui, j'avais commencé des études, mais… je ne suis pas allée au bout.

— C'est que ce ne devait pas être le bon moment.

— Il faut croire…

Par quelques gestes maîtrisés, Chloé réalisa un pansement digne de ce nom.

— Voilà, ça devrait tenir. Bon, maintenant, il faudrait qu'on largue cette caisse.

— Non, on ne largue rien du tout, on fonce chez Hadès et on essaye de retrouver Célia. Tu m'as bien dit que tu savais où il squatte, non ?

— Tu rigoles ? Si ça se trouve, les flics sont déjà en train de diffuser le signalement de cette bagnole et on risque de tomber sur un barrage d'une minute à l'autre.

— Et alors quoi ? On va piquer une caisse, là, comme ça ? Tu t'y connais en vol de voiture, toi ? Tu crois que c'est comme dans les films ? Qu'il faut juste faire une petite étincelle entre deux fils électriques ?

— Non, je n'y connais rien ! Mais ce que je sais, par contre, c'est que tu as laissé des traces de sang sur une scène de crime et que ces traces indiquent que tu es rentré par effraction dans ton propre appartement et pour couronner le tout, ton voisin nous a surpris en train de nous enfuir. Tu veux vraiment que je t'explique ce que vont en déduire les flics ?

La vision du corps de Yann baignant dans son propre sang flotta quelques instants dans l'habitacle. Maxime refoula une vague d'émotions en serrant les mâchoires. En quelques heures tout avait dérapé, le fil de son existence s'était rompu, le précipitant vers un gouffre sombre et malfaisant aux abords duquel la mort rôdait. Yann était une victime collatérale d'une machination infernale dont les contours flous échappaient encore à toute tentative de rationalisation.

— Que tu le veuilles ou non, à partir de maintenant, tu es le suspect numéro un et moi, je suis ta complice.

— On s'en tient au plan d'origine, trancha Maxime d'une voix blanche mais ferme. On va aller rendre une visite à l'autre taré.

Chloé secoua la tête en signe de capitulation. La tristesse, le chagrin, la douleur de Maxime se métamorphosaient en colère aveugle, en rage pure, cela ne servait à rien de lutter pour le moment, il n'entendrait pas. Même si Chloé savait où se situait le repaire d'Hadès, elle savait surtout que s'y rendre équivalait à prendre un aller simple vers l'enfer.

Les pulsations du cœur de la ville expulsèrent la vieille carcasse métallique rouge sang vers les tréfonds du 93, dans des quartiers rongés par le cancer de la violence, où la drogue, la prostitution et les armes métastasent dans chaque hall d'immeuble, dans chaque cave. Ils longèrent d'interminables barres de béton où s'entassaient des milliers de vies aux origines diverses et au balcon desquelles s'accrochaient des paraboles rouillées où des satellites déversaient en continu des torrents de rêves et de chimères. Comme pour mieux masquer la misère, la peur et la haine qui suintent sur les parois de ces paquebots sans âme, laissés à l'abandon par une société bien-pensante préférant regarder ailleurs.

Trois roues sur le bitume, la dernière mordant le trottoir, la Golf était stationnée en vrac, non loin d'une épave qui avait servi de feu de joie aux bandes du quartier. Derrière le pare-brise, deux visages se tordaient le cou pour observer le bâtiment désaffecté qui se dressait devant eux ; sorte de monolithe de béton dont toutes les ouvertures jusqu'aux fenêtres du deuxième étage avaient été murées. Les contours de l'immeuble se découpaient dans les premières lueurs d'une aube grise. Massif, inhospitalier, le monstre déchu aux flancs tagués attendait sa démolition.

— Tu es sûre que c'est là ?

— Pourquoi ? Tu t'attendais à trouver un hôtel particulier ?

— Non bien sûr, mais si ce type est une si grosse pointure, je suis juste surpris que tu connaisses son adresse.

— Tout le monde la connaît. Demande à n'importe

quel gamin de la cité et il te la donnera. Même les flics sont au courant qu'il crèche ici, mais bon, il faut croire qu'Hadès a le bras long car tu ne verras jamais les keufs traîner dans le coin. Je pense qu'il doit avoir sous le coude quelques dossiers explosifs sur certains élus. Il les tient par les couilles alors eux, ils ferment les yeux. Ça doit être ça, le courage en politique.

Chloé avait prononcé la dernière phrase sur un ton empli de désillusion. En vingt-neuf ans, ses souvenirs heureux se comptaient sur les doigts d'une seule main. Père alcoolique et violent, mère battue, rendez-vous manqué avec des études qui auraient pu la hisser vers une vie meilleure. Quand on vient du mauvais quartier, que l'on n'a pas les codes, qu'importent les beaux discours sur l'égalité des chances, sur l'ascenseur social, la réalité, c'est qu'il n'y a pas de place pour tout le monde. Et certainement pas pour ceux qui portent sur leur peau l'empreinte indélébile de la cité.

— Et tu es déjà rentrée là-dedans ? interrogea Maxime en levant un sourcil.

— Non, c'est le genre de conneries que je me suis toujours gardée de faire.

Maxime fit comme s'il n'avait pas saisi le sous-entendu, alors Chloé enfonça le clou.

— On raconte tout un tas d'histoires glauques sur cette planque. Salles de shoot dans les caves, tournage amateur de films pornos avec des esclaves sexuelles venues des pays de l'Est. Certains parlent même de *snuff movies*. Hadès gère tout ce business d'une main de fer et sait comment se faire respecter.

— Tu as l'air bien renseignée.

— J'ai grandi ici, alors oui, je connais l'envers du décor.

Maxime hocha la tête sans quitter des yeux l'immeuble dans lequel se trouvait peut-être Célia. Si toutes ces horreurs étaient vraies, il ne fallait pas traîner. Il ouvrit la portière et au moment où il s'apprêtait à sortir, Chloé lui posa une main sur l'épaule.

— Tu es sûr de ce que tu fais ?

La froide détermination qu'elle lut dans son regard lui fit comprendre qu'il irait jusqu'au bout. Elle trouva ça beau et, l'espace d'une seconde, elle se mit à envier Célia.

Laissant derrière eux leur cocon de métal, ils avancèrent sur une terre hostile et boueuse vers l'antre du mal. Haut dans le ciel, des corbeaux tournoyaient, telles de funestes sentinelles.

Une fois au pied de l'immeuble, Maxime crut percevoir quelque chose bouger derrière l'embrasure d'une fenêtre du deuxième étage.

— On nous observe.

— Oui, ils nous ont repérés dès que l'on a franchi le talus. On va faire le tour par là, l'entrée doit être de l'autre côté.

À l'extrémité du bâtiment se trouvait un escalier qui s'enfonçait vers ce qui, à une autre époque, avait servi de caves. Étrangement, la porte qui y menait n'était pas obstruée. L'entrée était libre, ouverte aux quatre vents. Maxime se retourna vers Chloé.

— Ça semble un peu facile, non ?

— Non, ce qui est difficile, ce n'est pas d'y rentrer, c'est d'en sortir.

Maxime ignora cette nouvelle remarque. Il alluma la lampe torche de son téléphone portable et s'engouffra dans le passage. Avant de le suivre, Chloé jeta un coup d'œil derrière elle. Son regard glissa sur le terrain vague et se porta jusqu'au talus, puis plus loin, buta sur les barres d'immeubles qui bouchaient l'horizon. Cette vision résumait assez bien sa vie, son passé, son présent et son avenir. Elle n'avait de toute façon pas grand-chose à perdre, elle fit un pas en avant et se laissa avaler par les ténèbres.

La structure des caves avait été modifiée. Des murs avaient été abattus, d'autres reconstruits, des passages avaient été condamnés. Le sous-sol crasseux dans lequel ils évoluaient n'avait plus rien à voir avec ce qu'il avait pu être à l'origine. C'était devenu un labyrinthe géant dans lequel il était facile de se perdre ou de se faire surprendre. Plus ils progressaient, plus la sensation de s'enfoncer dans un territoire parsemé de pièges mortels se faisait oppressante. À plusieurs reprises, au-delà des poussières virevoltant dans la lumière de leur torche, ils aperçurent des corps squelettiques couchés sur des matelas souillés de taches brunes. À leurs côtés, de petites bougies les enveloppaient d'une faible lueur dansante. Les cages thoraciques de certains se soulevaient et s'affaissaient si lentement qu'à première vue, on aurait pu les croire morts. S'apercevant du trouble de Maxime, Chloé lui souffla :

— C'est l'armée d'Hadès.

— Une armée ? Ça ? Ces types doivent tenir à peine debout.

— Détrompe-toi. Si on les prive de leur dose, ils

sont prêts à tuer. Hadès entretient le manque et se sert de leur addiction pour régner en maître sur les quartiers.

Au détour d'un couloir, deux billes luisantes les fixèrent intensément avant de se jeter sur eux. Un bruit de chaîne stoppa net le corps en plein élan. Par réflexe, Maxime fit un bond en arrière et se plaça devant Chloé pour la protéger. Quand il pointa le pinceau de lumière dans la direction de la créature, il fut parcouru d'un frisson d'effroi.

— Putain, mais c'est quoi ça ? Regarde ce type, il est enchaîné au mur !

L'homme s'accroupit comme une bête et les toisa en bavant. Dans sa bouche, une balle de plastique rouge lui bloquait les mâchoires en position ouverte. De solides lanières de cuir maintenaient le bâillon en place. Chevilles et poignets étaient entravés et ne lui laissaient que peu de possibilités de mouvement. Sous la crasse, sa peau était blanche, parcheminée, et dans son regard étincelait une lueur démoniaque. Il n'avait plus grand-chose d'humain.

— Nom de Dieu, mais c'est quoi, ce délire ?

— Je t'avais prévenu, on vient de mettre les pieds en enfer. Allez, ne restons pas là !

Ils longèrent le mur en faisant face à cette chose qui les dévisageait en grognant.

Dans la lumière de la torche, une cage d'escalier fit son apparition. Ils s'y engouffrèrent et gravirent aussi vite et aussi silencieusement que possible les quatre volées de marches menant au premier étage. Une fois en haut, impossible de continuer à monter. Un mur de parpaings empêchait l'accès aux étages supérieurs. Ce dédale de béton commençait à leur taper sur les nerfs.

— Merde !

Chloé fusilla Maxime du regard.

— Baisse d'un ton, s'il te plaît.

Maxime s'apprêtait à répliquer, mais Chloé mit son index sur ses lèvres pour lui intimer l'ordre de se taire. Elle fit un pas en direction du corridor qui s'enfonçait dans l'obscurité.

— Qu'est-ce qu'il y a ? souffla Maxime.

— Il y a un truc qui cloche. Je suis sûre qu'ils nous ont repérés dès que l'on a quitté la bagnole et pourtant, il n'y a pas un bruit… Je n'aime pas ça.

— Et tu proposes quoi ? Que l'on ressorte ?

— Non, c'est mort, s'ils nous ont vus rentrer, ils ne nous laisseront jamais filer comme ça. Ils sont là, quelque part. Je crois qu'ils attendent le bon moment, c'est tout.

Redoublant de prudence, Chloé et Maxime s'engagèrent dans un nouveau dédale tout droit sorti du cerveau d'un schizophrène à tendance paranoïaque. Les passages étaient multiples, les planques nombreuses et les possibilités d'embuscades infinies. La peur collait à leurs pas, elle palpitait dans chaque recoin obscur. Maxime eut l'impression de progresser dans un de ces villages syriens, où les combattants percent les murs entre les maisons pour progresser de quartier en quartier à l'abri des tirs de snipers.

Soudain, le décor changea de façon radicale. Ils débouchèrent dans une vaste salle dégagée, dont l'enfilade de piliers nus contrastait avec l'enchevêtrement de passages étriqués et la succession de pièces délabrées par lesquels ils étaient passés jusqu'à présent. Rien ne laissait imaginer qu'ils se trouvaient au premier étage d'un immeuble. Le lieu tenait plus du vieil entrepôt désaffecté ou du parking souterrain malfamé.

À une vingtaine de mètres face à eux, posée au sol, une lampe à pétrole diffusait un halo de lumière jaunâtre. Chloé se mordit les lèvres.

— Oh merde, ça sent pas bon…

Immédiatement Maxime coupa sa lampe torche et rangea son portable dans la poche arrière de son jean. Il scruta l'obscurité en retenant sa respiration. Quand il surprit une ombre en train de se rapprocher, les poils de ses avant-bras se dressèrent. Passant d'un pilier à l'autre, elle fondait vers eux en se dissimulant dans la pénombre. Au même instant, Maxime sentit quelque chose bouger derrière lui. Le piège se refermait. Il fit volte-face et vit Chloé dans les bras d'un colosse qui faisait trois têtes de plus qu'elle. Ses pieds ne touchaient plus terre, une main énorme plaquée sur sa bouche l'empêchait de hurler. Elle se débattait comme un diable pour échapper à l'étreinte, mais le combat était inégal tant les bras qui l'enserraient semblaient puissants. D'instinct, Maxime leva les mains en signe de paix. Avant qu'il ne puisse ouvrir la bouche, une voix susurra dans son dos :

— C'est gentil de nous apporter de la chair fraîche.

Sans baisser les bras, Maxime se retourna en douceur, évitant tout geste brusque pouvant être mal interprété. Face à lui, un homme au corps sec et noueux le fixait d'un regard fielleux. Comme un fil de fer trituré par les mains d'un créateur fou, il était aussi maigre que l'autre pouvait être costaud. À la différence que lui était armé et qu'il pointait la gueule de son flingue sur la gorge de Maxime.

— Qu'est-ce que vous venez foutre ici ?

— On vient voir Hadès, répondit Maxime d'une voix mal assurée.

— Et qu'est-ce qui te dit que lui a envie de te voir ?

Sans attendre la réponse, l'homme fit un pas de côté et observa d'un œil lubrique la prise qui se débattait dans les bras de son acolyte. Quand il sourit, Maxime aperçut qu'une vilaine cicatrice s'étirait de la commissure de sa bouche jusque sous son oreille gauche. L'homme prit le temps de détailler le corps de Chloé des pieds à la tête, comme une chose, comme un objet, avant de reporter son attention sur Maxime.

— Autant je suis sûr que ta gueule ne l'intéressera pas, autant elle, si on ne l'abîme pas trop avant de lui amener, il saura quoi en faire.

Il termina sa phrase en se passant la langue sur les dents et en plantant son regard salace dans les yeux de Chloé.

Terrorisée, elle se contorsionna de plus belle.

D'une enjambée rapide, il s'approcha d'elle et lui colla son flingue sur la tempe. Leurs visages étaient si proches que leurs nez se touchèrent presque.

— Par contre tu vas arrêter de chouiner, sinon je te redescends à la cave et je laisse le cannibale s'occuper de toi.

Chloé obéit en détournant la tête.

Prenant plaisir à voir la terreur s'instiller dans sa victime, il lui murmura à l'oreille :

— La dernière, tu sais ce qu'il lui a fait ? Il lui a dévoré tout le visage alors qu'elle était encore vivante. Tu veux essayer pour voir combien de temps tu tiens avant que la douleur ne te rende complètement folle ?

L'haleine fétide et les images d'horreur que ce monstre venait de lui imprimer au fer rouge sur la rétine lui donnèrent la nausée. Dans son cerveau des barrières cédèrent et des larmes se mirent à ruisseler sur ses joues. Même si elle n'avait pas grand-chose à perdre, elle ne voulait pas que ça se termine comme ça. Sans savoir pourquoi, l'image de sa mère en train de prier s'imposa à son esprit. Sous les coups de son mari, dans la douleur, elle ne baissait jamais la tête, elle priait. Alors Chloé pria.

Maxime devait reprendre la main, attirer l'attention du psychopathe qui jouait avec les nerfs de Chloé. Quitte à s'attirer les foudres de ce malade.

— Écoutez, je sais pour ce soir, pour l'enlèvement…

La voix de Maxime résonna étrangement dans cette vaste étendue de béton. L'homme lâcha Chloé des yeux et hésita un instant avant de se retourner. Interloqué que l'on puisse ainsi l'apostropher, il semblait réfléchir au sens des mots qu'il venait d'entendre. Puis d'un coup, toute sa rage explosa.

— Putain, mais qui t'a dit de l'ouvrir ? À genoux ! Je vais te faire passer l'envie de causer !

Maxime obtempéra, tête baissée, mâchoires serrées, mains derrière la tête, il s'apprêtait à affronter le déluge de haine que ce fou furieux allait déverser sur lui.

— Stop !

L'ordre venait de claquer dans l'air comme un coup de fouet.

Un autre homme approchait d'un pas pesant et décidé. Visiblement mal à l'aise, le psychopathe fit un pas en arrière, la fureur qui l'instant d'avant déformait ses traits venait de s'évaporer. Pour la première fois, Maxime vit le colosse tressaillir et lui aussi recula d'un pas. Une main aux phalanges tatouées empoigna Maxime par le col et le força à se relever.

— Qui es-tu ?

Hadès. Ses yeux rouges et gonflés foudroyèrent Maxime d'un regard empli de haine et de colère. Sa jugulaire palpitait dans son cou de taureau. Ses bras en béton armé et ses cuisses démesurées trahissaient le nombre d'heures qu'il passait à soulever de la fonte. Pas le genre de gars à se répéter.

— Je suis le compagnon de Célia, la fille que vous avez enlevée cette nuit dans le métro. Je veux savoir où elle se trouve.

Maxime se surprit de son audace et se mit à évaluer à toute allure les réactions possibles d'Hadès. Malheureusement, quand on manque de respect à un caïd de cette trempe, il n'y en a pas trente-six.

— Tu entres chez moi et tu viens m'insulter ?

Hadès dégaina un flingue chromé dont il colla le canon froid sur le front de Maxime.

— Avant que tu crèves, je vais te le dire : je n'en ai aucune idée.

Son rire abject se répercuta sur les murs poussiéreux.

D'un geste rapide, Hadès braqua à nouveau son arme sur le front de Maxime, puis ajouta :

— Ce que je sais par contre, c'est que je vais retrouver les bâtards qui ont cru pouvoir m'anéantir et je vais les faire souffrir si longtemps qu'une seule seconde leur semblera être une éternité de souffrances.

La pression sur la queue de la détente augmenta, le marteau se recula. Maxime ferma les yeux, c'était la fin. Comment avait-il pu croire qu'il réussirait ?

26

Deux détonations puissantes résonnèrent dans les entrailles du paquebot échoué au milieu de son terrain vague. Une nuée de corbeaux s'envola à tire-d'aile, se diluant dans les premières lueurs d'une aube encore chargée de lourds nuages. L'orage de la veille n'ayant pas réussi à les essorer complètement. D'ici quelques heures, le soleil se mettrait à taper sur cette chape et la moiteur deviendrait insupportable.

Hadès relâcha la pression sur la queue de la détente et lança un regard noir à l'homme fil de fer.

— Toi ! Va voir ce qu'il se passe !

En bon soldat, *fil de fer* fit monter une balle dans le canon de son arme et s'enfonça dans le labyrinthe de béton et de gravats.

Maxime rouvrit les yeux. Un délai providentiel venait de lui être accordé. Il chercha à accrocher le regard de Chloé. Toujours dans les bras de son gorille, elle aussi retenait son souffle en priant que cette diversion puisse, d'une manière ou d'une autre, jouer en leur faveur.

La nervosité d'Hadès était palpable, il tournait en rond autour de Maxime en jetant des coups d'œil vers les deux passages qui débouchaient dans la salle. Au bout de quelques minutes, à cran, il tonna de sa voix puissante.

— Lâche-la et va aider l'autre demeuré !

À peine eut-il fini d'aboyer son ordre qu'une troisième détonation se fit entendre. Cette fois, Hadès braqua son arme sur le colosse.

— Magne-toi ! Putain !

Enfin libérée, Chloé leva les mains et se rapprocha de Maxime, mais Hadès ne semblait plus faire attention à eux.

Soudain un objet métallique pas plus grand qu'une canette rebondit plusieurs fois dans la salle en produisant un épais nuage de fumée.

Campé sur ses deux pieds, prêt à braver la tempête, Hadès hurla :

— Je vous attends, bande de bâtards !

La colère déformait ses traits.

Profitant de la diversion, Maxime attrapa le poignet de Chloé et l'entraîna vers le passage opposé.

Une quatrième détonation résonna, beaucoup plus proche.

Chloé et Maxime progressaient aussi vite que possible, tête baissée. Au détour d'un couloir, ils aperçurent des ombres surgir devant eux. Ils se cachèrent dans ce qui avait dû être autrefois la cuisine d'un appartement. Accroupis entre les tuyaux arrachés et les meubles défoncés, ils virent deux silhouettes lourdement armées passer dans l'embrasure de la porte. En les voyant, Chloé plaqua sa main sur sa bouche. Une poignée de secondes plus tard, un échange de coups de feu éclata. Ils en profitèrent pour se ruer hors de leur cachette de fortune.

Ils cheminèrent aussi vite que possible dans un

dédale de guérilla urbaine. Le téléphone portable en guise de lampe torche, dont l'éclat tressautait au rythme de leurs pas précipités, peinait à chasser l'obscurité qui les encerclait. Les couloirs, les passages, les pièces éventrées, tout se ressemblait. Les détonations pour seul point de repère, ils se fièrent à leur ouïe pour s'éloigner aussi vite que possible du piège dans lequel ils avaient failli périr.

En redescendant dans les caves, ils tombèrent sur le cadavre du cannibale gisant dans une position grotesque au pied du mur auquel il était enchaîné. La moitié de sa tête avait été emportée par un coup de fusil à pompe. La puissance de l'impact l'avait cloué contre la paroi, puis il s'était affaissé mollement laissant derrière lui une large traînée sanguinolente et une myriade de gouttelettes de sang. Sa mâchoire disloquée et sa langue pendaient sur le côté. Son œil gauche toujours ouvert semblait encore chercher à comprendre ce qui avait bien pu se passer.

Dans leur course effrénée, ils croisèrent les corps de junkies déjà vus à l'aller. Désormais à jamais endormis, cueillis dans leur léthargie. Une balle avait sectionné le fil d'Ariane reliant leur âme à la vie. Seules les flammes des bougies, témoins silencieux, continuaient à danser autour de leur dépouille comme si de rien n'était.

Lorsqu'ils quittèrent la pénombre des caves et ses relents de mort, un souffle d'air caressa leur peau. Ils l'accueillirent comme une bénédiction, mais n'eurent pas le temps de l'apprécier. Les coups de feu qui continuaient à crépiter dans le ventre du monstre de béton les poussèrent à accélérer encore pour franchir la centaine de mètres qui les séparaient du talus.

À bout de souffle, Chloé et Maxime se jetèrent derrière le remblai de terre. Leurs corps roulèrent parmi les herbes folles et finirent leur course à quelques mètres de la vieille Golf qui semblait les observer de ses deux phares ronds.

Pendant que Chloé, allongée au sol, cherchait à retrouver une respiration normale, Maxime grimpa à nouveau au sommet du talus afin de vérifier un détail.

Une berline noire stationnait non loin du bâtiment. Une Audi.

— Chloé ! Viens voir !

— Je viens de me taper le sprint de ma vie, là ! Tu veux me faire claquer ou quoi ?

— Grouille-toi !

— Tu fais chier, cracha Chloé en le rejoignant en haut du talus.

— La bagnole là-bas, c'est celle décrite par Yann.

Chloé resta silencieuse. Elle venait de replonger dans l'obscurité de la cuisine où, par miracle, ils avaient réussi à se cacher quelques minutes plus tôt. Elle avait alors reconnu un des deux hommes qui étaient passés à un jet de pierre de leur planque. Le tatouage de serpent dans le cou, comment l'oublier ?

— J'ai déjà vu un de ces deux types, déclara Chloé d'une voix pâle.

Maxime la dévisagea d'un air surpris.

— Comment ça ?

— Quand Camille…

— Célia, corrigea Maxime.

— Oui, Célia. Quand elle n'est pas venue bosser l'autre jour et que peu de temps après des types sont venus fureter au boulot. Je suis certaine que l'un d'entre eux, c'est un des tueurs qui sont passés devant notre planque tout à l'heure. Le tatouage de serpent, gueule ouverte. Je ne peux pas me tromper, c'est lui ! J'en mettrais ma main à couper.

Maxime reporta son regard vers le bâtiment, ses synapses s'interconnectaient à la vitesse de la lumière. Il regarda à nouveau Chloé.

— Attends, tu te souviens de ce qu'a dit Hadès tout à l'heure ?

— Pour être honnête, pas précisément…

— Il a dit qu'il n'avait aucune idée d'où elle se trouvait. Il a même laissé entendre qu'il s'était fait doubler et qu'il allait se venger.

— OK, oui, et ?

Plongé dans ses pensées, Maxime n'entendit pas la question de Chloé. Il ralluma son téléphone pour consulter le niveau de batterie : 22 %.

— Ça peut marcher… murmura Maxime les yeux rivés sur son smartphone.

— Qu'est-ce qui peut marcher ?

Sans prendre la peine de lui répondre, Maxime se mit à pianoter sur l'écran tactile aussi vite que ses doigts le lui permettaient. Intriguée, Chloé se pencha par-dessus son épaule pour voir ce qu'il trafiquait.

« *Where is my love?* L'application qui vous permet de géolocaliser votre âme sœur. »

— Non, mais j'hallucine ! Tu ne crois quand même

pas que ces types sont assez débiles pour lui avoir laissé son portable ?

— Non, par contre, je pense qu'ils doivent savoir où elle se trouve et avec un peu de chance, ils pourraient nous conduire jusqu'à elle.

L'application venait d'apparaître sur l'écran. Prête à être utilisée. Maxime effleura l'icône : un cœur au centre de radar. Quoi de plus romantique ? À toute allure, il créa un compte bidon, puis demanda à Chloé :

— Tu as un téléphone sur toi ?

— Oui, mais…

Maxime n'attendit pas la suite de la phrase, il se leva d'un bond et fonça en direction de l'Audi.

Cela faisait plusieurs minutes que les coups de feu avaient cessé. Les tueurs allaient ressortir d'une minute à l'autre.

Plus que soixante mètres.

Maxime jeta un coup d'œil vers l'escalier. Personne.

Plus que trente mètres. Encore un effort.

Arrivé à hauteur du véhicule, il dérapa et fonça à quatre pattes s'adosser contre la carrosserie. Il se releva avec précaution, vérifia au travers des vitres que le champ était toujours libre avant d'ouvrir la portière et de glisser son téléphone sous le siège passager.

Pour repartir, une seule option : courir dans l'axe escalier véhicule, baisser la tête et croiser les doigts.

Depuis son talus, Chloé était suspendue au moindre geste de Maxime. Sans s'en rendre compte, elle serrait les poings si fort que ses ongles entamèrent la chair de ses paumes. Quand elle vit les deux hommes remonter l'escalier, son cœur cessa de battre. Il manquait une cinquantaine de mètres pour que Maxime sorte de leur champ de vision. Si l'un des tueurs levait la tête, il le découvrirait. Chloé s'apprêtait à crier pour faire diversion quand, arrivé en haut des escaliers, l'un des deux types s'arrêta, coinça son arme dans sa ceinture et se retourna vers le bâtiment en s'allumant une clope. Le second lui jeta un regard mauvais en maugréant quelque chose. Ces quelques secondes suffirent à Maxime pour se mettre à couvert.

Chloé souffla de soulagement et se cacha dans les herbes avant de redescendre le talus.

Quelques minutes plus tard, Maxime l'avait rejointe.

— T'es complètement barré ! Tu sais ça ?

— Ouais, il paraît, sourit Maxime. Tu peux me donner ton téléphone, on va voir où ils vont.

Chloé se mordit la lèvre inférieure. Elle plongea la main dans la poche arrière de son jean et ressortit un vieux téléphone à clapet.

Maxime la regarda, interdit.

— Tu ne m'as pas laissée finir ma phrase ! Oui j'ai un téléphone, mais non ce n'est pas un smartphone !

Une bordée de jurons résonna dans l'air moite du petit matin, pendant que s'éloignait le traceur GPS improvisé vers une destination inconnue.

27

Seule la lumière de la cuisine se reflétait sur l'écran noir de la télévision. Assis dans la pénombre du salon, Schäfer écoutait le souffle régulier de sa femme qui lui parvenait par la porte entrebâillée de leur chambre. Il enviait ce sommeil de plomb, cette faculté à fermer les yeux et dormir d'une traite jusqu'au matin. Lui pour qui les nuits se résumaient à quelques heures, plongé dans un état semi-comateux, où les fantômes des affaires passées ne manquaient jamais de resurgir, ce doux murmure résonnait comme une bénédiction. Schäfer trempa les lèvres dans son café devenu froid. Il grimaça, puis reposa sur la table basse son mug à l'effigie de la croix de Saint-André. Souvenir de leur voyage en Écosse. Une des rares périodes de vacances qu'il s'était autorisée durant ces cinq dernières années. Parenthèse éphémère entre deux crimes. Cela faisait combien de temps qu'il n'avait pas pris un petit déjeuner en tête à tête avec Hélène ? Un mois ? Plus ? Une éternité. Son boulot gangrenait tout, jusqu'à sa vie de couple. Il fallait qu'il réagisse s'il voulait sauver ce qui pouvait encore l'être. Mettre un terme à cette spirale infernale qui l'éloignait chaque jour un peu plus de la lumière de celle qu'il aimait.

Son téléphone, posé sur l'accoudoir du canapé, se

mit à vibrer. Schäfer jeta un coup d'œil sur l'afficheur de la box : 5 h 50. À cette heure-ci, il n'y avait qu'un mort pour le déranger. Un de plus. Il décrocha, échangea quelques mots convenus, puis nota une adresse sur un bout de papier avant de raccrocher. Ce coup de fil était le déclencheur d'une sinistre routine qu'il connaissait par cœur.

Il enfila une chemise propre, puis vérifia son arme de service avant de la ranger dans son holster. Lorsqu'il repassa devant la chambre à coucher, il tendit l'oreille pour écouter la respiration de sa femme. Elle se retourna dans un bruissement de draps. Pour ne pas la réveiller, il referma délicatement la porte. Peut-être aussi pour la protéger un peu de ce monde qui devenait fou.

Ce matin encore, Hélène se réveillerait seule et prendrait son petit déjeuner en compagnie d'un courant d'air.

28

Maxime s'assit sur le capot de la Golf, les mains posées sur les genoux, il laissa son regard vagabonder entre les barres d'immeubles. Pour la première fois depuis le début de cette course folle, il se sentit fatigué. Ses blessures le lançaient et une méchante migraine commençait à pointer le bout de son nez. La barrière mentale qu'il avait réussi à ériger entre lui et ses émotions commençait à se fissurer et derrière, ses anciens démons l'observaient de leur œil noir.

Chloé vint s'asseoir à côté de lui.

— On a besoin d'un smartphone, c'est bien ça ? Pourquoi ne pas en acheter un ?

Sa voix était douce. Elle avait bien senti le découragement s'abattre sur les épaules de Maxime, alors elle y mettait les formes.

Il se pinça l'arête du nez en fermant les yeux et expira doucement.

— Et où est-ce que tu comptes trouver une boutique ouverte à 6 heures du matin ? rétorqua-t-il d'un ton las. À moins que tu ne connaisses encore un vendeur louche planqué au fin fond d'une cave d'une de ces cités ? Mais si c'est le cas, je ne suis pas certain d'avoir la force de…

— Non, coupa Chloé. Désolée de te décevoir, mais

je pensais tout simplement qu'on pourrait peut-être trouver notre bonheur dans une gare. Il y a toujours des petits commerces qui ouvrent aux aurores et qui ferment leurs portes après l'arrivée du dernier train.

Maxime pivota vers Chloé et la fixa, stupéfait par l'idée.

— Une gare, répéta-t-il à voix basse, comme pour se convaincre. Une gare, évidemment !

Maxime se jeta derrière le volant et mit le contact. Chloé eut tout juste le temps de refermer sa portière que le moteur vrombit cette fois au quart de tour. Les pneus patinèrent un instant avant de trouver l'adhérence nécessaire pour propulser la vieille carcasse rouge direction gare de Lyon.

Lorsqu'ils déboulèrent dans la boutique de téléphonie aux couleurs vert pomme et blanc nacré, ils tombèrent sur un vendeur, vingt-cinq ans à tout casser, le visage aussi froissé que sa chemise et des cernes jusqu'au milieu des joues. Sur son gilet un gros badge rond annonçait : « Je m'appelle Kévin, je suis à votre écoute. » Le ton aimable et bienveillant, quoiqu'un peu niais, contrastait avec l'allure nonchalante du jeune homme. Avachi derrière son comptoir, il visionnait une série sur une tablette et la présence inopportune de ces deux visiteurs matinaux semblait l'agacer.

Maxime sélectionna un smartphone reconditionné équipé d'un GPS et d'une batterie ayant une bonne durée de vie. Il compléta son choix d'une carte prépayée avec accès internet. Quand il déposa ses articles devant le vendeur, celui-ci daigna décoller le nez de son écran et jeta un regard chargé de reproches sur cet intrus qui l'interrompait en pleine séance de *Game of Thrones*. Vraiment, les gens ne respectaient plus rien.

Le regard de Kévin tomba sur les articles posés devant lui avant de rebondir aussi sec vers Maxime. Le visage du jeune vendeur se fendit d'un petit rictus arrogant.

— Carte d'identité.

Il se saisit de la carte plastifiée et, gonflé à bloc par le ridicule pouvoir de sa maigre fonction, prit un temps fou pour comparer le portrait noir et blanc avec la tête de l'inconnu au regard mauvais qui lui faisait face.

Maxime bouillait, il était à deux doigts de sauter par-dessus le comptoir pour faire ravaler sa morgue à ce jeune trou du cul qui leur faisait perdre un temps précieux. En quelques secondes, l'atmosphère devint électrique. Pour calmer le jeu, Chloé posa la main sur l'avant-bras de Maxime. Ce n'était pas le moment de péter les plombs et de se faire repérer pour un coup de gueule mal placé. C'était déjà beau d'avoir pu revenir jusqu'ici sans croiser le moindre barrage de flics, alors autant continuer à faire profil bas. Maxime comprit le message tactile de Chloé et fit de son mieux pour éviter de gommer à coups de poing ce sourire insolent qui lui tapait sur les nerfs. La pression redescendit juste assez pour que l'encaissement se déroule sans heurt.

Sitôt les articles payés, Chloé et Maxime se précipitèrent vers la sortie de la gare pour retrouver la Golf qu'ils avaient larguée sur un bout de trottoir dans une des rues adjacentes. Ils se réfugièrent dans l'habitacle vieillot. Leur dernier havre de paix.

Encore remonté contre le vendeur et excédé par tous ces contretemps, Maxime extirpa la carte SIM de son carcan de plastique et l'introduisit dans le smartphone. Dès les premières configurations de l'appareil terminées, il téléchargea l'application *Where is my love?* et créa un compte bidon. Puis il connecta ce nouveau compte avec celui créé à partir de son propre téléphone. Chloé se pencha par-dessus l'épaule de Maxime.

— Alors ? Ça marche ?

Sur l'écran, un globe terrestre tournait sur lui-même tandis qu'au-dessus s'affichait un message : « Géolocalisation de votre âme sœur en cours… »

— C'est interminable, maugréa Maxime.

Une pensée lui traversa l'esprit : et si son téléphone n'avait plus de batterie ? Il ne restait que 22 % lorsqu'il l'avait déposé dans l'Audi, mais si cette application était trop gourmande, il était bien possible qu'elle ait déjà épuisé le peu d'énergie restante. Il rejeta cette idée, refusant de céder à la fatalité. Il fallait que ça marche. Soudain, le globe terrestre cessa de tourner et le message changea : « Âme sœur géolocalisée. » Puis un effet de zoom les plongea de l'espace vers la région parisienne et la carte s'immobilisa juste au nord de Paris. Un cœur rouge se mit à clignoter sur l'autoroute A15 à hauteur de Cergy.

— *Yes!* hurla Chloé en frappant sur le tableau de bord.

Maxime lui passa le smartphone et mit le contact. Il ne fallait plus perdre une seconde. L'Audi disposait d'une avance considérable. Eux devaient encore s'extraire de la circulation matinale, qui commençait déjà à se densifier, avant de parvenir à rejoindre leur dernière position. Combien de temps cela leur prendrait-il ? Et si la route que suivaient les tueurs était encore longue, la batterie de son smartphone tiendrait-elle jusqu'à l'arrivée ? Maxime en doutait. La dernière inconnue de taille était : l'Audi se dirigeait-elle vers le lieu où était détenue Célia ou bien roulait-elle vers une autre destination ? De toute façon, ils n'avaient pas le choix, c'était leur seule piste exploitable. Maxime mit de côté toutes ces questions et s'engagea dans le trafic du matin. Il se faufila du mieux qu'il put dans les rues pour s'éloigner le plus vite possible de l'engorgement à venir qui saturerait bientôt toutes les artères de la capitale et l'étoufferait de son nuage de particules fines.

Sur l'écran le cœur continuait à pulser en se déplaçant vers le nord. Un œil sur la route, l'autre sur la carte qui défilait, Maxime pilotait plus qu'il ne conduisait. Attentif à chaque pulsation, comme si cette icône monitorait directement le rythme cardiaque de Célia, il priait en silence tout en malmenant le quatre-cylindres qui semblait avoir retrouvé toute sa fougue.

Afin de grappiller de précieuses minutes, Chloé indiquait tous les raccourcis qu'elle connaissait. Jamais elle n'aurait imaginé que les heures passées au volant de sa camionnette de nettoyage lui rendraient à ce point service un jour.

— Tu penses que l'on en a pour combien de temps avant de les rattraper ? s'enquit Chloé.

— Aucune idée. Eux sont sur l'autoroute alors que nous, on galère pour avancer. On perd du terrain chaque minute.

Chloé jura. Surpris, Maxime quitta un instant la route des yeux pour la regarder.

— Quoi ? Qu'est-ce qu'il y a ?

Chloé fit pivoter l'écran du smartphone vers Maxime ; le cœur avait disparu.

— Merde ! hurla Maxime en frappant le volant de ses deux mains.

— Plus de batterie ? C'est ça ?

— Oui, ou bien ils ont trouvé le téléphone, ajouta Maxime dépité.

Il ralentit l'allure et stationna la Golf sur le premier emplacement venu. Tel un sprinteur dans un marathon, la petite carcasse rouge se laissa submerger par le flot grandissant de véhicules. Le métal du pot d'échappement chauffé à blanc claquait. Pour refroidir le moteur, la ventilation tournait à plein régime et emplissait l'habitacle d'un bourdonnement agressif. Maxime fixait un point devant lui, quelque part vers l'infini. Comme paralysé, il ne cillait pas. Son esprit venait de trébucher sur un détail. Son smartphone, pas celui dont la batterie venait de lâcher, mais celui qu'il possédait quatre ans plus tôt et qu'il n'avait pas su décrocher au bon moment. Les remparts se fissuraient, les barrières cédaient, les souvenirs refluaient, ramenant avec eux les démons qu'il pensait avoir enterrés à jamais.

29

Octobre 2014, Montpellier.

Le téléphone collé à l'oreille, Maxime écoutait l'interminable compte rendu de son directeur commercial qui exultait. Les chiffres étaient bons, très bons même. La fin de l'année était encore loin et les objectifs étaient déjà largement dépassés. Tous les indicateurs étaient au vert, la société avait le vent en poupe et il était désormais possible de rêver en grand. Maxime Cairal, jeune entrepreneur dans le domaine du développement d'application mobile, souriait à cet avenir qui s'annonçait radieux. Les paroles de Thierry s'envolaient sans que Maxime cherche à en comprendre le sens. Investissement, rentabilité, ce soir tous ces mots sonnaient creux. Lui ne pensait qu'à Lise, sa fiancée, qui l'avait toujours soutenu dans ce projet. Il mesurait pleinement à quel point il lui devait cette réussite. Elle trouvait toujours les mots pour l'aider à prendre du recul, à observer les problèmes sous des angles différents et à ne jamais céder à la facilité. Lise le rendait meilleur sous bien des aspects. Il bénissait sa patience et sa compréhension lorsque les journées de travail s'étiraient jusque tard dans la nuit et qu'elle le retrouvait au petit matin endormi sur son bureau. Elle le réveillait alors en lui apportant une tasse de café chaud pour l'aider à émerger et lui déposait un baiser dans le cou avant de venir se blottir sur ses genoux pour voler quelques moments de tendresse. La douceur de ses lèvres, ses gestes tendres, ses sourires, toutes ces preuves d'amour pailletaient d'or des journées noires de travail. Lise était son univers et la seule personne avec qui il avait envie d'être en cet instant précis.

Dehors l'orage s'acharnait sur les vitres des immeubles du quartier d'affaires. Des trombes d'eau fouettaient les rues, malmenant les pins et les cyprès qui courbaient l'échine sous le déluge. L'épisode cévenol annoncé depuis la veille battait son plein. En fin d'après-midi le département de l'Hérault avait été placé en alerte rouge. Trop accaparé par son travail, Maxime ne s'était pas tenu au courant de l'évolution du phénomène météo. Il ne prêta pas plus attention aux files inhabituelles de voitures qui s'étaient formées sous ses fenêtres dès 14 heures. En prévision du passage au niveau d'alerte maximum, tous ceux qui le pouvaient quittaient la ville au plus vite. Enchaînant les appels sur son téléphone professionnel entre les équipes de développement, les clients et quelques prospects qu'il souhaitait convaincre, il n'avait pas non plus remarqué que l'écran de son téléphone personnel s'était allumé à quatre reprises. Lui signalant à chaque fois qu'il venait de manquer un appel de Lise.

Une violente bourrasque heurta la façade ramenant Maxime à la réalité. Il remercia Thierry et mit un terme à la conversation, puis consulta sa montre : 17 h 45. Il faisait déjà nuit noire. Il fouilla sur son bureau pour retrouver son iPhone qui s'était fait ensevelir par les dossiers qu'il avait ouverts pêle-mêle au fur et à mesure de la journée. Certains avaient même glissé au sol. Un jour, il faudrait tout de même qu'il apprenne à être un peu moins bordélique. Sachant que toutes les phrases qui commencent par « un jour » n'engagent qu'à une seule chose : la procrastination. Il balaya aussitôt cette pseudo-bonne résolution. Maxime retrouva son téléphone sous une lourde enveloppe contenant la réponse à un appel d'offres. Au moment où il alluma son smartphone pour prévenir Lise qu'il s'apprêtait à rentrer, il vit la pile de notifications qui s'accumulait sur l'écran. Quatre appels en absence. Tous de Lise. Il comprit en un quart de seconde que quelque chose ne tournait pas rond. Il écouta tous les messages et un gouffre s'ouvrit sous ses pieds. La peur s'intensifiait dans chacun de ses appels. Dans le premier, Lise lui annonçait que l'école serait fermée l'après-midi, que tous les parents étaient prévenus. Dans le deuxième, elle lui demandait de passer la chercher à l'école car elle ne se sentait pas de prendre la voiture par un temps pareil. Le troisième était bref, mais dans les quelques mots prononcés, Maxime décela que Lise faisait son maximum pour lui cacher son inquiétude. Dans le dernier, Lise expliquait que tous les parents étaient venus chercher leurs enfants, que tous ses collègues étaient partis et qu'elle était maintenant la dernière. Qu'elle ne pouvait plus l'attendre sinon elle allait rester coincée, qu'elle prenait la route pour rentrer chez eux, qu'ils se retrouveraient là-bas, qu'il ne s'inquiète pas, que l'orage finirait bien par se calmer. Le message finissait par trois mots : « Je t'aime. »

Maxime rappela immédiatement, mais Lise ne répondit pas. À son tour, il laissa plusieurs messages. Un avant de partir du bureau, plusieurs sur la route où il se confondait en excuses et la suppliait de lui donner des nouvelles. Son 4 × 4 pourtant lourd et robuste peinait à traverser les rideaux de pluie qui se déversaient sans discontinuer. Sur la route Maxime slaloma entre des branches arrachées, des poubelles renversées et des flaques profondes dans lesquelles il valait mieux éviter de s'aventurer. Le déluge avait transformé certaines rues en torrents. Des barrières condamnaient les accès à des quartiers entiers. La ville était devenue un labyrinthe dangereux où il semblait être le seul inconscient à braver les éléments. Lorsqu'il parvint à rallier le nord de Montpellier, il quitta les grandes avenues pour s'engager sur de petites routes étroites et mal éclairées sur lesquelles le marquage au sol était quasi inexistant. Derrière son volant, Maxime redoublait de vigilance et roulait au milieu de la voie qui disparaissait parfois sous de larges étendues d'eau. Dans ces conditions, impossible de deviner l'emplacement exact des fossés. S'il déviait ne serait-ce qu'un peu, il risquait à tout moment de basculer. Chaque seconde, Maxime priait pour que Lise ait renoncé et se soit réfugiée en un lieu sûr. Pourquoi ne rappelait-elle pas ? Cette question le rendait dingue. L'orage avait peut-être coupé les relais téléphoniques à proximité de l'endroit où elle se trouvait ou peut-être n'avait-elle plus de batterie. Plus il avançait et déjouait les pièges de la tempête, plus son estomac se nouait. Même si son esprit continuait à y croire, au fond de lui, il savait que les chances pour que Lise soit arrivée à bon port étaient infimes.

Quand le portail s'ouvrit, la première chose qui lui sauta aux yeux fut l'absence de la Clio blanche de Lise. Peut-être avait-elle été contrainte de l'abandonner et avait fini la route à pied ? Lorsqu'il reporta son regard sur la maison, il remarqua que celle-ci était plongée dans l'obscurité. Peut-être une coupure de courant ? Son téléphone était déchargé, elle n'avait donc pas pu le brancher sur le secteur, du coup impossible de rappeler. C'était ça, c'était forcément ça. Son esprit tentait vainement de colmater les brèches qui s'ouvraient sous les déferlantes de questions.

Trempé, Maxime pénétra comme une tornade dans la maison. Seul le grondement sinistre du tonnerre l'accueillit. Il courut de pièce en pièce comme un fou en criant le prénom de sa fiancée. Les portes s'ouvraient en claquant dans le vide. Personne. Il fonça à nouveau au volant de son 4 × 4 et repartit à sa recherche. Il sillonna les routes toute la nuit, appelant les hôpitaux ainsi que les mairies des alentours pour savoir si des centres d'hébergement d'urgence avaient été mis en place. Ce n'est que vers 5 heures du matin qu'il rentra, éreinté, les yeux rougis par les larmes et la fatigue. L'orage s'était calmé, mais la pluie tombait encore.

À 7 heures, la sonnerie de l'interphone le tira du sommeil sans rêves dans lequel il avait fini par sombrer. D'abord distante et encore un peu floue, la réalité revint le percuter avec une telle force qu'il bascula la tête par-dessus l'accoudoir du fauteuil et vomit un filet de bile. À la seconde sonnerie, Maxime s'essuya la bouche d'un revers de main et se rua sur la porte d'entrée.

Lise ! Son odeur, son parfum, cette note légère et sucrée qui l'enveloppait comme un nuage glissa à l'intérieur de la maison sitôt la porte ouverte. Une bouffée de chaleur souffla délicatement sur le visage de Maxime avant de se muer en une gifle glacée. Qui était cette usurpatrice olfactive qui le dévisageait d'un regard empathique ? Pourquoi ces deux personnes se tenaient-elles droites comme des i sur son paillasson ? Où était Lise ? Le grand brun moustachu avec des valises sous les yeux prononça des mots qui n'avaient aucun sens. La jeune femme fixait Maxime pendant que l'autre continuait à lui parler sur un ton monocorde. Soudain le sigle de la gendarmerie, les képis, les galons, lui griffèrent la rétine et des mots cruels se plantèrent droit dans son cœur : emportée par la rivière, noyée, reconnaissance du corps.

30

Mercredi 1er août 2018, 6 h 10.

Dimitri avait réussi à marchander une trêve d'une petite heure à peine auprès des démons qui lui tournaient dans la tête et lui tenaillaient l'estomac, tout juste soixante minutes qu'il avait réussi à mettre à profit pour s'assoupir un peu. Cela faisait plus de treize mois qu'il dormait dans cette chambre de bonne, sur ce matelas défoncé avec ces ressorts, qui chaque nuit, lui meurtrissaient les côtes. Treize mois, deux semaines et quatre jours qu'il n'avait pas vu sa famille. Ils lui manquaient terriblement. Dans ses rêves, il retrouvait la chaleur des bras de sa femme, entendait le rire cristallin de son fils et échafaudait mille scénarios de retrouvailles avant que les premières lueurs de l'aube ne viennent dissoudre ces fragiles instants de bonheur. Au réveil, seuls persistaient le manque et la peur qu'il ne leur soit arrivé quelque chose. Dimitri s'assit sur le rebord de son lit, chaussa ses petites lunettes cerclées de fer et regarda par la lucarne le ciel encore chargé de nuages. C'était pour aujourd'hui, enfin. Ce soir la livraison aurait lieu et si tout se déroulait comme prévu, il rentrerait chez lui retrouver les siens. Même si tout au fond de son cerveau, une petite ampoule rouge ne cessait de clignoter, il s'efforçait de ne pas y prêter attention. Dimitri possédait un don incroyable lorsqu'il s'agissait de jongler mentalement avec des grands nombres. La précision et la rapidité de ses calculs avaient toujours impressionné ses professeurs et ses collègues. Cette faculté hors norme doublée d'une mémoire photographique extraordinaire lui avait permis de réussir de brillantes études. Son talent naturel pour les mathématiques et les sciences en général aurait pu faire de lui un homme riche et célèbre, reconnu mondialement dans le monde de la chimie. Mais lorsque c'est la mafia qui finance vos études et qu'ils se rendent compte qu'ils tiennent sous leur coupe un poulain avec un tel potentiel, l'avenir se voile inexorablement. Il faut alors apprendre à obéir, à étudier uniquement ce qui peut servir leurs intérêts et à vivre sous une menace constante. Oublier ses ambitions personnelles et trembler pour ses proches, voilà son quotidien depuis tant d'années.

Les neurones en ébullition, il avait passé la nuit à essayer de calculer les probabilités que le plan fonctionne tel qu'on le lui avait décrit. Mais ça tenait à peu de chose et Dimitri était bien placé pour savoir que Sergueï n'était pas du genre à laisser la moindre place au hasard. C'était un homme aussi intelligent que violent, qui connaissait par cœur les faiblesses de tous ceux qu'il côtoyait de près ou de loin. S'il avait choisi de venir en personne ce soir, c'était qu'il savait exactement où il mettait les pieds. De plus, Sergueï ne se déplaçait jamais sans sa garde rapprochée et il était impossible de connaître à l'avance le nombre d'hommes que cela pouvait représenter. Dimitri se massa les tempes. Il y avait bien trop d'inconnues et leurs variations se multipliaient à l'infini. Il ne pouvait pas anticiper ce qui allait se passer, il ne restait plus qu'à espérer.

D'un regard circulaire, il embrassa la chambre. Il se répéta mentalement les instructions : prendre seulement ses affaires de bureau, laisser tout le reste. Ne pas laisser croire qu'il ne reviendrait pas. Toujours assis sur le bord de son lit, les mains à plat sur les genoux, Dimitri regarda la petite table en bois qui se situait sous la lucarne. Le badge magnétique de GenoTechPharma était posé sur ses notes. Hier soir, il avait transmis un registre falsifié et à l'heure qu'il était, ce registre avait permis de subtiliser deux des trois fioles qu'il avait préparées, la dernière étant pour lui. Pourvu qu'il n'ait fait aucune erreur de calcul. Ça tenait à vraiment peu de chose, mais il était désormais trop tard pour reculer. La machine était lancée. Dimitri se leva et se dirigea vers la table, il écarta la chaise dont les pieds en bois grincèrent sur le parquet. Il fouilla parmi ses notes pour retrouver son carnet ; toutes les formules, tous les processus de fabrication y étaient reportés. Tout dans les moindres détails. Ce carnet était la synthèse parfaite, le fruit de son odieux travail depuis six mois. S'il était évident que ce fût la seule chose à emporter, il ne fallait pas laisser traîner tous ses brouillons derrière lui, mais il ne fallait pas non plus les faire tous disparaître. Cela pourrait paraître suspect. En quelques minutes, Dimitri fit le tri entre ce qu'il pouvait laisser sans que cela compromette sa couverture et tout ce qu'il emmènerait avec lui. Avant de refermer son vieux cartable en cuir marron, ses yeux se posèrent sur le bout d'une photo qui dépassait de la poche avant de son sac. D'un geste tendre, il retira le vieux cliché qu'il traînait partout avec lui. Le sourire de sa femme et son fils lui réchauffèrent le cœur et embuèrent son regard de larmes. Bientôt ils se retrouveraient et il n'y aurait plus jamais de séparation. Ils n'auraient plus à subir de menaces ou d'intimidations. Le mot liberté ne sera plus un doux rêve inaccessible, mais une vibrante réalité. La photo regagna la poche où elle se trouvait et Dimitri y ajouta son badge magnétique avant de refermer son sac avec un peu de difficulté. Son cartable était bien plus épais qu'à l'accoutumée. Ce détail susciterait-il l'attention des deux pimbêches de l'accueil, des agents de sécurité ou même de ses collègues ? Non, aucun risque. Les filles de l'accueil étaient toujours bien trop occupées à pérorer sur d'insignifiants bruits de couloir. C'est à peine si elles le reconnaissaient. Idem pour les vigiles qui, d'un jour à l'autre, semblaient frappés d'amnésie. Leurs regards de bovins scrutaient tous les matins son badge comme si c'était la première fois qu'ils le voyaient. Quant à ses collègues, ils étaient bien tous trop affairés pour se soucier de ce genre de détails. Dimitri conclut que son physique passe-partout était finalement un atout non négligeable. Personne ne prêtait attention à ce grand type malingre au sourire sympathique et cela lui convenait parfaitement et plus encore aujourd'hui. Il enfila sa veste beige sur sa chemise blanche au col déboutonné, empoigna son cartable et quitta sa chambre sans se retourner. D'un pas décidé, il dévala l'escalier pour foncer une dernière fois vers la tour de GenoTechPharma.

31

Le front sur le volant, Maxime serrait les mâchoires. Les images du passé se mêlaient à celles du présent en une danse funeste. Un cauchemar éveillé où le visage de Lise et celui de Célia se superposaient à intervalles réguliers. Toutes deux l'observaient avec compassion, un sourire triste leur collait aux lèvres. Les couleurs, les sons, se mélangeaient jusqu'à lui donner la nausée. Une boule en fusion logée au creux de l'estomac lui rongeait les entrailles pendant que sous son crâne un ouragan d'émotions faisait rage. L'histoire se répétait. Cynique, elle ravivait de vieilles douleurs, jetant du sel sur des blessures dont les plaies venaient de se rouvrir, béantes. Un coup de klaxon rageur desserra les griffes toxiques qui lui enserraient l'esprit et le cœur. Immédiatement un flux de bile remonta le long de sa trachée. Il abaissa la vitre côté conducteur pour laisser entrer un peu d'air, puis inspira un grand coup avant de basculer en arrière et plaquer sa nuque contre l'appuie-tête. Les yeux rivés sur la toile grise qui habillait le plafond de l'habitacle, il sentit la brûlure acide refluer doucement.

Du coin de l'œil, Maxime observa Chloé. Immobile, elle regardait par le pare-brise le ballet incessant de la circulation matinale. Le regard fixe, elle semblait être en pleine réflexion. Qui était cette fille sortie de nulle part ? Maxime ne savait que très peu de choses à son sujet. D'après ce qu'elle avait raconté, elle connaissait Célia sous une autre identité. Elles avaient travaillé de nuit ensemble et très vite s'étaient liées d'amitié. Même s'il était difficile de croire à cette double vie, Maxime sentait que le discours de Chloé se tenait et c'en était d'autant plus troublant. À chaque question posée, elle avait répondu du tac au tac, son regard ne fuyait pas, signe qu'elle n'inventait pas ses réponses. Les deux femmes se connaissaient, impossible qu'il en soit autrement. Sinon comment aurait-elle fait pour être au courant de l'anecdote sur le sac de Célia ? Cette histoire de machine à voyager dans le temps, elle ne pouvait l'avoir entendue que de la bouche de Célia. Maxime eut la désagréable sensation d'avoir été trompé depuis plusieurs mois. Il fallait se rendre à l'évidence, il ne connaissait pas plus Célia que cette fille assise sur le siège passager. Finalement, la véritable question n'était pas de savoir qui était Chloé, mais plutôt d'essayer de comprendre qui pouvait bien être Célia et quels secrets elle pouvait cacher. Tout comme lui, Chloé n'était qu'un pion dans une partie d'échecs dont la stratégie leur échappait. Même si Maxime n'arrivait pas à percevoir les raisons profondes qui animaient Chloé, il était sûr d'au moins une chose : elle était aussi déterminée que lui à la retrouver. Car depuis qu'elle lui avait sauvé la peau dans les catacombes et jusqu'à ce que Romuald, le voisin de palier, les aperçoive en train de fuir dans le hall de l'immeuble, elle avait eu plusieurs occasions de partir, de le laisser se débrouiller seul. Mais elle avait fait le choix de rester à ses côtés et de l'aider. De toute façon, maintenant qu'ils étaient recherchés pour le meurtre de Yann, ils n'avaient plus d'autre choix que d'unir leurs forces et collaborer. En espérant que retrouver Célia leur permette de lever les charges qui forcément pèseraient contre eux.

— Arrête de me regarder comme ça, tu me fais flipper.

Surpris et un peu gêné, Maxime reporta son attention sur la vie parisienne qui s'écoulait dans les artères de la capitale.

— Excuse, je réfléchissais.

— Eh bien, réfléchis en regardant ailleurs, s'il te plaît, parce que moi aussi, je gamberge et ça m'aide pas quand tu me reluques comme ça.

Ce franc-parler arracha un sourire à Maxime.

— Bon, j'aime pas beaucoup que l'on me mente, comme toi, j'imagine. Pourtant j'arrive pas à m'enlever de la tête que si elle m'a dit qu'elle s'appelait Camille, c'était pour se protéger. On se fait pas chier à s'inventer une fausse identité avec toute la paperasse qui va avec juste pour se faire embaucher dans une entreprise de nettoyage. Surtout que les patrons, ils se sont déjà fait taper sur les doigts pour du travail au black, alors autant te dire que maintenant, t'as intérêt à avoir des papiers en règle si tu veux bosser chez eux.

— Oui, je suis d'accord, ça n'a pas de sens. Et quand vous bossiez ensemble, elle n'a pas dit ou évoqué quelque chose qui t'a paru étrange ? Peut-être pas sur le moment, mais plus tard, en y repensant ?

— Non, je t'ai dit, elle était hyper-discrète. Elle ne

parlait jamais d'elle. Par contre, elle était très attentive aux autres, et ça, je pense que ça faisait partie de sa vraie personnalité. Ce n'est pas un truc sur lequel on peut mentir. L'empathie, soit tu l'as, soit tu ne l'as pas.

Maxime reconnut le trait de caractère décrit par Chloé. C'était un des aspects de la personnalité de Célia qui l'avait séduit.

— Et puis il y a ces deux forcenés dans l'Audi, ce sont eux qui sont venus poser des questions chez Clean Service. J'en suis sûre. Quand ils sont passés sous notre nez tout à l'heure, j'ai reconnu celui au tatouage de serpent. Et la vieille qui t'a laissé un message, la voisine de palier, pour te signaler que l'appart de Célia avait été entièrement retourné. Je suis certaine que c'est encore eux. Pareil chez toi. Ton pote a parlé de deux gars dans une voiture noire. Ça correspond.

Maxime se massa les paupières.

— Donc si je te suis, tu es en train de me dire que Célia a dérobé quelque chose pendant que vous travailliez ensemble et qu'elle l'a suffisamment bien caché pour que ces types soient prêts à tout pour remettre la main dessus. C'est bien ça ?

— C'est ce que je pense oui, sinon comment expliquer tout ce bordel ?

— Bon, si on reprend dans l'ordre, en mai dernier Célia se fait embaucher chez Clean Service sous le faux nom de Camille Junel. Vous sympathisez et rapidement elle demande à bosser sur ta tournée. Elle a quelque chose de spécial cette tournée ?

— Oui et non. Disons qu'il n'y a que des bureaux de grandes boîtes. C'est pas des vestiaires d'usine, si tu vois ce que je veux dire. Le job est plus cool sans que ce soit Byzance non plus. Tout le monde préfère bosser pour ce genre de clients. Comme ça fait plusieurs années que je travaille pour Clean Service et qu'un des boss m'a à la bonne, il me laisse former mon équipe. Du coup, quand elle a voulu travailler avec moi, je ne me suis pas méfiée, j'en ai touché deux mots au patron et c'était réglé. En définitive, peu lui importait la tournée, son but devait être d'accéder aux locaux d'une entreprise en particulier.

— Et vous vous occupez de combien d'entreprises ?

— Environ une vingtaine par semaine.

— Certaines ont des particularités spécifiques ?

Chloé le dévisagea d'un œil dubitatif.

— Je ne sais pas, moi. J'imagine qu'il y a plein de trucs spécifiques partout. Dans des cabinets d'avocats, chez des comptables, dans des labos pharmaceutiques... Qu'est-ce que tu veux que je te dise ? Je n'en sais rien. Je n'ai aucune idée de ce qui pouvait l'intéresser.

Chloé avait raison, chercher dans cette direction ne mènerait nulle part.

— OK. Tu as dit qu'il y a une dizaine de jours, elle n'est pas venue travailler. C'était quand exactement ?

— Mardi soir de la semaine dernière, le 24. Ça fait pas tout à fait une dizaine de jours. Le lundi soir, on était censées bosser ensemble, mais j'avais la crève. Je ne suis pas venue.

Chloé détourna une seconde le regard. Maxime comprit qu'il y avait certainement autre chose qu'une grippe derrière cette absence, mais il ne releva pas.

— Ce qui fait que la dernière fois que je l'ai vue, ça remonte au jeudi de la semaine précédente.

— Et quand est-ce que les types sont venus poser des questions ?

— Le jeudi matin vers 7 heures. Je m'en grillais une avec deux collègues devant les locaux quand ces deux gus se sont pointés. J'ai attendu qu'ils repartent pour aller fureter du côté de l'accueil pour voir ce qu'ils voulaient. C'est là que j'ai appris qu'ils posaient des questions sur les employés, qu'ils voulaient avoir les listings du personnel.

— Ils ont dit pourquoi ?

— Non, tu penses bien qu'ils n'ont rien dit. Ni pourquoi ils voulaient ces informations ni pour quelle entreprise ils travaillaient.

— Et ils ont obtenu ce qu'ils voulaient ?

— Magalie, la fille de l'accueil, a eu la trouille et leur a donné ce qu'ils cherchaient. Elle m'a dit que lorsque le crâne rasé l'avait fixée droit dans les yeux, elle avait été à deux doigts de se pisser dessus.

— Génial ! Donc, on n'est pas plus avancés !

Maxime soupira. Il manquait bien trop de pièces au puzzle pour tenter de les emboîter. Quant à espérer avoir une vision d'ensemble, pour l'instant, ce n'était que pure utopie. Leur seule chance de prendre l'avantage serait de trouver avant les deux tueurs ce que Célia avait pu cacher.

De l'autre côté du boulevard, un garçon de café slalomait entre les tables tout en distribuant les premiers expressos de la journée. Maxime se laissa glisser dans le souvenir de sa rencontre avec Célia, dix mois plus tôt.

La fin du mois de septembre avait été particulièrement ensoleillée et début octobre s'annonçait tout aussi clément, bien qu'un peu plus froid. Ce matin-là, les rayons du soleil caressaient avec paresse les toits de la capitale qui se réveillait sous un ciel bleu azur vierge de tout nuage. Maxime s'était installé en terrasse afin d'ingurgiter sa dose matinale de caféine nécessaire pour affronter les transports en commun et les amphis bondés. Un grand échalas qui semblait avoir poussé trop vite avait déboulé pour prendre sa commande : un petit noir serré accompagné d'un croissant. Le serveur était reparti sans un mot ni un sourire, à peine avait-il tourné la tête en direction de Maxime. Encore un qui ne redorerait pas le blason des garçons de café parisiens. La terrasse était presque pleine ; travailleurs de passage, habitués, touristes. Cette belle lumière automnale incitait à profiter de l'instant. La table voisine était occupée par une jeune femme absorbée par son livre. Indifférente à ce qui l'entourait, elle tournait les pages de son bouquin se laissant flotter au fil de son histoire. Ses cheveux bruns étaient attachés en une queue-de-cheval qui lui dégageait la nuque et laissait apparaître un petit tatouage en forme de lune celtique. Devant elle, un café et une petite corbeille dans laquelle il ne restait plus que les miettes d'un croissant. Maxime se souvenait avoir souri de cette coïncidence. Le serveur avait alors débarqué avec sa gueule d'enterrement et son plateau plein à craquer. Par quelques gestes brusques, il avait servi Maxime, mais avait pris soin de déposer bien en évidence la petite coupelle avec l'addition. Il ne faudrait tout de même pas que le client ne sache pas où laisser son pourboire. Au moment de repartir, il avait trébuché sur quelque chose et avait renversé sur la table voisine deux verres de jus d'orange. Dans un sursaut, la jeune femme avait lâché son bouquin et essayé tant bien que mal d'endiguer le raz de marée de vitamine C avec une serviette aussi épaisse qu'une feuille de papier à cigarette. Au lieu de l'aider, le serveur s'était baissé en râlant pour ramasser les morceaux de verre. Quand il s'était relevé, il avait craché toute sa mauvaise humeur. Hurlant que c'était inadmissible de laisser son sac traîner au beau milieu du passage, qu'il aurait pu tomber, voire blesser quelqu'un. Maxime avait toujours détesté ce genre de roquet arrogant, il s'était levé d'un bond et avait exigé du serveur qu'il ait au moins la politesse de s'excuser. Celui-ci avait alors maugréé quelques vagues mots d'excuse tout juste audibles avant de disparaître. Maxime avait tendu sa serviette à sa voisine avant de se diriger vers le bar pour récupérer de quoi nettoyer. À son retour, l'inconnue s'était volatilisée. Il avait cherché parmi la foule, en vain. Et lorsqu'il avait déposé quelques pièces de monnaie pour régler son addition, son regard avait accroché un bout de papier plié sous sa tasse. À l'intérieur était griffonné un « merci » suivi d'un numéro de téléphone.

Finalement il ne devait sa rencontre avec Célia qu'à ce grand crétin prétentieux et à cette vieille besace qui, ce jour-là, se trouvait au mauvais endroit au mauvais moment.

Soudain Maxime se retourna pour observer le sac de Célia qui reposait sur la banquette arrière.

— Qu'est-ce qu'il y a ? Tu as vu un fantôme ?

Maxime ne prit pas la peine de répondre. D'un geste, il attrapa la besace et en vida le contenu à ses pieds. Chloé le regarda, abasourdie.

— Mais qu'est-ce que tu fais ?

— Si tu devais cacher quelque chose de vraiment important, de vital, tu le cacherais où, toi ?

Chloé haussa les épaules et Maxime enchaîna.

— Moi, j'essayerais de l'avoir toujours auprès de moi, à portée de main.

En même temps qu'il suivait le fil de sa réflexion, Maxime observait le sac de Célia sous toutes les coutures. Palpant les doublures, examinant un à un chaque repli. Sa patience finit par payer.

— Là ! Touche ça. Juste là. Cette petite bosse.

Chloé tâta à l'endroit indiqué par Maxime. Sous ses doigts, elle sentit un petit renflement situé entre la toile et la doublure. En observant de plus près, on voyait qu'à cet endroit précis, la couture avait été refaite sur quelques centimètres. Interloquée, Chloé releva les yeux vers Maxime.

— On dirait bien que tu as trouvé quelque chose.

Un couteau à cran d'arrêt et au manche chromé fit son apparition entre les mains de Chloé.

— Quoi ? Ne me regarde pas comme ça, se défendit-elle. D'où je viens, il vaut mieux se trimbaler avec un couteau plutôt qu'avec un smartphone. Surtout si on est une femme.

Le bout de la lame se faufila sous les fils de la

couture, les sectionnant net un à un. Quand Maxime jugea que l'entaille était suffisante, il retourna le sac et le secoua. Un bout de caoutchouc noir d'à peine quatre centimètres tomba sur ses genoux.

— Qu'est-ce que c'est que ce truc ? interrogea Chloé.

Maxime attrapa l'objet et le fit tourner entre ses doigts.

— Je crois que l'on vient de trouver ce que ces types cherchent.

Il retira un capuchon noir de protection laissant apparaître l'embout d'une clé USB.

32

Chaque scène de crime attire son lot de badauds, de curieux désireux de se repaître d'un peu de morbide. Certains devaient posséder une sorte de sixième sens, un petit quelque chose bien logé au fin fond de leur cerveau reptilien leur permettant de ressentir à des kilomètres à la ronde les premiers relents d'un corps en décomposition. Comme une nuée de mouches drosophiles, les premiers d'entre eux s'agglutinaient par grappes sur le trottoir. Avides, ils scrutaient les gestes des fonctionnaires de police, qui régulièrement rappelaient à l'ordre ceux qui s'approchaient d'un peu trop près sans y être autorisés. À la vitesse où allait la science, peut-être un jour l'étude de ces attroupements spontanés fournirait-elle de précieuses informations sur le crime.

Schäfer dépassa ces regards inquisiteurs et présenta sa carte aux policiers en tenue qui filtraient les entrées devant la porte de l'immeuble. Lorsque l'un d'entre eux opina du chef et s'écarta pour le laisser entrer, il perçut un brouhaha dans son dos. Les mouches s'agitaient, elles venaient d'assister à l'arrivée de quelqu'un d'important : plus aucun doute, il y avait bien un cadavre derrière tout ça. L'instinct, ça ne trompe pas.

Adossé aux boîtes aux lettres, Thierry, le monsieur

muscle de son groupe crime, l'attendait en pianotant sur son téléphone portable. Les deux hommes se saluèrent d'un signe de tête puis en silence commencèrent à gravir les escaliers.

Arrivé au dernier étage, Schäfer se dit qu'il faudrait peut-être qu'il arrête de remettre à plus tard ses séances de footing.

Un policier au teint livide faisait le pied de grue devant une porte d'appartement fermée. En les voyant débarquer sur le palier, il leur jeta un regard interrogateur.

— Capitaine Schäfer et lieutenant Maurel. Vous nous faites un topo ?

Le jeune flic semblait soulagé de les voir arriver. Peu importait le nombre d'années de service, se retrouver nez à nez avec la mort remuait même le plus aguerri des hommes. Avant de prendre la parole, il se gratta la gorge pour se redonner une constance.

— Le voisin du dessous nous a appelés pour signaler ce qu'il croyait être un cambriolage, mais quand nous sommes arrivés, nous sommes tombés sur le cadavre du propriétaire. On a juste vérifié que le type était bien mort et on vous a immédiatement appelés.

Schäfer haussa les sourcils.

— Le propriétaire ?

— Oui, on a croisé le voisin de palier qui rentrait de soirée. Il a vu le corps et il l'a immédiatement identifié ; il s'agit de Yann Morvan, le propriétaire. Il nous a dit que Morvan louait depuis plusieurs années son appartement à un certain Maxime Cairal. Lorsqu'il est entré dans le hall de l'immeuble, le voisin nous a dit avoir vu Cairal et une jeune femme foncer vers le garage. D'après lui, ils avaient l'air de s'enfuir, mais bon, vu l'état d'ébriété avancé dans lequel il se trouvait, je ne suis pas certain qu'il ait bien vu ce qu'il dit avoir vu. Quoi qu'il en soit, le temps qu'il nous raconte toute son histoire, quand on est allés jeter un œil aux parkings, il n'y avait plus personne.

— Et il habite où ce voisin ?

Le flic se tourna et pointa du doigt une porte.

— Au 44. Il s'appelle Romuald Florès.

— Bien, et on peut enfin le voir, ce macchabée ? demanda Thierry.

Manifestement piqué au vif par la remarque, le policier rétorqua du tac au tac.

— Il n'y a qu'à pousser la porte, il se trouve trois mètres derrière. Je pense que vous devriez y arriver seuls.

Les deux policiers pénétrèrent dans l'appartement, laissant le jeune flic rejoindre ses collègues qui patientaient dans la rue. Face à eux, le corps de Yann Morvan reposait dans une mare de sang. Sur sa poitrine deux impacts de balle trouaient son tee-shirt, ne laissant que peu de doute quant à l'origine de la mort. Un lourd silence enveloppa la scène. Schäfer fut le premier à le rompre.

— Thierry, tu vas appeler le Bastion et leur dire qu'on a besoin de l'identité judiciaire et d'un légiste. En attendant que la cavalerie débarque, tu iras toquer chez le vieux qui a donné l'alerte. Moi, je vais aller aider M. Florès à dessoûler.

33

Des hommes étaient prêts à tuer pour la clé USB que Célia possédait. Quelles informations pouvait-elle bien receler ? Maxime observa l'objet. Les réponses se trouvaient certainement là, au creux de sa main, à condition que le passage dans les égouts ne l'ait pas rendue inutilisable. Sa coque en caoutchouc antichoc avait-elle été prévue pour être aussi résistante à l'eau ?

— Il y a un cybercafé à deux minutes à pied, on va peut-être enfin y voir un peu plus clair dans tout ce bordel.

La réflexion de Chloé arracha Maxime à ses pensées. Il acquiesça d'un hochement de tête et empocha la clé USB.

Ils quittèrent l'habitacle de la Golf et se faufilèrent au travers d'une circulation bouillonnante. La moiteur harassante de ce début de matinée laissait présager la fournaise à venir. La parenthèse offerte par l'orage de la veille n'avait été que de trop courte durée, la chaleur malmènerait encore des organismes déjà bien fatigués.

Lorsqu'ils entrèrent dans le cybercafé, des petits yeux porcins détaillèrent Chloé des pieds à la tête. Derrière un comptoir haut perché, un homme au visage adipeux les toisait. La sueur perlait sur son front. Sa chemise grise déboutonnée jusqu'au milieu de la poitrine laissait voir un torse aussi velu que flasque. Son petit rictus obscène mit immédiatement Chloé sur la défensive. Maxime la sentit prête à sortir ses griffes à la première réflexion. Les épreuves, la fatigue, mettaient leurs nerfs à rude épreuve. Le bibendum dut percevoir les éclairs dans les prunelles de la jeune femme et s'abstint de tout commentaire graveleux. Lorsqu'il leur annonça qu'il y avait des postes libres à l'étage, ses joues s'agitèrent comme un bol de gelée.

Maxime se dirigeait vers l'escalier en colimaçon quand Chloé lui attrapa le poignet.

— Il faut absolument que je m'en grille une, je te rejoins.

Chloé repassa devant le bibendum et lui tendit son majeur sans même détourner la tête. Une fois sur le trottoir, elle accosta le premier passant pour lui taxer une clope.

À l'étage, Maxime prit place devant le poste au bout de la salle, proche de la vitre. En dessous, il aperçut Chloé qui tirait nerveusement sur sa cigarette.

Lorsque la clé USB fut branchée sur l'unité centrale, une minuscule diode rouge se mit à clignoter. Maxime lança un explorateur de fichiers et vit qu'un nouveau périphérique venait d'être détecté. Bon signe. Il cliqua sur l'icône et son visage se décomposa.

— Merde !

L'accès aux fichiers était protégé par un mot de passe.

Son voisin de droite lui jeta un regard noir.

Maxime faillit l'envoyer se faire voir, mais se ravisa.

Les deux coudes posés de part et d'autre du clavier,

la tête entre les mains, il essaya plutôt de se concentrer. Deviner un code complexe, composé ne serait-ce que de lettres et de chiffres, était inenvisageable. Il fallait espérer que Célia ait fait simple. Que son choix se soit porté sur un terme qui gravitait dans son univers, un mot, un nom ou une date qu'elle côtoyait régulièrement. En procédant avec méthode, il y avait peut-être une chance de parvenir à le trouver. Il fallait commencer par balayer l'éventail des possibilités que Célia avait pu envisager pour choisir son mot de passe et ne retenir que les plus pertinentes. Une minute s'égrena sur l'horloge en bas à droite de l'écran. Le temps était compté, il fallait faire vite et viser juste. Célia était une passionnée d'arts et il y avait de fortes probabilités que sa thèse sur Rembrandt l'ait inspirée.

Sans réfléchir, Maxime saisit le nom du peintre : refusé.

Il s'en voulut d'avoir pu imaginer une solution si simple. Il fallait chercher autre chose, voir plus loin. Mais sans avoir lu sa thèse et avec le peu de connaissance dont il disposait en la matière, la tâche s'annonçait ardue.

Maxime lança un navigateur internet et entreprit de faire quelques recherches sur les peintres dont Célia lui avait déjà parlé : Rembrandt bien sûr, mais aussi Léonard de Vinci et Caravage. Mais tous les mots-clés saisis en rapport avec la personnalité de ces trois grands maîtres furent refusés. Le même message laconique « Mot de passe invalide » rejetait systématiquement toutes les combinaisons. Il commençait à perdre espoir quand soudain, un terme attira son attention.

Se rappelant que Célia s'intéressait plus à la technique qu'aux peintres, il repassa rapidement sur les pages qu'il venait de parcourir afin de confirmer son intuition : clair-obscur ! C'était forcément ça, mais comment saisir ce terme ? Avec tiret, sans tiret, tout accroché ou avec une espace ? Il fit au plus simple et entra « clairobscur » dans le champ texte. Au moment d'appuyer sur la touche entrée, il retint son souffle. Cette fois pas de message « code incorrect », il poussa un soupir de soulagement. Le contenu de la clé était désormais accessible.

Clair-obscur, cela résumait si bien son sentiment. Célia rayonnante, passionnée, mais qui portait en elle cette part d'ombre et de ténèbres où vérités et mensonges s'entremêlaient. Les facettes du personnage étaient multiples, complexes. Qui était-elle vraiment, que cherchait-elle ? Il allait peut-être enfin avoir des réponses à toutes ses questions.

— Alors ?

Chloé se tenait derrière Maxime. La tête penchée par-dessus son épaule, elle observait l'écran. Il ne l'avait pas entendue arriver. L'homme, qui occupait l'ordinateur de droite, quitta son poste et disparut dans l'escalier en colimaçon. Chloé en profita pour récupérer sa chaise.

— La clé était protégée par un mot de passe. J'ai un peu ramé, mais j'ai fini par trouver. On va peut-être enfin comprendre ce qu'il se passe.

Une succession de dossiers contenant des fichiers PDF, des e-mails, des tableaux Excel défilaient à l'écran. Au hasard Maxime en ouvrit un et tomba sur ce qui semblait être un document comptable rempli de chiffres et de tableaux interminables. Lorsqu'il ouvrit un second fichier, Chloé lui posa la main sur l'épaule.

— Hey, attends, je connais ce logo. C'est une des boîtes dans lesquelles on passe, elle est sur ma tournée.

Surpris, Maxime pivota vers Chloé.

— Vous travaillez pour GenoTechPharma ?

— Oui, c'est même notre plus gros client. Nos patrons se plieraient en quatre pour eux.

— Quel est le rapport entre Célia et GenoTechPharma ?

Chloé haussa les épaules.

— Aucune idée. Tu crois que ce sont des documents confidentiels ? Que Célia est un genre d'espionne ou un truc comme ça ?

Les yeux de Maxime se posèrent sur l'écran.

— Je ne sais pas, franchement, tout ça me semble un peu dingue.

Maxime ouvrit un autre fichier, puis un autre et un autre encore. Parcourant les répertoires à la recherche de quelque chose, mais sans vraiment savoir quoi. Tout ce qu'ils avaient sous les yeux se ressemblait. Des rapports, des bilans, des comptes, des statistiques, à moins d'être un expert dans le domaine, rien ne sortait du lot.

— C'est étrange, lâcha-t-il au bout de quelques minutes.

— Quoi ?

— On trouve de tout sur cette clé. Il y a des centaines, voire des milliers de documents, mais pas vraiment de cohérence excepté qu'ils appartiennent tous au même groupe pharmaceutique. Ça va de la comptabilité au rapport de stage, de la synthèse d'expérience au marketing en passant par le commercial. C'est comme si tous ces fichiers avaient été aspirés sans distinction.

— Il doit pourtant bien y avoir un truc là-dedans qui soit assez important pour...

— Attends, regarde ça !

Maxime venait d'ouvrir un répertoire contenant une quinzaine de photos.

Les clichés avaient été pris lors d'une soirée mondaine un peu particulière. Parquet en chêne, lustre en cristal, champagne, drogue. Au milieu des hommes en costume se trouvaient trois jeunes femmes à demi nues.

Chloé se pencha pour observer les photos.

— Je crois que tu viens de trouver.

Les photos semblaient se focaliser sur quelques personnes en particulier ainsi que sur les filles. L'une d'entre elles était étendue sur un canapé, le regard dans le vague. Elle se laissait embrasser par un type trois fois plus âgé qu'elle pendant que dans le fauteuil d'à côté, un des invités égalisait des rails de cocaïne sur le rebord d'une table basse. Une autre sirotait une coupe de champagne accrochée au bras d'un homme qui conversait avec deux fauves en col blanc. Les regards carnassiers qui couraient sur les courbes de la jeune femme laissaient présager la suite. La dernière des filles semblait un peu plus dans les vapes, sa tête reposait sur l'épaule d'un grand brun au regard noir. Mâchoire carrée, carrure de catcheur et bagues en or. Une vraie tête de mafieux qui se retrouvait épinglée sur plusieurs photos, toujours en compagnie de cette fille blonde manifestement droguée. GHB ou autre, elle n'était plus qu'une jolie poupée de chiffon, un jouet sans volonté, offerte à toutes les déviances des prédateurs qui l'entouraient. En détaillant le visage de cette pauvre fille, Maxime eut un frisson.

— C'était donc ça que Célia cachait, souffla Maxime. Mais pourquoi ? Pourquoi s'intéresser à cette soirée ?

— Tu crois qu'elle comptait faire chanter un des mecs qui se trouvent sur ces photos ?

Maxime soupira, bien incapable de trancher sur cette question. Il les repassa toutes, les analysant attentivement de la première à la dernière. Puis recommença en commentant.

— Ce qui est certain, c'est que ce ne sont pas des photos-souvenirs. Regarde bien, tous les cadrages sont de travers, personne ne regarde l'objectif. Ce sont des photos volées. Alors oui, là comme ça, j'ai envie de te dire que ça ressemble à une monnaie d'échange, que ça pue le chantage. Mais sincèrement, je n'arrive pas à me dire que Célia puisse être impliquée dans une affaire comme ça.

— Ça ne fait pas non plus très longtemps que tu la connais, alors comment peux-tu en être aussi sûr ?

— Je le sais, je le sens, c'est tout.

— Moi, elle m'a bien menti pour arriver à ses fins, alors pourquoi elle ne t'aurait pas baratiné toi aussi ?

— J'en sais rien, merde ! Qu'est-ce que tu veux que je te dise à la fin ?

Une femme de l'autre côté de la salle, sourcils froncés, leur demanda de faire moins de bruit. Maxime se retourna et s'excusa d'un geste de la main avant de reprendre deux tons plus bas.

— Oui, elle ne nous a pas tout dit, mais je suis certain que si elle a agi comme ça, c'est qu'elle avait de bonnes raisons de le faire. Maintenant, de notre côté, la seule chose que l'on puisse faire pour l'aider, c'est d'essayer de comprendre dans quel guêpier elle s'est fourrée. Alors, tu es avec moi ou pas ?

— Désolée, je suis crevée. Je dis n'importe quoi, mais quand on regarde les faits, on a l'impression de ne pas la connaître.

— C'est troublant, je suis d'accord.

Chloé respira un grand coup et reporta son attention sur l'écran.

— Bon, et ces photos, cette soirée, tu crois que ça a un rapport avec GenoTechPharma ?

— Il me semble que c'est lié, oui. C'est sur la même clé, bien que ça ne veuille pas dire grand-chose. Tu ne reconnais personne ?

— Je te rappelle que je bosse de nuit et *a priori* ces messieurs ont d'autres préoccupations nocturnes que de vérifier si l'aspirateur a bien été passé.

— Évidemment… Il faudrait savoir où s'est déroulée cette soirée.

Chloé se pinça les lèvres un instant, puis livra le résultat de sa réflexion.

— Les grosses boîtes de ce genre organisent de temps en temps des séminaires, des soirées privées, des cocktails et très souvent, elles se servent des mêmes prestataires. Même traiteur, même entreprise de nettoyage…

Un sourire s'étira sur la bouche de Maxime, il voyait où voulait en venir Chloé.

— Il faudrait que l'on se rende chez Clean Service et que l'on fouille dans les dossiers clients. Si la soirée a été organisée dans un endroit pas trop éloigné de Paris, il y a de fortes chances qu'ils aient fait appel à nos services.

Maxime approuva. Avant de retirer la clé USB de l'unité centrale, il lança une copie intégrale de son contenu sur l'espace de stockage en ligne dont Yann se servait pour entreposer ses reportages photo.

34

Le nouveau quartier général de la police judiciaire de Paris dominait la rue du Bastion du haut de ses dix étages. Cette forteresse ultramoderne et hautement sécurisée contrastait avec le légendaire 36, quai des Orfèvres qui pendant un peu plus d'un siècle avait vu passer les plus grandes affaires criminelles. La vétusté du bâtiment ainsi que des locaux devenus trop exigus avaient contraint la PJ à quitter l'île de la Cité et ses bords de Seine pour s'implanter dans le dix-septième arrondissement, quartier des Batignolles. Bien qu'il ne corresponde à rien dans la numérotation de la rue du Bastion, le mythique numéro « 36 » avait également fait le déménagement. Qu'il soit vu comme un symbole d'excellence ou un signe de superstition, il marquait de son sceau l'entrée de cette nouvelle citadelle dédiée à la lutte contre le crime.

Au cinquième étage, Erik Schäfer récupéra la photo du corps de Yann Morvan qui venait de tomber dans le bac de l'imprimante. Il la positionna en haut d'un grand tableau blanc aimanté. Lorsqu'il se retourna, Sonia et Pierre, deux des lieutenants de son équipe, levèrent immédiatement le nez de leur écran. Le chef avait la gueule des mauvais jours, mieux valait être attentif.

— Yann Morvan, trente-cinq ans. Selon les premières

constatations du légiste, la mort est survenue entre 3 heures et 5 heures du matin. Quant à la cause, la photo parle d'elle-même : notre gars s'est pris deux balles dans la poitrine…

La porte du bureau s'ouvrit brusquement et Thierry et Alban entrèrent en trombe. Thierry s'assit sur un coin du bureau de Sonia, qui déplaça ses dossiers en bougonnant. Alban préféra rester debout. Quatre paires d'yeux étaient maintenant braquées sur Schäfer, le groupe crime était au complet.

Schäfer poursuivit :

— L'appartement a entièrement été retourné, celui ou celle qui a fait le coup cherchait manifestement quelque chose, mais rien ne permet de dire s'il a trouvé son bonheur. Dans la cuisine, un carreau a été cassé et du sang a été retrouvé sur des morceaux de verre. Tout porte à croire qu'une personne est entrée par effraction en passant par là. Un peu avant 5 heures du matin, le voisin de palier, Romuald Florès, a vu Maxime Cairal, le colocataire de Morvan, s'enfuir par le garage. Il était accompagné d'une jeune femme qu'il n'avait jamais vue auparavant, d'après lui ce n'était pas la compagne de Cairal. Sonia ?

— Oui, je te déniche tout ce qui est possible sur ce Maxime Cairal.

Sonia était un élément indispensable du groupe. Une vraie mécanique de précision, elle savait anticiper et réagir au quart de tour. De plus, elle était devenue une vraie experte dans la manipulation et l'interrogation des différentes bases de données et divers fichiers mis à disposition de la police judiciaire et de la gendarmerie.

SALVAC[1], FNAEG[2], STIC[3], FPR[4], autant d'acronymes barbares qui nourrissaient le quotidien de Sonia. Schäfer avait su s'entourer des meilleurs et les résultats étaient au rendez-vous. Thierry le colosse travaillait souvent avec Alban le dandy. Méchant flic, gentil flic, leur tandem, bien qu'improbable, fonctionnait à merveille. Quant à Pierre, c'était le discret de la bande, s'il fallait passer à la loupe une montagne de données au microscope pour dénicher *le* détail qui ferait basculer l'enquête, il était à coup sûr l'homme de la situation. Satisfait par la prise de décision rapide de Sonia, Erik continua :

— Pierre, en parallèle, tu me lances une requête de géolocalisation de son téléphone et puis tu mets ses comptes bancaires sous surveillance. Je veux tout ça pour hier.

Immédiatement, les deux lieutenants replongèrent derrière leur écran tout en restant attentifs à la suite du débriefing.

— En fouillant un peu, on a mis la main sur un contrat d'assurance auto pour une Golf de 1988. Tous les commissariats et gendarmeries de France ont l'immatriculation de la voiture.

Erik se tourna vers Thierry et Alban.

— Le petit vieux qui a donné l'alerte vous en a appris un peu plus ?

— Oui et non, répondit Thierry. C'est un veuf,

1. Système d'analyse des liens de la violence associée aux crimes.
2. Fichier national automatisé des empreintes génétiques.
3. Système de traitement des infractions constatées.
4. Fichier des personnes recherchées.

insomniaque et qui a tout de l'hyper-anxieux. Quand il a entendu du boucan à l'étage, il a eu peur que ce soit un cambriolage. Du coup, il a de suite appelé les flics. À 4 h 15, il dit avoir entendu des bruits de pas dans l'escalier. Selon lui, il y avait au moins deux personnes.

Pierre l'interrompit.

— 4 h 15 ? Ça ne colle pas avec ce qu'a dit Florès.

— Attends, rétorqua Thierry. Il a ajouté qu'un deuxième groupe était descendu vers 4 h 50. Et ça, ça correspondrait au passage de Cairal et de l'inconnue.

Schäfer se frotta le menton. Deux groupes, ça changeait la donne. Il pivota vers Thierry.

— Rappelle-moi qui habite au dernier étage ?

Thierry jeta un coup d'œil rapide sur ses notes avant de répondre.

— L'étage comprend quatre appartements, dont deux seulement sont habités à l'année. Celui de la famille Florès et la collocation Morvan-Cairal. Pour les deux autres, l'un est à la vente depuis plus de six mois, l'autre appartient à un couple d'Américains qui y vient en vacances maximum deux semaines par an. D'après Florès, les Américains ne sont pas là en ce moment, mais on va quand même vérifier.

— Et l'enquête de voisinage ?

Cette fois, c'est Alban qui répondit :

— Personne n'a rien vu ni rien entendu. C'était au beau milieu de la nuit, hormis notre petit vieux insomniaque, tout le monde dormait à poings fermés.

Erik se retourna et fit un pas en arrière pour faire face aux tableaux blancs. À gauche celui dédié au meurtre d'Arthur Berg, le jeune geek torturé et tué par balle dans la nuit de dimanche à lundi. À droite, Yann Morvan, également mort par balle. Le capitaine reprit la parole.

— J'ai oublié de préciser que nous avons retrouvé sur la scène de crime deux douilles de 9 mm. Même calibre que la douille retrouvée chez Berg.

— Le 9 mm, c'est le calibre le plus courant, fit remarquer Alban. Tu penses à quelque chose ?

Le capitaine secoua la tête. Une idée qui sortait de nulle part lui avait traversé l'esprit. Une idée sans fondement, une intuition plus qu'autre chose. Deux types, inconnus des services de police, venaient de se faire descendre à deux jours d'intervalle. Tous deux abattus en plein milieu de la nuit par des balles de même calibre. C'était en effet beaucoup trop ténu pour parler de coïncidences, il n'en restait pas moins que tout au fond de son cerveau, un petit témoin lumineux s'était mis à clignoter. Son expérience lui avait appris à écouter ce genre de signes, mais pour l'instant, il préféra ne rien dire.

— Non. Les douilles ont été envoyées à la balistique. Le divisionnaire a appuyé pour que nos demandes soient traitées en priorité. Deux cadavres en quarante-huit heures, autant dire que la hiérarchie veut du concret, et rapidement.

— Erik ? Je crois que j'ai quelque chose.

Schäfer contourna le bureau de Sonia pour jeter un œil sur son écran.

— Explique.

— J'ai lancé une requête dans nos différentes bases de données et je suis tombée là-dessus.

À leur tour, Thierry et Alban se rapprochèrent.

— Cairal est fiché ? interrogea Pierre qui venait de stopper ses recherches.

— Non, non, ce n'est pas ça, répondit Sonia. Hier soir, un peu avant minuit, Maxime Cairal s'est rendu dans le commissariat du quatorzième arrondissement pour signaler la disparition de sa compagne, une certaine Célia Meyer. D'après ce qu'il a décrit, ils étaient tous les deux dans les rames qui sont restées bloquées sur la ligne 1 du métro. Ils ont été séparés lorsqu'ils ont évacué. Je pense qu'il a dû se montrer suffisamment persuasif, parce qu'une enquête pour disparition inquiétante a bien été lancée. Par curiosité, j'ai relancé une série de recherches sur cette Célia Meyer et il se trouve qu'à 3 heures du matin, la BAC a débarqué chez elle à la suite de l'appel de sa voisine de palier.

Une deuxième loupiote venait de s'allumer au fond du cerveau de Schäfer.

— C'est dingue, cette histoire ! commenta Pierre qui s'était levé de son bureau pour se joindre au groupe.

— Bon, reprit Schäfer, Sonia, tu vas me trouver des photos correctes de Meyer, Cairal et Morvan. Ensuite, tu creuses leur vie à tous les trois. Je veux leur CV complet : savoir d'où ils se connaissent, ce qu'ils font dans la vie, familles, amis, je veux la liste de tous ceux qu'ils fréquentent, ou ont fréquentés. Pierre, tu lui donneras un coup de main. Alban, quand M. Florès aura fini de cuver et qu'il viendra faire sa déposition, tu lui montreras les portraits dégotés par Sonia. Je veux qu'il nous confirme que c'est bien une autre fille qu'il a croisée en rentrant chez lui. En attendant, déniche-moi toutes les caméras du quartier et vois ce que l'on peut en tirer. Thierry, tu viens avec moi, on va aller faire un tour chez cette Célia Meyer et on en profitera pour interroger sa voisine…

— Mme Lehman, compléta Sonia.

35

Le bus stoppa devant l'arrêt avec deux minutes de retard sur l'horaire prévu : 8 h 27. Les portes s'ouvrirent et déversèrent sur le trottoir une nuée de jambes pressées qui disparurent aussitôt. Les silhouettes de Chloé et Maxime se détachèrent du groupe et filèrent dans une rue perpendiculaire.

Maxime suivait Chloé, tête baissée, les yeux rivés sur le trottoir et l'esprit ailleurs. Tout à coup, la jeune femme se colla dos au mur et plaqua son avant-bras sur la poitrine de Maxime, évitant de justesse une collision avec une trottinette électrique.

— Putain ! C'était moins une, lâcha Chloé. Tu vas voir que dans quelque temps, à cause de ces kamikazes, les piétons devront mettre un casque.

Elle se remit en marche en bougonnant, les sourcils froncés. Après quelques pas, elle laissa Maxime revenir à sa hauteur et lui dit :

— Pour la bagnole, José devrait pouvoir nous en prêter une. Dans son atelier, il y a toujours des caisses en attente de réparation ou qu'il vient tout juste de réparer. Il m'a déjà dépannée.

— J'espère que tu es sûre de toi.

— De toute façon, la Golf est grillée. On a déjà eu de la chance de ne pas se faire cueillir avant.

L'entreprise Clean Service était entourée d'un haut mur de clôture surmonté de fils barbelés. La longue enceinte décrépie filait le long du trottoir sur plus d'une centaine de mètres. Maxime se fit la réflexion qu'il ne manquait plus que des miradors pour que l'endroit ressemble plus à une ancienne prison chilienne plutôt qu'à une société de nettoyage. Les nuages gris, la chaleur moite, renforçaient cette impression. Affubler ce lieu du mot « Clean », il fallait quand même oser. Difficile d'imaginer que Célia ait pu travailler entre ces murs et pourtant, elle l'avait fait. Elle avait changé d'identité et s'était fondue dans la peau d'une autre, tout ça dans un but bien précis. Comme la structure des flocons de neige s'évanouit au contact de la peau, l'objectif de Célia demeurait intangible.

Chloé stoppa net et se planta devant Maxime.

— On va passer devant Bernard, le gardien, il est un peu à cheval sur le règlement, mais c'est pas un mauvais bougre. Si je le baratine un peu, ça devrait le faire. Par contre, son clebs est un peu con.

— Pourquoi ? Tu ne comptes pas t'adresser à son maître ?

— Très drôle. Allez, suis-moi.

Tandis que Chloé parlementait, Maxime patientait devant la guérite de Bernard. L'œil noir de son doberman scrutait le moindre de ses gestes. Sa babine frémissante et son râle rauque indiquaient que le cerbère n'attendait qu'un claquement de doigts pour le mettre en pièces. Bien qu'il n'ait jamais eu peur des chiens, il ne se sentait pas du tout rassuré face à cette masse de muscles dressée pour attaquer. Maxime déglutit en posant les yeux sur les crocs de l'animal.

Quand Chloé le rejoignit enfin, Bernard adressa à Maxime un signe amical de la main et rappela son molosse, qui, d'un seul coup, se transforma en une sorte de petit teckel inoffensif et fila rejoindre son maître sans demander son reste. Surpris, Maxime lui répondit par un sourire un peu incertain.

— Qu'est-ce que tu lui as raconté ?

— Que je t'ai trouvé en train d'errer dans le quartier. Que manifestement, tu étais atteint d'un Alzheimer précoce ou d'un genre d'amnésie et que vu ton état, cela devait faire un moment que tu tournais en rond. Du coup, je lui ai demandé si je pouvais aller au bureau pour passer deux ou trois coups de fil, histoire de faire le tour des hôpitaux spécialisés et pouvoir te ramener. Tu vois que ce n'est pas un mauvais bougre.

— Tu me fais marcher ?

— Même pas. Allez, fais pas la gueule et amène-toi.

Ils traversèrent un parking où stationnaient une trentaine de fourgonnettes et d'utilitaires aux couleurs de Clean Service ainsi qu'une poignée de véhicules appartenant aux employés. Le bâtiment vers lequel ils se dirigeaient, haut de deux étages, comportait plusieurs entrées. Chloé et Maxime longèrent la façade jusqu'à croiser un petit panneau indiquant celle de l'accueil.

— À cette heure-ci, toutes les équipes sont rentrées. José doit déjà être dans son atelier là-bas, indiqua Chloé en pointant de l'index un long hangar de béton à la toiture grise, on passera le voir après.

— Et dans les bureaux, tu peux y entrer comme ça ?

— Pour un coup de fil, oui. Ça fait un moment que je bosse ici, donc pas de problème. Par contre, pour ce qui est de fureter dans les dossiers clients, il vaut mieux que j'évite de me faire prendre.

Trois marches menaient du parking à une porte vitrée qui grinça en s'ouvrant. L'accueil se situait tout de suite à droite.

Au milieu de la pièce se trouvait un grand bureau en L équipé d'un ordinateur, d'une imprimante laser et d'un énorme téléphone fixe bardé de boutons. Sur le retour étaient disposées trois piles de dossiers parfaitement alignées et rangées par couleur : vert, jaune et rouge. Derrière le bureau était affiché un immense plan de Paris et de ses environs, accroché juste à côté, un planning mural rempli de fiches bristol de différentes teintes. Le mur de gauche était entièrement recouvert par d'imposantes armoires métalliques fermées. Ce bureau respirait la maniaquerie, rien ne traînait, rien ne dépassait. Un mug bariolé et un cadre photo fuchsia étaient les seules touches de fantaisie, les seuls écarts dans cet ordre quasi chirurgical.

Chloé se dirigea vers la fenêtre et écarta deux lames du store vénitien pour observer le parking.

— Je n'ai pas vu la voiture de Magalie, la secrétaire, mais elle ne devrait pas tarder à arriver. Faut pas traîner.

Chloé prit place dans le fauteuil à roulettes et bougea la souris de gauche à droite pour que l'ordinateur sorte de sa veille.

Au milieu de l'écran, un curseur clignotait dans un

champ de saisie invitant à entrer le mot de passe qui déverrouillerait la session.

— Tu le connais ? s'enquit Maxime.

— Non, mais je sais où le trouver, répondit Chloé en soulevant le clavier. Dessous un Post-it édictait une série de chiffres et de lettres.

— Magalie est une hyper-anxieuse : peur d'oublier, peur d'être en retard, peur des maladies, bref pas méchante quand on sait la prendre, mais du coup assez prévisible comme nana.

— Prévisible au point de planquer son mot de passe sous son clavier ?

— Non, ça, je l'avais vue faire. Par contre, prévisible au point d'être toujours en avance sur son horaire d'embauche, là, oui. Tu peux jeter un coup d'œil sur le parking, s'il te plaît ? Elle a une Clio vert pomme, tu peux pas la louper.

Maxime se posta près de la fenêtre, pendant que Chloé accédait aux fiches clients.

— GenoTechPharma, c'est bon, je l'ai. Je vais voir s'ils nous ont sollicités pour des prestations dans d'autres lieux que leur siège.

Les touches du clavier cliquetèrent un instant et Chloé reprit.

— J'ai effectivement trois autres adresses. Une dans le seizième arrondissement, une à Boulogne-Billancourt et une autre dans le 95, le Val-d'Oise. Les deux premières adresses, je les connais, elles correspondent à des bureaux et un centre de conférences. On peut les écarter.

— Oui, et si l'on se fie au dernier signal que l'on

a capté, l'Audi roulait sur l'autoroute A15. Donc l'adresse dans le Val-d'Oise semble être la plus prometteuse. Tu peux voir à quoi elle correspond ?

— Une seconde.

Pendant que Chloé collait l'adresse dans Google Maps, Maxime écarta de nouveau les lames du store.

— Laisse tomber ! Clio vert pomme en vue.

— OK ! j'imprime l'adresse.

Au moment où l'imprimante se mit à ronfler, une portière claqua sur le parking. Maxime abandonna son poste d'observation et rejoignit Chloé qui venait juste de remettre l'ordinateur en veille. Elle trépignait en attendant la feuille de papier.

— Putain ! Pourquoi c'est toujours quand t'es pressé que ça rame ?

Le grincement de la porte d'entrée résonna dans le couloir et deux secondes après Magalie fit son apparition dans le bureau, toute surprise d'y trouver Chloé en compagnie d'un inconnu. Ses grands yeux marron passèrent de l'un à l'autre, dans un mouvement de tête un peu mécanique la faisant ressembler à une chouette. Sans lui laisser le temps de respirer et avant même qu'elle ne puisse ouvrir la bouche, Chloé contourna le bureau pour venir la saluer et lui expliquer la situation. Maxime en profita pour récupérer la feuille de papier et la faire disparaître dans sa poche.

Ils quittèrent le bureau sous l'œil compatissant de la secrétaire. Lorsque Chloé lui avait débité son improbable bobard, elle n'avait cessé de prononcer des « Nooon », une main plaquée devant la bouche tout en observant Maxime avec ses grands yeux.

De retour sur le parking, ils continuèrent à longer la façade du bâtiment principal, puis traversèrent une cour encombrée par deux camions nacelles pour finir par rejoindre l'atelier de José.

Un seul des deux battants du grand portail métallique était repoussé sur son rail. Ils pénétrèrent dans le hangar et furent accueillis par une radio au son nasillard, qui crachotait un morceau de musique que Maxime ne connaissait pas. L'odeur âcre de graisse et d'huile de vidange était prégnante. La verrière qui courait en haut du mur de gauche, juste sous la toiture, laissait filtrer les lueurs mornes de ce début de journée. Seuls les néons du fond de l'atelier étaient allumés. Deux véhicules se trouvaient perchés sur des ponts élévateurs, alors que d'autres, capot ouvert ou positionnés sur des fosses, attendaient l'intervention des mécanos. Chloé et Maxime se faufilèrent entre les chariots à outils et les établis, contournèrent un bloc-moteur suspendu à un palan et rejoignirent le halo de lumière froide projeté par les néons. Face à son établi, José était concentré sur sa tâche. D'une poigne solide, il se saisit d'un marteau et frappa à plusieurs reprises sur une pièce coincée dans un étau. De dos, José ressemblait au talonneur d'une équipe de rugby : petit, trapu, et la tête directement posée sur les épaules. Lorsqu'il reposa son outil, les notes de musique chassées par le vacarme se firent à nouveau entendre ; discrètes, elles revenaient sur la pointe des pieds, comme si elles hésitaient à déranger le maître des lieux en plein travail. José desserra l'étreinte de la mâchoire d'acier, récupéra la pièce puis la porta à hauteur de ses yeux et sembla apprécier ce qu'il vit. Quand il se retourna, un large sourire éclaira son visage jovial.

— Tiens, Chloé. Comment vas-tu ? Je ne t'ai pas entendue arriver.

Puis réalisant qu'elle n'était pas seule, il reposa la pièce sur son établi, attrapa un chiffon noir de crasse et essuya énergiquement ses mains pleines de cambouis.

— José, dit-il en tendant à Maxime son énorme paluche graisseuse.

— Je te présente Maxime, un ami, intervint Chloé.

— Qu'est-ce que je peux faire pour vous ?

— On a besoin d'une bagnole…

— Hey, ma belle, on n'est pas chez Hertz ici, coupa José en levant les mains.

— C'est important, implora Chloé.

— Tu sais que j'ai failli me faire virer la dernière fois que j'ai prêté une bagnole de la société ? Ce con de Luc a eu un accident, je te raconte pas ce que j'ai pris. Les patrons étaient furax.

— On fera attention, je te le promets.

— C'est pas la question, éluda José.

— Mais Luc est barge, t'as vu comme il conduit ? C'est pas étonnant qu'il lui soit arrivé une tuile. Depuis que je bosse ici, dis-moi combien de bagnoles j'ai esquintées ?

En retrait, Maxime comptait les points. Le dernier argument de Chloé semblait avoir fait mouche auprès du chef d'atelier.

— Tu fais chier, finit par lâcher José en tournant la tête.

José se dirigea d'un pas traînant vers une armoire et récupéra une clé suspendue parmi d'autres.

— Tiens, quand vous en avez plus besoin, tu me la gares dans la petite rue derrière, j'irai la récupérer moi-même.

— Merci, je te revaudrai ça, lui souffla Chloé avant de disparaître.

36

Lorsque le capitaine Erik Schäfer et son lieutenant Thierry Maurel entrèrent dans l'appartement de Célia Meyer, ils eurent une désagréable impression de déjà-vu. Le sol était jonché de feuilles volantes, de livres, d'objets brisés et de morceaux de verre. Plus aucun cadre au mur, coussins du canapé éventrés, bibliothèque vidée comme si une tornade en avait balayé le contenu et l'avait projeté aux quatre coins de la pièce. Portes de placards, tiroirs, armoire à pharmacie laissaient voir ce que d'ordinaire ils cachaient. Il régnait ici le même chaos que dans l'appartement de Cairal et Morvan.

Dans un coin du salon, un petit secrétaire en chêne faisait office de bureau. Dessus, calée au fond à droite, se trouvait une petite imprimante jet d'encre à côté de laquelle reposait une ramette de papier. Par terre, un chargeur carré, blanc, estampillé d'une pomme croquée sur le côté, était relié à une prise murale sans ordinateur connecté à l'autre bout.

Maurel se tourna vers Schäfer.

— Tu crois qu'elle a pu partir avec sa machine ou qu'on la lui a piquée ?

— Si c'était juste pour voler un ordinateur, ils n'avaient pas besoin de mettre à sac tout l'appartement, fit remarquer Schäfer. Donc, soit elle est partie avec quand elle est sortie, soit ce sont eux qui l'ont embarqué. Et, dans ce cas, ça peut nous donner une piste sur ce qu'ils pouvaient bien chercher.

Thierry n'intervint pas, il savait que quand le capitaine était lancé, il valait mieux tendre l'oreille et écouter.

— Imagine que tu aies en ta possession quelque chose permettant de compromettre une personnalité du show-biz ou un homme politique.

— Quel genre de chose ?

— Je ne sais pas. Un enregistrement audio ou vidéo, des photos, ou que sais-je encore. Qu'est-ce que tu en ferais ?

— Des copies que je mettrais en lieu sûr.

— Exactement ! Tu ferais des copies, souligna Schäfer, et tu te débrouillerais pour que la personne à qui cela porte préjudice ne puisse pas mettre la main dessus.

— Je vois, donc tu penses que Meyer, Cairal et Morvan sont impliqués dans une sorte de chantage et que celui ou celle qu'ils faisaient chanter a décidé de faire le ménage.

— C'est encore un peu tôt pour le dire et je préfère ne fermer aucune porte. De plus, rien ne nous permet d'affirmer qu'ils sont tous les trois impliqués dans cette affaire.

Schäfer prit le temps de balayer du regard le capharnaüm qui les entourait, comme s'il cherchait à imaginer ce à quoi pouvait ressembler l'appartement avant qu'il n'ait été mis sens dessus dessous. Il enfila la paire de gants en plastique qu'il avait toujours au fond d'une des poches de sa veste et souleva délicatement un cadre tombé du mur : *L'Homme de Vitruve*, le célèbre dessin de Léonard de Vinci représentant le corps d'un homme aux proportions idéales, inscrit dans un carré et un cercle. Il reposa le cadre sur la table et se pencha pour ramasser un buste en bronze haut d'une quinzaine de centimètres : Chopin. Il reposa la statuette sur une des étagères de la bibliothèque et continua son inspection en furetant parmi les livres éparpillés au sol. Littérature classique, livres sur l'art et plus particulièrement sur la peinture. Cette Célia Meyer aimait les belles choses, les objets d'art, et elle possédait un niveau culturel au-dessus de la moyenne. De plus, tout dans cet appartement reflétait un niveau de vie plutôt aisé.

— Bon, et on cherche quoi, dans tout ce bazar ? interrogea Thierry.

Schäfer haussa les épaules.

— Je ne sais pas trop, on s'imprègne, on observe et on retient. J'imagine que si on trouve quelque chose, on le saura quand on aura le nez dessus.

Maurel hocha la tête et retourna examiner la chambre à coucher. Schäfer, lui, se dirigea vers la cuisine et en entreprit une fouille méthodique. Comme souvent, le placard sous l'évier abritait la poubelle. Bien que peu ragoûtante, l'étude de cette dernière pouvait s'avérer fort instructive. Il retira le sac plastique noir de son contenant et en répandit le contenu par terre. Entre les épluchures et les emballages, Schäfer repéra quelque chose qui attira son attention : une sorte de carte de crédit blanche insérée dans un porte-badge, le tout accroché à un tour de cou noir. Du bout des doigts, le capitaine se saisit de l'objet. Il s'agissait d'un passe magnétique de la multinationale GenoTechPharma au nom de Camille Junel. Au dos était indiquée une adresse.

Schäfer appela Maurel qui, au vu de l'écho, lui répondit de la salle de bains.

— Tu as trouvé un truc ? dit-il en revenant dans le séjour.

— C'est pas impossible, regarde ça.

Thierry observa le recto du badge que lui tendait son capitaine, puis le verso, et releva les yeux vers Erik.

— Camille Junel ? Ça te parle ? demanda-t-il.

— Non. On demandera à Sonia de faire une recherche. Par contre, je me demande bien ce que peut faire au fond de cette poubelle ce badge qui, manifestement, n'appartient pas à Célia Meyer…

Schäfer glissa sa trouvaille dans un sac à scellés.

En quittant l'appartement, Maurel fit remarquer que la porte n'avait pas été forcée. *Et comme chez Berg*, nota Schäfer *in petto*. Soit Meyer avait oublié de verrouiller en sortant, soit la serrure avait été crochetée. Les similitudes s'accumulaient, mais pour l'instant il préférait garder tout ça pour lui en attendant qu'une preuve tangible, irréfutable, vienne confirmer son intuition. Superstition de flic. Comme si dévoiler une hypothèse un peu trop tôt pouvait la rendre caduque, tel le coquelicot qui s'étiole à peine sa tige coupée.

Une petite voix aigrelette les cueillit alors qu'ils avaient encore les yeux à hauteur de la serrure.

— Je peux vous aider, messieurs ?

Les deux flics se retournèrent un peu vite, comme s'ils venaient d'être pris en faute. Une petite bonne femme aux cheveux blancs, portant dans ses bras un vieux matou roux, les fixait sans ciller. Un fantôme, une apparition, ils ne l'avaient pas entendue s'approcher. Elle avait ce regard franc des personnes d'un certain âge, qui malgré le poids des années conservait une forme naturelle d'autorité teintée d'une bienveillance ambiguë. Ce palier, cet immeuble, cette rue, ce quartier, c'était son territoire, sa vie. Était-ce une habitude de faire peur à tous ceux qui ne faisaient pas partie de son petit monde ? Schäfer cerna, dès les premières secondes, la commère à la curiosité exacerbée qui se cachait derrière les traits débonnaires de cette mamie gâteau. Le genre de personne qui, pour peu que l'on y mette les formes, pouvait s'avérer être un témoin de premier choix.

Schäfer sortit sa carte tricolore et la lui tendit. La petite dame se pencha en fronçant les sourcils.

— Capitaine Schäfer, lut-elle en ajustant ses lunettes de la main droite.

Avant qu'ils ne quittent les bureaux, Sonia leur avait indiqué le numéro de l'appartement de la voisine qui avait appelé la BAC pour signaler le cambriolage. Il correspondait au numéro de la porte entrouverte dans le dos de la vieille dame.

— Madame Lehman, je présume.

La vieille dame ne parut pas surprise que ces deux policiers connaissent son nom.

— Nous souhaiterions vous poser quelques questions

au sujet de Célia Meyer. Pouvons-nous entrer quelques instants ?

— Je vous en prie, répondit-elle en s'effaçant pour leur laisser le passage.

En croisant le chat, Maurel ne put éviter de faire un pas de côté. Réflexe conditionné par des années de réactions allergiques violentes. S'il pouvait éviter de commencer la journée en s'envoyant une boîte d'antihistaminiques, ça serait quand même pas mal.

L'appartement était propre, bien rangé. Parmi les meubles, tous en bois verni, trois vitrines présentaient une collection impressionnante de dés à coudre. Au plafond, les pales d'un grand ventilateur brassaient l'air dans un mouvement languissant, comme si le moteur électrique était lui aussi éreinté par la chaleur. Des napperons en crochet, disposés un peu partout dans la pièce, venaient compléter la décoration rococo et donnaient au lieu un charme désuet.

Les deux flics prirent place dans un canapé un peu trop mou.

— Voulez-vous boire quelque chose ? Une tasse de café peut-être ?

Ils acceptèrent. Noir, sans sucre.

Mme Lehman revint les bras chargés d'un plateau de cuivre. Tasses fumantes, sucrier, pot de lait et assortiment de petits gâteaux. Schäfer et Maurel échangèrent un regard entendu.

— J'imagine que vous savez que j'ai déjà tout raconté à vos collègues, dit-elle en déposant une tasse devant chacun.

Un petit sourire malicieux étirait les commissures de ses lèvres.

Schäfer acquiesça en portant la tasse à ses lèvres. Trop chaud. Il reposa le breuvage sur la table basse et récupéra son téléphone portable. Sonia lui avait transmis les portraits de Morvan, Cairal et Meyer. Il sélectionna celui de Yann Morvan qui s'afficha en plein écran et le présenta à son hôtesse.

— Je me doute bien, madame, confirma-t-il. Il se trouve que nous avons à nouveau besoin de vous entendre au sujet de ce cambriolage. Mais avant, pouvez-vous nous dire si vous connaissez cet homme ?

Elle prit le temps d'observer la photo. Ses lèvres se pincèrent et ses sourcils formèrent deux accents circonflexes, transformant son visage en une mimique un peu comique.

— Non, inspecteur, je ne le connais pas.

— Capitaine, corrigea Schäfer qui se demanda si elle jouait l'étourdie ou si elle avait réellement zappé son grade, alors qu'elle l'avait lu quelques minutes plus tôt.

— Et lui ? reprit Schäfer en montrant cette fois le portrait de Cairal.

— Maxime ? Bien sûr que je le connais, répondit-elle en se calant à nouveau au fond de son fauteuil. C'est un charmant garçon. Il fréquente ma petite voisine de palier, Célia, depuis presque un an.

Schäfer nota l'emploi du « ma ». Pronom possessif. Son palier, son immeuble… D'un coup, l'image d'une araignée traversa son esprit. Tapie au cœur de sa toile, elle scrutait le plus infime mouvement dans ce monde de soie qu'elle avait tissé des années durant, sensible à la plus légère vibration, omnisciente au moindre changement.

— Il est passé hier soir. C'était aux alentours de 22 heures, juste un peu après, je crois. Notez que je ne lui avais jamais vraiment parlé avant. Nous échangions juste un bonjour lorsque je le croisais. Mais il m'a toujours fait bonne impression et puis Célia était heureuse, ça se voyait.

— Et que voulait-il ?

Si elle avait fini sa dernière phrase sur un sourire, dès le début de la suivante, celui-ci avait disparu. Un voile sombre passa dans son regard.

— Il cherchait Célia. Même s'il ne l'a pas montré, j'ai bien senti qu'il était inquiet. Il m'a dit qu'ils avaient été séparés lors de l'accident dans le métro hier soir. Nous avons échangé nos numéros de téléphone pour nous tenir au courant, puis il est reparti.

Maurel sortit un carnet et un stylo de sa poche, tout en plantant un regard noir droit dans les yeux de la bombe allergène qui s'était lovée sur le dossier du fauteuil de sa maîtresse.

— Vous pouvez nous donner ce numéro ? demanda-t-il en gardant un œil sur le félin.

— Bien sûr, je vais vous le chercher.

Schäfer trempa une nouvelle fois les lèvres dans le café. De la flotte. Il grimaça et reposa sa tasse.

— Tenez, je l'ai noté ici, dit-elle en ramenant un petit répertoire téléphonique à la couverture usée.

— Madame Lehman, reprit Schäfer, revenons-en au cambriolage, si vous le voulez bien. Pouvez-vous nous raconter comment cela s'est passé, ce que vous avez vu ou entendu ?

— Comme je l'ai déjà dit à vos collègues, souligna-t-elle encore une fois, j'ai le sommeil léger, il en faut peu pour me réveiller. Dès qu'une porte claque un peu fort dans l'immeuble, ou qu'une de ces satanées mobylettes passe sous mes fenêtres en pétaradant, vous pouvez être sûrs que ma nuit est terminée. En plus, avec cette chaleur, c'est insupportable. Du coup, hier soir, j'étais tellement fatiguée que j'ai pris un demi-somnifère pour m'aider un peu. L'angoisse des insomniaques : on est épuisés, mais on n'arrive tout de même pas à s'endormir.

Schäfer hocha la tête pour l'inviter à continuer.

— Bref, j'ai été réveillée par le bruit à 2 h 23. Ça provenait du couloir. Ma première réaction fut de croire que Célia était enfin rentrée. Mais il y avait trop de bruit, beaucoup trop. J'entendais des objets tomber, se casser. Ça ne pouvait pas être elle. À cause du somnifère, j'ai mis un moment à émerger complètement, donc je ne peux pas vous dire à quelle heure ça a commencé précisément. Dès que j'ai pu, je me suis levée et je suis allée à la porte pour voir. Heureusement que je me suis contentée de regarder par le judas et que je n'ai pas ouvert la porte sinon je serais tombée nez à nez avec eux.

— Vous voulez dire que vous les avez vus ? Vous seriez capable de les reconnaître ?

Le stylo en suspens à quelques centimètres de son carnet, Maurel fixait Mme Lehman dans l'attente de sa réponse. La boule de poils profita de ce moment d'inattention pour échapper à la vigilance du colosse et sauta au sol d'un bond plutôt leste pour un chat de son poids.

— Ils étaient vêtus de noir, l'un avait le crâne rasé, quant à l'autre je l'ai à peine aperçu. Tout est allé très vite, s'excusa-t-elle en secouant la tête de gauche à droite. Je ne pense malheureusement pas pouvoir vous en dire beaucoup plus. Par contre, quand je les ai vus se sauver comme ça, j'ai filé à la fenêtre pour essayer de voir par où ils partaient. Je me suis dit que ça pourrait peut-être être utile. Et j'ai bien fait. Ils avaient garé leur voiture, une grosse berline noire aux vitres teintées, juste en bas de l'immeuble.

— De quelle marque ? questionna Schäfer.

— Je n'y connais pas grand-chose en voitures, mais je pense que si je vous donne l'immatriculation du véhicule, vous devriez pouvoir en retrouver la marque, n'est-ce pas ?

Le sourire teinté de malice refit son apparition une brève seconde avant de disparaître sous un masque d'inquiétude.

Maurel nota l'information. Schäfer enchaîna.

— Que fait Célia Meyer dans la vie ?

— Elle écrit une thèse : l'histoire de l'art, les techniques utilisées par les grands maîtres. Elle parle souvent de Rembrandt. C'est une vraie passionnée, elle y passe un temps considérable.

— En dehors de cette thèse, exerce-t-elle un travail ?

— Elle dispense quelques cours à la faculté, mais hormis ça, non, elle n'a pas d'autre travail. Je crois qu'elle n'en a pas besoin. Un jour, au détour d'une conversation, elle m'a laissée entendre que son père était propriétaire de son appartement ainsi que de beaucoup d'autres dans Paris. Elle pouvait donc se consacrer exclusivement à ses recherches sans avoir à se soucier de problèmes de trésorerie.

— Je vois. Avez-vous noté des changements dans ses habitudes, ces derniers temps ?

— Qu'insinuez-vous ? Vous sous-entendez que Célia aurait fait quelque chose de répréhensible ? Quelque chose d'assez sérieux pour que deux malfrats viennent fouiller dans son appartement ?

— Non, pour l'instant, il est trop tôt pour émettre de quelconques hypothèses. On cherche juste à mieux la connaître.

Mme Lehman comprenait.

— Ça faisait plusieurs mois qu'elle découchait systématiquement tous les soirs de la semaine. J'ai mis ça sur le compte de sa relation avec Maxime. Même si elle était discrète, j'entendais quand elle sortait et puis, vous savez, je sais reconnaître tous les habitants de l'immeuble rien qu'en entendant leurs pas dans l'escalier.

Erik Schäfer se fit la réflexion qu'il devait exister des centaines, voire des milliers, de Mme Lehman rien que dans Paris. Que l'on était tous épiés à notre insu et que, malgré nous, des bribes de nos vies nous échappaient tous les jours et tombaient entre les mains d'individus gravitant plus ou moins loin de notre univers. Parfois, il suffisait qu'un détraqué se cache parmi cette foule discrète pour que des vies quittent leur orbite, comme percutées par un astéroïde, et sombrent en enfer.

Au moment où Maurel allait refermer son carnet de notes, le gros matou roux sauta sur ses genoux et se mit instantanément à ronronner en se frottant à sa chemise.

— On dirait que Ramsès vous aime bien ? fit remarquer Mme Lehman qui ne sembla pas percevoir la mine affolée du lieutenant.

Afin de tirer Maurel de ce mauvais pas, Schäfer se leva pour mettre fin à l'entretien. La vieille dame, prise de court, ne remarqua pas que son pharaon de chat se faisait chasser à coups de calepin.

Une fois sur le palier, Schäfer se retourna vers Mme Lehman qui semblait un peu plus voûtée qu'à leur arrivée. Son émotion n'était pas feinte et son inquiétude bien réelle.

— Excusez-moi, une dernière question.

— Oui ? répondit-elle en relevant les yeux.

— Célia ne vous a-t-elle jamais parlé d'une Camille Junel ?

Elle répondit que non, que ça ne lui disait rien, puis elle referma sa porte doucement.

Lorsqu'ils s'éloignèrent dans le couloir, ils entendirent l'écho des verrous qui se refermaient derrière eux.

Dans la Peugeot 407 qui filait bon train, Schäfer appela Alban dont la voix, relayée par le réseau Bluetooth, se diffusait sur les haut-parleurs du véhicule. La conversation était ponctuée par les éternuements de Thierry dont les yeux commençaient à larmoyer.

— Tu peux me lancer une recherche sur une immat', s'il te plaît ?

— Oui, pas de problème.

— Thierry t'envoie ça par SMS dès qu'il a fini de se moucher.

— Tchââââ !

— C'est Thierry, ça ?

— Oui, il a fait ami-ami avec un fauve roux prénommé Ramsès.

— Eh bien, il va être d'une humeur massacrante pour le reste de la journée, c'est génial, ça.

— Eh ! Tu sais que je t'entends aussi, intervint Thierry.

— Sinon tu en es où des caméras ? coupa Schäfer.

— J'ai lancé toutes les requêtes, on ne devrait pas tarder à recevoir les enregistrements.

— Parfait, une dernière chose, tu peux te rencarder sur une certaine Camille Junel ? Essaye de trouver les liens qu'il y a entre elle et le reste de la bande : Meyer, Cairal, Morvan.

— OK, je m'y mets de suite.

D'une pression sur l'écran tactile, Schäfer raccrocha. Il jeta un coup d'œil à Thierry qui ressemblait de plus en plus à un lapin atteint de myxomatose.

— Bon, nous, on s'arrête à la première pharmacie qu'on croise, puis on va aller faire un tour chez GenoTechPharma.

37

Depuis qu'elle avait quitté l'A15, la petite fourgonnette Fiat Doblò, sérigraphiée Clean Service, roulait sur le réseau des routes départementales qui sillonnaient le parc naturel régional du Vexin. Plombés par une chape de nuages couleur gris béton, les prairies, les marais, les bois et les forêts défilaient derrière les vitres entrouvertes de l'utilitaire. L'habitacle empestait le tabac froid et les produits ménagers. Cramponnée au volant, Chloé conduisait, concentrée. Son regard alternait entre la route et le navigateur GPS qui, imperturbable, déroulait l'itinéraire sur l'écran du nouveau smartphone de Maxime. Lui rongeait son frein et espérait que leur intuition était la bonne. Sous son crâne une tempête tourbillonnait, son esprit fatigué ne cessait de tout remettre en question : et si l'Audi n'avait rien à voir avec la mort de Yann et l'enlèvement de Célia ? Et si Chloé s'était trompée, que le type qu'elle avait cru reconnaître lors de la fusillade dans l'antre d'Hadès n'avait rien à voir avec celui qui s'était pointé à son boulot ? Et si l'adresse vers laquelle ils fonçaient n'était qu'une fausse piste tout juste bonne à leur faire perdre du temps ? Absorbé par ses réflexions, il laissait filer, indifférent, les paysages qui déroulaient sous ses yeux leur palette de couleurs qui avait inspiré autrefois de grands peintres.

La flèche bleue sur l'écran du GPS indiqua qu'il fallait quitter la route principale et prendre à droite à la prochaine bifurcation. Chloé rétrograda, puis vira à tribord pour s'engager dans un chemin de terre bordé de frênes et de chênes centenaires. Leur frondaison formait un tunnel de végétation sous lequel la luminosité déclina encore un peu. La petite Fiat cahota sur plusieurs centaines de mètres avant que ne se dessine devant eux un imposant portail en fer forgé, dont les hautes grilles semblaient les toiser.

— Arrête-toi ! ordonna Maxime.

Chloé pila. Les pneus dérapèrent et s'arrêtèrent dans une flaque qui aspergea de boue le bas de caisse.

— Sur le pilier, regarde, il y a une caméra. Recule, on va essayer de trouver où planquer la voiture.

La marche arrière fit monter le petit moteur 5 CV dans les aigus, jusqu'à ce que Chloé repasse la première pour s'enfoncer dans un étroit chemin de terre aux ornières profondes. Les branches basses griffaient la carrosserie comme si elles voulaient empêcher le véhicule de pénétrer dans le sous-bois. Même la nature semblait hostile.

— On va couper à travers bois pour rejoindre le mur d'enceinte, proposa Maxime. En le longeant, on devrait bien trouver un moyen d'entrer.

— En espérant que de l'autre côté, il n'y ait pas une meute de chiens prêts à nous bouffer les miches.

— Tu peux toujours aller sonner et demander qu'ils te laissent entrer. Mais je ne suis pas sûr que ça fonctionne.

— Mouais, maugréa Chloé en se mettant en marche.

Leur progression fut plus difficile que ce qu'ils

avaient envisagé. Les nappes de fougères leur giflaient le visage tandis que les épines des ronces leur griffaient les bras et s'accrochaient à leurs vêtements, comme des hameçons. Au bout d'une demi-heure à batailler dans cet enfer vert, trempés par la moiteur et l'humidité de la végétation, ils trouvèrent un groupe de châtaigniers suffisamment proche du mur d'enceinte pour que quelques branches le surplombent.

Quand Maxime se réceptionna de l'autre côté du mur, il glissa sur la pente herbeuse et faillit se tordre une cheville. Chloé s'en sortit mieux que lui. Comme une chatte, elle atterrit à quatre pattes et vint s'asseoir à côté de Maxime qui se massait la cheville en grimaçant.

— Ça va ?

— Ouais. J'ai glissé, c'est rien.

— Bon, et maintenant ?

— On va se rapprocher le plus possible, après on avisera.

L'odeur de terre mouillée mêlée aux senteurs de la forêt était amplifiée par la chaleur, jusqu'à en devenir entêtante.

À la lisière, Chloé et Maxime restèrent à couvert derrière un rideau de branches basses. De leur poste d'observation, ils avaient une vue dominante sur un vaste parc entouré de statues en marbre blanc et en bordure duquel courait un ruisseau. Au centre se dressait un manoir de style anglais, imposant, impressionnant.

— Regarde ! souffla Chloé en pointant du doigt les véhicules stationnés non loin du perron. L'Audi ! On a vu juste.

38

La tour GenoTechPharma, monolithe sombre aux allures futuristes, élançait ses arêtes acérées vers le ciel. Ses derniers étages éperonnaient la gangue de nuages qui pesait sur la capitale. Le siège de la multinationale était à l'image de son président Jean-Marc Debailly : froid, arrogant, autoritaire. Rien dans ce building ne laissait imaginer que l'humain y ait une place. Il fallait se rendre à l'évidence : soigner, guérir, prévenir étaient depuis longtemps dévoyés par l'argent. De ces nobles missions, il ne restait que des mots vides de sens, tout juste des prétextes, derrière lesquels une poignée de comptables cyniques marchandaient des vies contre des milliards, et ce dans la plus grande impunité.

Telles deux fourmis à l'assaut d'un séquoia, Schäfer et Maurel s'attaquèrent à la volée de marches menant à l'immense parvis qui s'étalait au pied de la tour. L'esprit mégalo qui avait conçu ce monstre de béton et d'acier avait dû juger nécessaire d'accentuer au maximum la distance entre son joyau ultramoderne et la rue, comme si la proximité de cette dernière pouvait souiller son œuvre. Quand les deux hommes contournèrent la fontaine ostentatoire dans laquelle deux brins d'ADN s'entrecroisaient et tournaient sous un jet d'eau bouillonnant, ils ne virent pas débouler l'homme qui fonçait vers eux tête baissée.

Les pectoraux de Thierry stoppèrent net l'inconnu qui, sous le choc, partit en arrière avant de tomber sur les fesses, lunettes en travers du visage. Le contenu de sa sacoche en cuir se répandit au sol.

— Ça va ? s'enquit Schäfer en voulant aider l'homme à se remettre debout.

— Merci, merci, oui, tout va bien, éluda celui-ci en refusant la main tendue.

Schäfer releva un léger accent slave dans les inflexions de sa voix.

L'homme regroupa à la hâte les feuilles éparpillées et les fourra dans son sac sans ménagement. Quand il releva la tête, il s'aperçut que Thierry lui tendait un dossier. Derrière ses lunettes cerclées, ses yeux croisèrent une seconde le regard des deux flics. Il déglutit comme s'il venait d'être pris en faute, s'excusa, récupéra le dossier avant de filer comme s'il avait le diable aux trousses et disparut dans un taxi qui attendait au bas des marches.

— Pressé le gaillard, commenta Thierry avant de se remettre à jouer de la trompette dans son mouchoir en papier.

La façade vitrée du rez-de-chaussée s'ouvrait sur un vaste hall qui respirait le luxe. Sol en marbre, murs plaqués de bois exotique. Le faux plafond blanc incrusté de nuages de LED diffusait une lumière tamisée agréable.

Sur la droite, un groupe de vigiles patientait à côté des portiques de détection métallique. Ils blaguaient à voix basse en lorgnant les deux hôtesses de l'accueil. Pas difficile de deviner la teneur de leurs échanges.

Les flics traversèrent le hall en direction du comptoir design aux dimensions démesurées. Derrière, une grande métisse coupe afro et une petite blonde aux yeux pâles. Casque téléphonique sur la tête, elles conversaient bruyamment. La blonde, aussi jolie que hautaine, leur demanda de patienter le temps qu'elle termine. Lorsque Schäfer lui colla sa carte sous le nez, son sourire se crispa et elle écourta son appel qui, de ce qu'ils avaient pu entendre, n'avait pas grand-chose de professionnel.

— Nous avons trouvé un badge magnétique appartenant à une certaine Camille Junel, balança Schäfer en guise de présentation, nous souhaiterions savoir si cette personne travaille toujours ici ?

Mi-honteuse, mi-agacée de s'être fait ainsi remettre à sa place, elle décrocha de nouveau le combiné.

— Je vais vous appeler un responsable.

Lorsqu'elle raccrocha, Schäfer demanda :

— Dites, comment s'appelle l'homme qui vient de quitter les bureaux ?

La blonde écarquilla les yeux et haussa les épaules. À croire que le *Titanic* aurait pu traverser le hall qu'elle ne s'en serait pas rendu compte. La brune, qui venait de raccrocher, vola à son secours.

— Il s'appelle Dimitri Petrov. Il est chargé de mission.

Petrov, nota Schäfer en laissant vagabonder son regard jusqu'à la fontaine où tournaient inlassablement les brins d'ADN.

Un homme passa les portiques, salua d'un signe de tête les trois vigiles qui instantanément se turent et bombèrent le torse. Le chef de meute se dirigea vers les policiers d'un pas pressé. La belle quarantaine, sportif, costume élégant. Il s'annonça d'une voix franche et claire, un peu comme l'aurait fait un militaire.

— Bonjour, messieurs, William Laval, responsable de la sécurité. En quoi puis-je vous être utile ?

Schäfer et Maurel se présentèrent et exposèrent la raison de leur visite.

Laval jaugea ses deux interlocuteurs et avant de répondre jeta un coup d'œil à sa montre.

— Très bien, nous allons voir ça. Si vous voulez bien me suivre.

Depuis le bureau de Laval, la vue sur la capitale était à couper le souffle. La pièce était vaste, la décoration sommaire. Aucun cadre sur le bureau. Hormis deux photos d'une bicoque autour d'un lac sur lesquelles Schäfer s'attarda un instant, rien de personnel n'était accroché au mur.

— Vous aimez la pêche à la ligne ? demanda Schäfer en se tournant vers Laval.

— C'est en effet un de mes passe-temps favoris. Un excellent moyen de décompresser si vous voulez mon avis.

Schäfer hocha la tête et prit place à côté de Thierry dans un des deux fautcuils en cuir faisant face à Laval.

— Comme nous vous l'avons dit, nous avons trouvé un badge appartenant à une employée de chez vous.

Schäfer glissa le sac à scellés sur le bureau.

— Camille Junel, ça vous dit quelque chose ?

Le regard de Laval quitta celui de Schäfer et se posa sur le sac.

— J'avoue que je ne connais pas par cœur l'identité

de tous les employés qui travaillent dans cette tour, répondit-il d'une voix un peu plus froide. Mais la bande magnétique devrait pouvoir pallier mon manque de mémoire, reprit-il avec un sourire.

Laval pivota sur son siège pour faire face à son clavier, entra un mot de passe, lança une application, puis se retourna vers les deux policiers.

— Je peux ? demanda-t-il avant de se saisir du sac en plastique.

— Si vous pouvez lire la bande sans avoir à sortir le badge, allez-y. Sinon, on s'en tiendra à votre fichier du personnel.

— Non, il peut rester dans le sac. Pas de problème.

Sitôt posé sur le lecteur de carte, le badge se mit à parler. Et, l'histoire qu'il raconta assombrit une fraction de seconde le visage de Laval.

Le responsable de la sécurité fit pivoter l'écran vers les deux policiers qui échangèrent un regard stupéfait. La photo de Célia Meyer venait de s'afficher sous l'identité de Camille Junel.

— Ce badge fait partie de ceux qui sont donnés aux prestataires extérieurs. Ménage, entretien, réparation, il y a une vingtaine d'entreprises qui interviennent dans nos locaux quasi quotidiennement, et ce, à toute heure du jour et de la nuit. Pour leur faciliter la tâche, nous leur fournissons ces passes. Ce badge en particulier a été attribué à l'entreprise Clean Service. D'après ce que je vois ici, il semblerait que cette personne, Camille Junel, ne travaille plus chez eux et qu'elle ne le leur a pas rendu en partant. Cela arrive malheureusement souvent. Je peux vous demander où vous l'avez trouvé ?

— Vous pouvez demander, mais comme ce badge fait partie d'une enquête en cours, nous, nous ne pouvons pas vous répondre, contra Schäfer avec malice.

Les deux hommes se toisèrent un instant, avant que Laval ne finisse par se lever en leur tendant la main, mettant fin à l'entretien.

— Je comprends. Messieurs, je suis désolé de ne pouvoir vous accorder plus de temps, mais j'ai une réunion qui démarre dans quelques minutes. Si vous avez besoin d'autre chose, appelez directement ma secrétaire.

Laval leur tendit une carte de visite.

Les deux flics prirent congé non sans un dernier coup d'œil sur le panorama parisien qui s'étalait derrière les vitres.

Une fois les portes de l'ascenseur refermées, Thierry fit part de son impression.

— Tu as vu sa tronche quand la photo s'est affichée ? On aurait dit qu'il la connaissait.

— J'ai vu ça, oui, et il n'avait pas vraiment l'air ravi de nous recevoir.

Les deux flics repassèrent devant les vigiles, traversèrent le hall et ressortirent de l'immeuble. La désagréable sensation que l'homicide de Morvan n'était que l'arbre qui cachait la forêt leur collait à la peau. Célia Meyer, qui depuis quelques heures faisait l'objet d'une enquête pour disparition inquiétante, travaillait sous une fausse identité dans une des plus grosses entreprises pharmaceutiques mondiales. De plus, son appartement et celui de son compagnon avaient été saccagés, et le propriétaire de l'appartement de Cairal avait été tué. Tout portait à croire que Meyer avait dû s'écarter du droit chemin, restait à savoir jusqu'où elle était allée pour déclencher un merdier pareil.

Le téléphone portable de Schäfer sonna au fond de sa poche. Le bureau. Il décrocha. Au bout du fil, la voix de Pierre.

— Il y a eu un mouvement sur le compte de Maxime Cairal un peu après 6 heures ce matin, annonça Pierre sans détour. J'ai un pote qui travaille à la brigade financière. Il a consulté le Ficoba, le fichier des comptes bancaires, et il m'a transmis la liste des comptes de Meyer et Cairal. J'ai ensuite passé quelques coups de fil et j'ai pu obtenir l'info. La transaction a eu lieu au magasin de téléphonie de la gare de Lyon.

— Bien, on va aller y faire un saut. Sinon, vous avez pu avancer avec la vidéosurveillance ?

— On a récupéré les bandes, Alban visionne les premières. Mais vu le nombre d'heures d'enregistrement, ça risque de prendre un moment avant de retrouver la trace de la Golf.

Schäfer ferma les yeux et se pinça l'arête du nez entre le pouce et l'index. Il savait combien ce genre d'investigation pouvait s'avérer long et fastidieux. Il faudrait certainement des jours pour pouvoir remonter la piste et son intuition lui soufflait que le temps ne jouait pas en leur faveur.

Pierre enchaîna.

— Par contre, avec Sonia, on a peut-être trouvé quelque chose. En creusant le passé de Meyer, son nom est remonté dans une autre affaire.

— Explique-moi ça.

— Il se trouve que sa demi-sœur, Lena Jensen, a également disparu.

Le silence qui suivit incita Pierre à poursuivre.

— Elle manque à l'appel depuis plus d'un an. L'enquête est toujours ouverte, mais au point mort.

Tout en dépassant la fontaine ADN, Schäfer se plaqua la main contre l'oreille pour couvrir le bruit de l'eau.

— Qui est en charge de l'affaire ?

— Le capitaine Luc Vasseur. J'ai cherché à le joindre, mais il n'était pas disponible. J'ai laissé un message, j'attends qu'il me rappelle.

— Vasseur, je le connais de réputation. C'est un bon. Tiens-moi au courant dès que tu as du neuf.

— Bien sûr. Ah, et au fait, le numéro d'immatriculation que tu nous as demandé de vérifier est bidon, à moins bien sûr que les voleurs ne se soient enfuis avec un tracteur immatriculé dans le Gers.

Fausse plaque, il l'aurait parié. Cette absence de piste renforçait encore un peu plus sa conviction : des pros, bien organisés.

Il rempocha son téléphone portable et se focalisa sur la trouvaille de Sonia et Pierre ; la demi-sœur de Meyer, portée disparue depuis plus d'un an, pouvait-elle faire partie d'une manière ou d'une autre du puzzle ?

— Alors ? s'enquit Thierry devant l'air soucieux qu'affichait son chef de groupe. Tu m'expliques ?

— Oui, mais tu prends le volant, direction gare de Lyon.

39

Juste à côté de l'Audi stationnaient un 4 × 4 Mercedes noir et une Porsche Cayenne. De leur planque, Chloé et Maxime ne pouvaient être certains qu'aucun autre véhicule n'était garé ailleurs. Depuis une demi-heure, ils observaient les va-et-vient dans le manoir. C'était calme. Hormis deux fenêtres allumées au premier étage et l'homme qui était sorti quelques minutes sur le perron pour fumer, rien à signaler.

Chloé se pencha vers Maxime.

— Tu comptes faire quoi maintenant ?

— Tu as ton téléphone portable avec toi ?

— Oui, pourquoi ?

— Parfait. Tu vas continuer à surveiller ce qu'il se passe de ce côté, moi je vais faire le tour pour essayer de trouver un moyen d'entrer.

Les yeux de Chloé se mirent à lancer des éclairs.

— Non, mais t'es pas sérieux ! On ne sait même pas combien ils sont. C'est du suicide. Au cas où tu l'aurais oublié, je te rappelle que les deux mecs de l'Audi ont tué ton pote et ont dessoudé toute la bande d'Hadès. Ces types sont des tueurs ! Tu crois qu'ils vont te taper la bise s'ils te tombent dessus ?

— Alors dis-moi ce que l'on doit faire ? Tu veux que l'on appelle les flics pour leur expliquer la situation ?

Leur dire qu'en plus de tout le reste, on vient d'entrer sur la propriété privée du grand patron de GenoTechPharma sans y être invités ? Tout ça parce qu'on le suspecte d'avoir fait enlever Célia et de la retenir prisonnière dans son manoir ? Ce sera notre parole de fugitifs contre celle d'un homme qui pèse plusieurs centaines de millions d'euros. Tu les estimes à combien nos chances ?

Chloé détourna la tête en soufflant, puis revint à la charge.

— Et comment tu peux être sûr qu'elle est ici ? Je veux dire, je suis désolée de te dire ça, mais pourquoi ils ne l'auraient pas elle aussi descendue comme tous les autres ?

— Parce qu'ils ont pris des risques pour l'enlever, parce qu'ils cherchent cette foutue clé USB et qu'ils n'ont toujours pas mis la main dessus. Le vieux que j'ai croisé dans les égouts, celui qui m'a dit avoir reconnu Hadès, il m'a dit aussi que deux autres types l'accompagnaient et un des deux était grand, crâne rasé. Ça ne te rappelle pas quelqu'un ?

Chloé regarda en direction de l'Audi.

— Je suis persuadé que ce sont eux, martela Maxime.

— Tu veux dire qu'elle était peut-être dans le coffre lorsqu'ils se sont pointés chez Hadès et qu'on aurait pu la libérer à ce moment-là ?

Maxime baissa les yeux, penaud.

— Ça me hante depuis tout à l'heure, j'ai peut-être grillé la seule occasion de la sortir de là.

— Arrête, sors-toi ça de la tête. Tu n'en aurais pas eu le temps. C'était déjà un miracle qu'ils ne t'aient pas repéré quand ils ont repris leur bagnole. Et puis d'après ce que tu m'as dit, ils auraient pu tout aussi bien l'emmener directement ici avant et repartir ensuite. Ils en avaient largement le temps.

Maxime acquiesça. Il se passa les mains dans les cheveux et les croisa derrière la nuque, la tête entre les avant-bras. Ce n'était pas le moment de douter. Si Célia était entre ces murs, il fallait agir, et vite.

— Bon, écoute, je vais contourner le manoir en passant de ce côté, indiqua-t-il en pointant l'index vers l'ouest. Si ça bouge, tu m'envoies un message.

Avant que Chloé ne puisse répliquer, Maxime se releva tout en prenant garde à rester invisible depuis le manoir. Au moment où il s'apprêtait à s'éloigner, Chloé lui attrapa le bras.

— Fais gaffe.

Maxime remonta un peu la pente pour s'enfoncer dans la forêt. Au loin, le tonnerre roula plusieurs secondes avant que son écho ne disparaisse entre les arbres. De loin en loin, il maintenait un contact visuel avec le manoir. Un bout de toiture ou de façade aperçu à travers le feuillage lui permettait de s'orienter et de maintenir le cap.

Derrière l'aile ouest, la forêt descendait en pente douce et se rapprochait presque jusqu'à ce que son feuillage effleure le flanc de la bâtisse. C'était l'endroit idéal pour approcher sans être vu. Il ne restait plus qu'à trouver un moyen d'entrer. À bonne distance, Maxime s'accroupit derrière un buisson et passa en revue les fenêtres du rez-de-chaussée. Les vitres de l'une d'entre elles reflétaient la lumière du jour différemment. En y regardant de plus près, on apercevait un mince interstice entre les deux vantaux. Par chance, quelqu'un avait dû la laisser entrouverte.

Une brise légère fit ondoyer le rideau qui s'écarta doucement pour laisser passer un souffle d'air chaud, chargé d'électricité. Le voile blanc, aussi léger qu'une plume, voleta un instant et caressa le visage de Maxime qui se tenait immobile, dos contre l'embrasure. Dans sa nuque, des gouttes de sueur perlaient. Tous les sens aux aguets, il scrutait le moindre bruit. Grincement, porte qui claque, mais aucun son ne lui parvint. Osant tout juste respirer, il regarda une dernière fois vers la forêt, avant de s'aventurer dans la pièce dans laquelle il venait de pénétrer. Parquet en chêne, tapis, cheminée, boiseries au plafond. Au centre trônait un large bureau en acajou.

Chloé changea de position, elle avait des fourmis dans les jambes. Téléphone à la main, elle épiait le manoir et ses environs. Toujours rien, c'était à se demander si ses occupants n'avaient pas tous sombré dans un sommeil profond. Elle reporta son attention sur son téléphone, d'une pichenette du pouce ouvrit le clapet et hésita avant d'envoyer un message à Maxime. Ce type était une vraie tête brûlée, rien ne semblait pouvoir l'arrêter. Avait-il réussi à entrer ? Elle souffla, puis referma l'appareil. Si c'était le cas, elle se devait de redoubler de vigilance.

Par-dessus le bruit du vent dans les arbres, Chloé crut discerner une vibration, légère. Elle se pencha en avant pour essayer d'en repérer la provenance, mais ne remarqua rien. Aucune nouvelle lumière allumée dans le manoir. Calme plat de ce côté-là. Le bruit s'amplifia et elle comprit lorsqu'elle tourna la tête vers la droite. Un taxi s'avançait dans la grande allée.

Des bruits de pas dans le couloir clouèrent Maxime sur place. Coup d'œil à gauche, à droite. La pièce offrait peu de cachettes. D'un bond, il se saisit du tisonnier posé à côté de la cheminée et fila se cacher derrière l'angle de la bibliothèque. Les pas se rapprochaient.

Le taxi s'arrêta devant la volée de marches qui menait au perron. Un homme grand et mince en descendit. Chloé le vit hésiter, comme s'il s'apprêtait à rappeler le taxi. Tandis qu'elle rouvrit le clapet de son téléphone, il cala sa lourde sacoche en cuir marron sous son bras, réajusta ses petites lunettes et grimpa les degrés de pierre.

Les poings serrés sur la tige de fer, Maxime retenait son souffle. Derrière la porte, les pas se rapprochaient encore. Une enclume tomba au fond de son estomac lorsqu'une petite musique métallique s'éleva du fond de sa poche.

40

Une jeune femme, à la frange rebelle, sac sur l'épaule et casque Beats sur les oreilles, examinait les fiches techniques des derniers modèles de smartphones. Que leur prix avoisine un SMIC ne semblait pas être un point négatif. Néanmoins, lorsque Schäfer et Maurel firent leur entrée dans la boutique de téléphonie de la gare de Lyon, une petite voix intérieure dut lui rappeler qu'elle avait beaucoup mieux à faire que de contempler ces aberrations écologiques et elle fila sans demander son reste.

Derrière son comptoir, le vendeur se redressa comme s'il venait de se prendre un coup de pied aux fesses. Au premier regard, il comprit qu'il n'avait pas affaire à des clients normaux, la carte tricolore le lui confirma.

Schäfer rempocha son sésame et commença.

— Ce matin, un peu après 6 heures, un homme est venu faire un achat ici. Il a payé 138,98 euros par carte bancaire. Tu peux nous en dire plus ?

— Euh… Oui… Attendez. Ils étaient deux, en fait. Il y avait une nana avec votre type.

Les policiers échangèrent un regard.

— Il a pris un smartphone, une entrée de gamme, et une carte SIM prépayée.

Thierry continua.

— Bien, tu vas vérifier dans ton fichier clients et tu vas nous donner le numéro de la ligne que tu as ouverte.

Kévin se tortilla sur son tabouret et tenta de s'opposer à cette demande. Lui qui visionnait beaucoup de séries, on n'allait pas la lui faire à l'envers.

— Vous avez un mandat de perquisition ?

Thierry pencha sa lourde carcasse par-dessus le maigre comptoir et fixa de ses yeux injectés de sang le jeune vendeur qui, mal à l'aise, se ratatina comme un raisin sec.

— En droit français, le mandat de perquisition n'existe pas. Donc, soit tu coopères ici et maintenant, soit, si tu tiens vraiment à jouer au malin, on t'embarque et on prendra le temps nécessaire pour te poser nos questions au poste. Ton patron appréciera, j'en suis sûr.

Cette fois Kévin ne trouva rien à redire. Il fit pivoter l'écran vers les policiers pendant qu'il effectuait la recherche. Puis, du bout du doigt, il pointa une ligne sur l'écran.

Schäfer se pencha et vérifia. Maxime Cairal. Parfait.

— Imprime-nous ça, s'il te plaît.

L'imprimante se mit à ronfler.

— Tes caméras, là, elles fonctionnent ou c'est du plastoc ? interrogea Thierry.

Le vendeur bredouilla que oui, elles fonctionnaient.

— Tu peux nous montrer la séquence qui correspond au moment de l'achat ?

Kévin s'exécuta. Il ouvrit l'application qui pilotait les quatre caméras du magasin, sélectionna la caméra numéro 2, celle qui se trouvait derrière lui, juste au-dessus de son épaule, pile en face des acheteurs. Une liste de fichiers horodatés s'afficha, il double-cliqua sur le dernier et dans un champ de saisie entra l'heure exacte de la transaction. Maxime Cairal et une inconnue apparurent sur l'écran. Sans que les flics aient à le lui demander, Kévin lança la lecture et la stoppa lorsque les deux acheteurs quittèrent la boutique.

À plusieurs reprises, l'inconnue tourna la tête face caméra. Ils avaient désormais un visage, il ne leur manquait plus qu'un nom.

— Parfait, reprit Thierry. Tu vas aussi nous faire une copie de cet enregistrement.

Alors que son lieutenant patientait, Schäfer reçut un appel. Il le prit et écouta sans dire un mot. Tout en s'éloignant de quelques pas, il fronça les sourcils.

Lorsqu'il raccrocha, il resta un instant à fixer un point par-delà la vitrine. Puis il rempocha son portable et revint vers Thierry.

— C'était Sonia, on a un lien entre nos deux affaires.

41

Jean-Marc Debailly l'attendait dans le hall. Cela faisait un peu plus d'un an que Dimitri travaillait pour GenoTechPharma et il n'avait jamais eu l'occasion de voir le grand patron en chair et en os. Les pires rumeurs couraient sur cet homme. Les pires noms d'oiseaux aussi.

Dimitri s'avança vers lui. Pas de poignée de main, juste un regard froid qui le scanna des pieds à la tête.

— Franck, tu lui montres sa chambre, s'il te plaît ?

Première impression glaçante. Les bruits de couloir étaient fondés et l'idée qu'il s'était forgée de ce chef tyrannique n'était finalement pas si loin de la réalité. Il ne s'adressait pas à lui, mais à son homme de main. Comme s'il était transparent, comme si à ses yeux il ne valait pas plus qu'une simple marchandise, tout juste une variable d'ajustement qui lui permettait d'assouvir sa soif démesurée d'argent. Peu importe de quelle façon Debailly le percevait, cela n'avait aucune importance. Dans quelques heures, il perdrait cet air supérieur et arrogant, et à cette pensée Dimitri sourit intérieurement.

Franck s'écarta et lui montra l'escalier.

Ils parcoururent un long couloir, bifurquèrent à droite, puis s'arrêtèrent devant la première porte.

— C’est ici, crut utile de préciser Franck en posant la main sur la poignée.

Dimitri se doutait bien qu’il n’allait pas avoir droit à une visite guidée, mais il se garderait bien de le lui faire remarquer.

— On te montera à bouffer tout à l’heure. Si tu as besoin de quoi que ce soit, tu appelles, mais tu ne sors pas de ta piaule avant que l’on vienne te chercher. C’est compris ?

Dimitri acquiesça en hochant la tête et entra sans dire un mot. Franck claqua la porte derrière lui.

La pièce était immense, rien que la salle de bains était plus grande que sa chambre de bonne. Il réajusta ses lunettes et déposa sa sacoche en cuir sur le secrétaire. Il ne s’était pas rendu compte qu’elle pesait si lourd, il avait le bras tétanisé à force de la tenir serrée ainsi. Sa tête se mit à tourner. Il se raccrocha au dossier de la chaise pour ne pas tomber. La fatigue, l’anxiété, le stress malmenaient son organisme depuis de nombreuses semaines. Au fur et à mesure que l’échéance approchait, le malaise grandissait, lui rongeait les entrailles. Depuis plusieurs jours, il se faisait violence pour se nourrir un minimum, mais bien souvent cela finissait à genoux, la tête dans la cuvette des toilettes. Des points noirs se mirent à danser sur le mur en face de lui. Il cligna plusieurs fois des yeux pour les faire disparaître, puis il tira la chaise et s’assit pour essayer de retrouver son calme et endiguer cette crise de panique qu’il sentait grandir en lui. De toute façon, il était trop tard pour reculer. Il se revoyait devant sa paillasse, hésitant, un tube à essai à la main. Les chimistes qui collaboraient à son étude ne connaissaient chacun qu'une partie de la formule. Tout avait été soigneusement organisé pour que personne en dehors de lui n'ait une vue d'ensemble sur son travail. À chaque fois, c'était lui qui réalisait l'assemblage final et s'assurait de la qualité du produit. Ce jour-là, il avait fait son choix. Juste avant la dernière étape, le contenu du tube à essai avait été versé dans le mélange, qui, durant une seconde, changea légèrement de couleur avant de revenir à cette teinte vert clair si particulière, presque phosphorescente.

Un bref coup d'œil sur sa montre le rappela à ses impératifs. Il ouvrit sa sacoche et récupéra la fiole qu'il avait subtilisée quelques heures auparavant dans les frigos du laboratoire. Durant tout le trajet en taxi, il avait remercié le ciel qu'elle ne se soit pas brisée lorsqu'il avait heurté le colosse sur le parvis de la tour. En y repensant, il en tremblait encore.

Fébrile, il se releva et se dirigea vers la salle de bains. Face au miroir, il marqua un temps d'arrêt. Si son fils le voyait dans cet état, le reconnaîtrait-il ? Sûr que non, il filerait se réfugier dans les bras de sa mère en pleurant. Son cœur se serra. Avec son teint hâve, ses yeux cernés, ses joues creusées, il ressemblait à un zombie. Tout juste l'ombre de l'homme qu'il était un an auparavant. Il reporta son attention sur la fiole qu'il leva à hauteur des yeux. Tout dépendait du contenu de cette petite fiole, ces quelques millilitres qu'il avait préparés dans le plus grand secret. Pourvu qu'il ne se soit pas trompé dans ses calculs, dans les dosages. Maintes fois il s'était repassé le film de la préparation et à chaque fois un doute persistait, aussi lancinant qu'une brûlure. Du bout des doigts, il retira le bouchon en plastique, porta la fiole à ses lèvres, hésita un instant, puis ferma les yeux et but son contenu d'un trait en basculant la tête en arrière. Il n'allait pas tarder à être fixé. Le goût âcre lui donna un haut-le-cœur. Surtout ne pas vomir, il s'accrocha à l'évier d'une main, de l'autre ouvrit le robinet et s'aspergea le visage avec un peu d'eau fraîche. Pourvu que personne n'entre dans la chambre maintenant. D'un geste sec, il récupéra une des serviettes de toilette pliées dans le meuble sous les deux vasques, y enroula la fiole, puis déposa le tout par terre. Après plusieurs coups de talon, il récupéra la serviette, la secoua au-dessus des toilettes pour faire disparaître le verre brisé, jeta le bouchon en plastique et tira la chasse d'eau.

42

Dans l'open space, les quatre hommes du groupe crime avaient pris place autour des deux tableaux blancs maintenant réunis. Couverts de notes, de photos, de flèches de couleur reliant les lieux et les protagonistes entre eux, ils représentaient à eux deux la cartographie de l'enquête en cours. Véritable carte IGN tracée au fil de l'investigation, ils s'enrichissaient à chaque nouvel indice, à chaque découverte.

Face à eux, Sonia s'apprêtait à détailler comment elle avait réussi à établir un lien entre leurs deux affaires : Arthur Berg et Yann Morvan.

— Quand le nom de Célia Meyer est remonté dans l'affaire de l'enlèvement de sa demi-sœur, Lena Jensen, je me suis dit que j'allais élargir mes recherches et creuser un peu de ce côté-là. La mère de Célia et Lena s'appelait Claire Bertin, dit Sonia en tapotant de l'index le portrait d'une belle femme rousse aux grands yeux clairs. C'était une femme instable qui a connu plusieurs phases dépressives assez sévères, dont la dernière s'est soldée par son suicide. Du côté des pères, les deux filles ne sont pas du tout logées à la même enseigne.

Sonia pointa le portrait d'un homme élégant, la cinquantaine, le regard franc.

— David Meyer, le père de Célia, est un riche homme d'affaires qui vit à Londres et qui, malgré ce que pourrait laisser penser la distance, s'occupe très bien de sa fille. D'après plusieurs magazines spécialisés dont il a fait la une récemment, sa fortune personnelle s'élève à une trentaine de millions d'euros. Autant dire que Célia Meyer n'a aucun besoin de travailler.

Si cela recoupait ce qu'ils avaient appris par la voisine de palier, Mme Lehman, ça confirmait aussi les soupçons qui pesaient sur Célia Meyer. Pour quelle raison avait-elle pris ce job chez Clean Service sous une fausse identité ? Sa motivation première n'était clairement pas l'argent, alors que cherchait-elle ? Schäfer se souvint de la tête de William Laval lorsqu'ils l'avaient questionné à propos de Camille Junel. Même réaction étrange quand la fiche « employé » était apparue sur son écran. Cela n'avait duré qu'une fraction de seconde, mais il avait tiqué. Derrière ses grands airs d'homme pressé, il en savait plus que ce qu'il avait laissé croire.

Schäfer se reconcentra pour suivre la suite de l'exposé de Sonia.

— En ce qui concerne Lena, ce n'est pas vraiment la même histoire. Le père, Nils Jensen, est un artiste norvégien décrit comme excentrique.

Au tableau, la photo d'un homme blond avec une tignasse à la Einstein. Nils Jensen ressemblait à un Viking, visage anguleux, peau mate, burinée par le soleil et le sel. De ses petits yeux bleus, il toisait tout le groupe.

— Il s'est fait entretenir par sa femme pendant de

nombreuses années et du jour au lendemain a décidé de retourner vivre dans son pays natal, en l'abandonnant elle et sa fille. Claire Bertin ne s'est jamais remise de cette séparation. Elle a sombré encore un peu plus dans la dépression et a fini par se suicider. C'est Lena qui a retrouvé le corps de sa mère dans la baignoire, les poignets ouverts à la lame de rasoir. Selon le rapport d'autopsie, elle ne risquait pas de se louper ; on a retrouvé dans son estomac des quantités impressionnantes de médocs : antidépresseurs, anxiolytiques, somnifères, le tout arrosé d'alcool. Et bien sûr, en bon gentleman, Jensen ne s'est même pas déplacé pour l'enterrement et n'a jamais repris contact avec sa fille.

— Un mec charmant, souligna Alban.

Sonia acquiesça et continua.

— À la suite du décès de sa mère, Lena ne s'est pas laissé abattre. Elle a réussi à obtenir une bourse et à intégrer un cursus de droit à la Sorbonne. Je suis parvenue à joindre une de ses anciennes camarades de promotion, Lucie Villedieu, une très bonne copine de Lena. Merci Facebook. De ce qu'elle m'a dit, Lena était une battante, une fille qui avait la tête sur les épaules et qui, malgré tous les petits boulots qu'elle enchaînait, réussissait toujours à être dans le haut du classement. Contrairement à Célia, Lena n'avait que très peu de revenus, mais elle mettait un point d'honneur à s'en sortir par elle-même. Pour la faire courte, une fille intelligente, belle comme un cœur, indépendante et appréciée de tous. Sa disparition a été un véritable choc.

— À ce propos, des nouvelles de Vasseur ? demanda Schäfer.

— Toujours rien, un collègue m'a dit qu'il était sur le terrain. Je le rappelle dès que l'on a terminé.

Schäfer hocha la tête.

— Quels sont les rapports entre les deux frangines ? questionna Thierry.

— Compliqués. Lucie Villedieu connaissait l'existence de Célia, mais dit ne jamais l'avoir rencontrée. D'après elle, Lena recevait régulièrement des coups de fil de sa demi-sœur, mais n'y répondait pas toujours et quand elle le faisait, elle avait tendance à écourter la conversation. J'ai tenté d'en savoir plus, mais *a priori* Lena ne se confiait que très peu sur son passé, sa famille ou ce qu'il en restait.

— Et le lien entre nos deux affaires ? interrogea Thierry.

— J'y viens. C'est en creusant la vie sentimentale de Lena que j'ai fait le rapprochement. Quand j'ai demandé à Lucie si sa copine voyait quelqu'un, elle m'a dit qu'à part quelques mecs de passage, il n'y avait jamais rien eu de sérieux. Entre ses études et ses différents jobs, elle n'avait que très peu de temps à consacrer aux garçons. Le seul mec qu'elle a vu plus de trois fois en compagnie de Lena, c'était au tout début de la première année. Selon Lucie, le gars avait la dégaine d'un geek. Quand, plus tard, elle a questionné Lena à ce sujet, elle lui a répondu qu'Arthur était son ex-petit ami, qu'ils se voyaient de temps en temps pour prendre un café, mais pas plus. Après ces quelques fois, Lucie dit ne l'avoir jamais revu.

Un silence s'imposa dans l'open space. Tous les regards migrèrent du portrait de Lena Jensen à celui d'Arthur Berg.

— Un geek qui se prénomme Arthur, reprit Sonia contente de son effet. Je pense que, comme moi, ça vous interpelle. Pour en avoir le cœur net, j'ai rappelé la mère de Berg pour savoir si son fils, Arthur, lui avait déjà parlé d'une Lena Jensen. Dès que j'ai prononcé ce nom, la mère a fondu en larmes. Elle connaissait Lena personnellement puisque son fils la lui avait présentée et elle l'appréciait beaucoup, elle aussi a été accablée d'apprendre sa disparition.

— Bon Dieu, souffla Thierry.

Schäfer se massa les tempes. Sous son crâne, deux sentiments antagonistes s'affrontaient ; la satisfaction d'avoir réussi à lier ces deux affaires et l'incompréhension due à ce nouvel éclairage. C'était aussi troublant que de s'endormir dans un train en marche. On fermait les yeux sur un paysage de bord de mer baigné de soleil et l'on se réveillait à flanc de montagne sous un ciel d'orage.

Sur l'axe du temps qui parcourait les deux tableaux, tout à gauche, Sonia ajouta un jalon vertical au-dessus duquel elle nota au feutre noir : *Disparition Lena Jensen – décembre 2016.* Elle hésita un instant, puis ajouta un point d'interrogation juste en dessous. Si la connexion qu'elle avait dénichée entre Morvan et Berg était bien réelle, elle était encore trop ténue pour que cet élément fasse partie intégrante de l'enquête, néanmoins il fallait le garder à l'esprit.

— Bon, pour l'instant, on va se concentrer sur ce que l'on a, reprit Schäfer. Pierre, tu vas me lancer des requêtes de géolocalisation sur la nouvelle ligne de téléphone ouverte par Cairal ce matin.

— C'est en route.

— Tu as obtenu quelque chose avec son autre ligne ?

— Oui, la dernière fois que son téléphone a borné, c'était sur l'autoroute A15. Après, plus rien. Peut-être qu'il n'avait plus de batterie, de toute façon s'il refait surface, je le saurai dans la seconde.

— L'autoroute A15 ? Attends un peu, le dernier signal remonte à quelle heure ?

Pierre pianota sur son clavier avant de répondre.

— 5 h 58, borne 7723, à hauteur de Cergy.

Les flics échangèrent un regard circonspect.

— Tu es sûr de l'heure ?

— Certain, et au vu des derniers bornages, il roulait vers l'ouest.

— Donc dans la direction opposée à la gare de Lyon où il a été filmé à 6 h 10, commenta Schäfer qui se leva pour se rapprocher des tableaux.

— Soit ce Maxime Cairal a un don d'ubiquité, fit remarquer Alban, soit, et je pense que c'est plus probable, il s'est fait voler son téléphone.

Thierry jeta un coup d'œil de travers à Alban.

— Faut toujours avoir un dico quand tu causes, toi. « Dubiquité » ou pas, faut quand même qu'il soit sacrément accro ou avoir un besoin urgent de téléphoner pour foncer en racheter un aux aurores.

— Ouais, maugréa Schäfer pensif. Tout le monde a un téléphone aujourd'hui, si c'était juste pour passer un coup de fil, il aurait pu demander à la fille qui l'accompagne ou à n'importe qui dans la rue. En plus, le vendeur a bien précisé que Cairal a pris un smartphone, dans sa situation, je doute que ce soit par snobisme. S'il a fait ce choix, c'est qu'il devait en avoir besoin. Pierre, tu peux remonter le temps et nous sortir son itinéraire complet durant cette nuit ?

— De suite, répondit l'intéressé en disparaissant derrière son écran.

Le téléphone de Sonia vibra sur son bureau. À chaque sonnerie, il se rapprochait un peu plus du bord. Thierry le rattrapa de justesse et le lança à Sonia qui l'attrapa au vol.

— T'es con, sérieux, râla-t-elle en le foudroyant du regard.

Après plusieurs oui et un non, elle se tourna vers Schäfer.

— Chef, c'est pour vous. Le capitaine Vasseur a trouvé mes messages, il veut vous rencontrer.

43

Pour la cinquième fois en une minute, Chloé vérifia son téléphone. Pas de message. Les lèvres pincées, elle abaissa légèrement une branche et reporta son attention sur les fenêtres du manoir. Aucun signe de vie. Depuis que le taxi était reparti, plus rien ne bougeait.

— Maxime, qu'est-ce que tu fous ?

Dans le lointain, l'orage grondait et à chaque coup de semonce, la forêt retenait son souffle, silencieuse. Une nuée de moucherons excités comme des électrons surchargés se mirent à voleter autour de Chloé. Elle secoua la tête en fermant les yeux et balaya l'air de la main plusieurs fois avant que le nuage d'insectes ne la laisse tranquille. Pourquoi ne répondait-il pas ? Elle imagina plusieurs scénarios, mais aucun d'entre eux ne la rassura, bien au contraire. Encore un coup d'œil sur son téléphone : toujours aucun message. Le pressentiment se mua en certitude, il fallait qu'elle agisse, et vite. Tout en essayant d'être la plus discrète possible, Chloé quitta sa cachette et s'engagea sur le chemin emprunté par Maxime. Comme lui, elle laissa derrière elle la lisière pour progresser à couvert, contourna le manoir par l'ouest et finit par arriver à l'arrière de la bâtisse. Plus elle s'approchait, plus la sensation d'être observée devint oppressante, comme si derrière chaque tronc, des yeux scrutaient le moindre de ses gestes.

Derrière un fourré, elle s'accroupit et examina la façade. Combien de pièces pouvait-il y avoir là-dedans ? Droit devant, à une vingtaine de mètres à peine, elle repéra une fenêtre entrouverte. Si Maxime avait réussi à entrer, il y avait de fortes chances qu'il soit passé par là. La lame du cran d'arrêt jaillit en un éclair. Sentir le couteau au creux de sa main lui redonna un shoot d'adrénaline. L'action, elle avait ça dans les tripes. Dans une autre vie, elle aurait pu être flic. La traque, le terrain, sûr que ça lui aurait plu. Sauf que de là où elle venait, il y avait plus de chances de visiter un commissariat en passant par la case garde à vue plutôt qu'avec un uniforme sur le dos. Elle prit une grande inspiration, puis courut tête baissée jusqu'à pouvoir s'adosser contre le mur, juste sous la fenêtre. Un coup d'œil rapide à l'intérieur : personne. Féline, elle agrippa l'appui, tira sur ses bras et d'un bond se retrouva en terrain hostile. En une fraction de seconde, elle scanna la pièce. Aucun danger proche, aucun son suspect non plus. Elle était seule. Pour l'instant. Dans sa poitrine, son cœur pulsait plus fort, oxygénant, irriguant chacun de ses muscles. En trois enjambées, elle traversa le bureau et colla son oreille à la porte. La voie était libre. Le plus délicatement possible, elle tourna la poignée et ouvrit juste assez pour glisser un œil dans le couloir. À gauche, le couloir se prolongeait sur quinze mètres environ, contre dix mètres à droite. De part et d'autre, une enfilade de portes fermées. À pas de loup, Chloé quitta le petit bureau et choisit de partir à gauche en longeant les murs. Arrivée au bout, elle bifurqua sur la droite et découvrit un escalier qui filait à l'étage. Soudain, des bruits de pas résonnèrent derrière elle. Quelqu'un venait dans sa direction. Sans réfléchir, elle grimpa les marches aussi vite et aussi discrètement que possible et, juste avant de déboucher sur le palier, s'accroupit pour vérifier que personne d'autre ne s'y trouvait. Derrière elle, les pas s'approchaient. Le sang cognait à ses tempes comme un tam-tam. D'une seconde à l'autre, l'individu arriverait au bas de l'escalier, si elle restait là, elle serait immédiatement repérée. Priant pour qu'il ne fasse que passer, elle s'engagea à gauche dans le couloir, avança sur quelques mètres et se plaqua dos à la première porte. Une coulée de glace glissa dans son estomac lorsqu'elle perçut de nouveaux bruits de pas à l'étage alors qu'en même temps, le grincement des marches en bois dans l'escalier résonnait de façon sinistre. Prise en tenaille. Tout en retenant sa respiration, elle fit volte-face et tourna la poignée. Gestes millimétrés pour situation désespérée. Par chance, la porte s'ouvrit et, comme un fantôme, elle se fondit à l'intérieur, puis referma dans un cliquetis de serrure tout juste audible. Ses jambes étaient en coton, la sueur lui piquait les yeux. Le front contre la porte, les mâchoires serrées à se faire exploser l'émail des dents, elle écoutait. Des voix d'hommes, graves. Ils se saluèrent, puis un des deux s'arrêta alors que l'autre continua son chemin. Dans sa poitrine, son cœur faillit exploser lorsqu'elle comprit que celui qui s'était arrêté se trouvait juste à quelques centimètres d'elle. Seule une porte les séparait. Elle bondit en arrière, se retourna en un éclair et, telle une statue de glace, se figea quand elle croisa le regard qui la dévisageait. Dans son dos, la poignée s'abaissait.

44

Un échange de regards suffit pour que Chloé comprenne qu'elle n'avait rien à craindre de l'homme qui lui faisait face. D'un signe de tête, il lui montra la salle de bains. Sans chercher à comprendre, elle s'y engouffra. Si elle tentait de refermer la porte, elle serait à coup sûr repérée, alors elle se faufila derrière en priant pour que personne n'entre après elle. Si tel était le cas, quelles seraient ses chances ? L'effet de surprise jouerait peut-être en sa faveur, mais après ? À force de serrer son cran d'arrêt, ses jointures étaient blanches. De la chambre, une voix s'éleva.

— Voilà ton plateau-repas. Je te le pose là.

Des tintements de vaisselle se firent entendre avant que la même voix ne reprenne.

— T'as une sale gueule, ça va ? Tu vas pas nous claquer entre les pattes maintenant ?

— Non, ça va.

— Il y a pas de médocs dans ton armoire à pharmacie ?

Le cœur de Chloé s'arrêta.

— Je vous assure que tout va bien, je vous remercie. J'ai juste besoin d'un peu de repos.

Au son de la réponse, Chloé comprit que l'homme qui la cachait s'était déplacé pour éviter que l'autre ne vienne fouiner dans la salle de bains.

— Si tu le dis, lâcha l'autre homme d'un ton méprisant. En tous les cas, démerde-toi pour être en forme pour ce soir. On voudrait pas que Sergueï pense qu'on ne t'a pas bien traité.

Quand la porte se referma, le cœur de Chloé se remit à battre. Elle peinait à réaliser ce qu'il venait de se passer, ses jambes en tremblaient encore. En un quart de seconde, elle avait mis sa vie entre les mains d'un parfait inconnu, elle avait fait confiance. Ça ne lui ressemblait tellement pas. En même temps, elle n'avait pas vraiment eu le choix. Elle comprit alors que l'homme dans la chambre semblait être, lui aussi, dans une situation compliquée.

— Il est parti, vous pouvez sortir.

La voix se voulait rassurante. Douce et calme, comme si elle s'adressait à une enfant apeurée.

Toujours cramponnée au manche de son couteau, Chloé sortit de sa cachette sans baisser la garde.

— Je m'appelle Dimitri, dit l'homme, les deux mains levées en signe de paix.

Derrière ses petites lunettes rondes, il fixait Chloé, attentif au moindre de ses gestes. De toute évidence, il n'en menait pas large. Son teint pâle, ses yeux fiévreux lui donnaient l'air d'un mort en sursis.

— Vous pouvez ranger ça, s'il vous plaît ? demanda-t-il en désignant l'arme du menton.

Chloé hésita une seconde avant de s'exécuter. Elle s'engagea d'un pas dans la chambre et tourna immédiatement la tête vers la porte, comme si elle s'attendait à y trouver l'autre homme embusqué.

— Rassurez-vous, il est reparti.

— Merci pour ce que vous avez fait.

Dimitri mit un index devant ses lèvres.

— Moins fort, ils pourraient nous entendre.

Chloé hocha la tête et il reprit à voix basse :

— Je peux vous demander ce que vous faites ici ?

Il laissa traîner sa phrase, pour inciter la jeune femme à se présenter.

— Chloé, je m'appelle Chloé. Je vais vous faire la version courte, répondit Chloé en lorgnant le plateau-repas. Je cherche un homme qui, selon toute logique, s'est introduit ici un peu avant moi.

Dimitri alla récupérer un morceau de pain sur le plateau et le lui tendit.

— Excusez-moi, mais j'avoue ne pas tout comprendre.

Chloé sourit devant cette attention et mordit de bon cœur dans le quignon. Les nerfs et l'adrénaline la galvanisaient, masquant les signaux les plus élémentaires de son corps : la douleur, la soif et la faim.

— Savez-vous à qui appartient ce château ?

— Oui, nous sommes au courant et c'est justement pour ça que nous sommes là. Nous sommes persuadés qu'une amie est retenue prisonnière ici et que sa vie est en danger.

— Toute personne qui entre ici sans y avoir été invitée met sa vie en danger. Je ne suis pas certain que vous vous rendiez bien compte de la situation.

Dimitri se dirigea vers la fenêtre et du bout du doigt écarta un rideau. Un coup de tonnerre résonna, puissant. Les carreaux tremblèrent et la lumière vacilla un instant avant que son intensité ne se stabilise à nouveau.

— Vous dites être venus à deux, où est l'homme qui était avec vous ?

— Je n'en sais rien, avoua Chloé en baissant les yeux. J'espère qu'il ne s'est pas fait prendre.

Abandonnant son poste d'observation, Dimitri revint face à Chloé. Pensif, il avait l'air d'hésiter, comme s'il soupesait chaque mot qui lui passait par la tête, cherchant la bonne combinaison, puis il finit par se lancer.

— Si vos amis sont toujours entre ces murs, vous avez peut-être encore une petite chance de pouvoir leur venir en aide.

Chloé replongea son regard dans les yeux clairs de Dimitri, qui poursuivit sur sa lancée.

— Ce soir, une rencontre très importante aura lieu. Tous les hommes présents seront mobilisés, cela devrait vous laisser du temps pour agir.

Devant le regard sombre de Dimitri, elle comprit qu'il se tramait quelque chose de grave et que l'homme qui venait de lui sauver la peau devait y jouer un rôle important.

— Et vous, pourquoi vous retient-on ici ?

— Vous voulez la version courte ou la version longue ? répondit-il dans un sourire triste.

— Si j'ai bien compris, on a un peu de temps devant nous…

45

William Laval gara son Range Rover à côté de la Porsche Cayenne de Jean-Marc Debailly. L'air était électrique et les nuages si noirs que la nuit était déjà tombée, occultant les dernières lueurs de la fin de journée. Des gouttes grosses comme des poings tambourinaient sur le toit du 4 × 4. Laval récupéra son iPhone sur le siège passager et envoya un texto pour signaler son arrivée. Dans la seconde, Viktor sortit du manoir, abrité sous un large parapluic, et vint à sa rencontre.

— Des nouvelles de Sergueï ? interrogea Laval.

— Aucune. Debailly tourne comme un lion en cage.

Dans le dos de l'homme de main, le manoir élançait ses hautes façades sinistres vers les cieux, comme s'il voulait défier les éléments. Derrière l'aile est, un éclair zébra le ciel. Le combat était engagé. D'un coup d'œil par-dessus l'épaule de Viktor, Laval s'assura que personnc ne les observait.

— C'est normal ?

— Je n'en sais rien. Sergueï est aussi imprévisible que la foudre… Et parfois aussi violent.

Les derniers mots avaient été prononcés un ton plus bas, comme écrasés par le poids des souvenirs qui souillaient encore sa mémoire et qui le hanteraient jusqu'à la mort.

— Et pour Hadès ? interrogea Laval en levant un sourcil.

La réponse tomba, glacée comme un orage de grêle.

— On l'a renvoyé en enfer.

— Tu voulais que l'on fasse quoi ? para Laval en serrant les dents. Je te rappelle qu'il se foutait pas mal du fric qu'on lui a proposé. J'avais bien dit qu'il ne fallait pas se servir des junkies de la banlieue pour tester la came. Mais non, comme toujours, il fallait faire vite au mépris des précautions les plus élémentaires. La nouvelle a dû se répandre comme une traînée de poudre et ça a dû rendre dingues tous les dealers sur des dizaines de kilomètres à la ronde. Une dope comme ça, tu m'étonnes. En bon businessman, la seule chose que voulait Hadès, c'était être le premier à en avoir, verrouiller le marché et s'assurer d'être le seul à en distribuer. La meilleure façon de régler le problème était de lui refiler un échantillon de la dernière mixture de Dimitri. Comment prévoir qu'il ferait tester la came au reste de sa bande avant de s'envoyer sa dose ?

Viktor ne répondit rien.

Pour décrocher du regard noir vissé sur ses pupilles, Laval fouilla dans sa poche et en retira une petite fiole au contenu transparent qu'il colla sur la poitrine de Viktor.

— Tiens, tu avaleras ça et tu feras disparaître le tube.

D'un geste furtif, le colosse au regard de glace rangea dans l'une des poches de sa veste la précieuse fiole. Puis les deux hommes se dirigèrent vers l'entrée du manoir.

— Ils ont interrogé la fille ?

— Debailly est descendu la voir, mais elle ne lâche rien.

— Et depuis quand Debailly sait mener un interrogatoire ? pesta Laval.

Viktor ne prit pas la peine de répondre. Laval continua.

— Tu penses qu'elle bosse pour Sergueï ?

— Non, ça ne lui ressemble pas.

Tandis qu'ils grimpaient la volée de marches menant au perron, une bourrasque leur fouetta le visage et plia le parapluie à l'envers dans une forme étrange.

Avant de passer la porte, Laval s'arrêta, la main sur la poignée, et pivota vers Viktor.

— Sinon, tout est en place ?

Viktor acquiesça. Les deux hommes marquèrent un temps d'arrêt, se jaugeant mutuellement. Regard d'acier contre regard de glace, puissance contre stratège. Encore une fois, Laval décrocha le premier et entra dans le manoir, laissant la porte ouverte derrière lui. Viktor resta planté encore quelques secondes sous la pluie battante, puis rentra à son tour.

Au bas des marches, comme une chauve-souris géante désarticulée, la carcasse du parapluie agonisait dans une flaque de boue.

46

Un lion en cage, Viktor ne s'était pas trompé. Lorsqu'il pénétra dans le grand salon, Laval se délecta du spectacle ; Debailly n'aimait pas attendre, Debailly voulait tout, tout de suite, maintenant et sans condition. Le voir ainsi ronger son frein et faire les cent pas, seul, à en user son beau parquet en chêne, avait quelque chose de pathétique et de délicieusement plaisant à la fois.

L'ivresse de l'argent pouvait rendre fou et c'est cette folie qui, depuis toujours, poussait Debailly à mépriser les lois, à broyer les hommes et les femmes qui osaient se mettre en travers de son chemin, tout ça dans le seul but de devenir encore plus riche que ce qu'il était déjà. Sauf qu'aujourd'hui, il avait franchi un cap, un point de non-retour. Il ne maîtrisait plus la situation et cela le rendait fou. L'absence de maîtrise pour un homme de la trempe de Debailly était une torture à nulle autre égale et certainement son plus gros point faible.

Lorsqu'il s'aperçut de sa présence, Debailly stoppa son défilé et sans un mot se dirigea vers un guéridon sur lequel était posée une bouteille de whisky hors d'âge et certainement hors de prix. Tandis que le précieux nectar, pur malt, se déversait dans les verres, il demanda :

— De la glace ?

Laval refusa. Diluer un breuvage pareil serait pécher et ce soir, il n'avait pas envie d'attirer les foudres d'un Dieu dont la colère se déchaînait déjà dehors. Comme pour illustrer sa pensée, durant une seconde, la lumière baissa d'intensité, hésitant entre clarté et ténèbres. Puis le grondement sourd du tonnerre fit trembler les lustres en cristal. L'orage continuait à monter en puissance, malmenant les arbres sous son souffle rageur, fouettant les façades de gerbes de pluie.

Debailly s'approcha de Laval, lui tendit son verre en plantant son regard droit dans les yeux de son responsable de la sécurité.

— Aucun respect pour la ponctualité ! Il me prend pour qui, ce dégénéré ?

Laval but une gorgée tout en soutenant le regard acéré de son patron. Les arômes envahirent son palais, des notes de bois, de cuir, et une très légère touche de caramel. Un délice. Le whisky descendit dans sa gorge en diffusant une chaleur bienfaisante et en instillant une petite dose d'assurance supplémentaire.

Debailly était toujours planté là, face à lui, à le fixer sans vraiment le regarder. Mais cet homme-là avait-il déjà vraiment regardé quelqu'un ? Pas seulement pour lui aboyer des ordres, l'intimider, le rabaisser, ou déverser son fiel, mais pour sonder son âme et y découvrir ce qui s'y cache. Non, bien sûr que non. Pourquoi s'abaisserait-il à ça ? Debailly ne percevait les autres qu'au travers de ce qu'ils pouvaient lui apporter. Laval était bien placé pour savoir comment fonctionnait cet homme avide de pouvoir et d'argent. Toutes ces années à son service, il avait obéi, encaissé, sans jamais répliquer, grimpant un à un les échelons de cette organisation tentaculaire, franchissant toutes les barrières, gagnant peu à peu la confiance du despote. Acceptant chaque jour un peu plus l'inacceptable pour rejoindre la poignée de détraqués qui, comme lui, avaient choisi de pactiser avec le diable. Il s'était compromis jusqu'à l'os pour en arriver là, tout en sachant que le jour où Debailly l'aurait décidé, il se débarrasserait de lui comme un vulgaire mégot de cigarette. Il le jetterait à terre, l'écraserait, puis étoufferait les dernières braises de rébellion avec le poids de tous les dossiers dans lesquels il avait trempé. Broyé par un rouleau compresseur, il ne subsisterait aucune trace de son passage sur Terre.

C'était un risque à prendre et jusqu'à aujourd'hui il avait réussi à passer à travers les gouttes, mais son temps était compté. Depuis un an, il en avait trop vu, en avait trop fait, en savait trop, et Debailly se méfiait toujours de ceux qui en savaient trop. C'était une règle chez lui, cloisonner l'information, répartir les tâches de sorte que personne en dehors de lui n'ait une vision globale de ses projets. Sauf que sur cette affaire, il n'avait pas eu d'autre choix.

Un homme raide comme un piquet, engoncé dans une veste trop ajustée pour masquer le flingue qu'elle cachait, déboula dans la pièce.

— Ils arrivent.

— Enfin ! éructa Debailly. Combien sont-ils ?

— Trois SUV viennent de franchir les grilles, mais

leurs vitres sont teintées, impossible de connaître le nombre d'hommes.

Debailly hocha la tête.

— Allez chercher le chimiste et battez le rappel.

L'homme fit volte-face et disparut.

Debailly vida son verre d'un trait, puis s'approcha d'une des fenêtres.

Dans le tumulte de l'orage, trois paires de phares perçaient l'obscurité et avançaient sur la grande allée menant au manoir. Les imposants véhicules noirs roulaient au pas, en file indienne, comme une funeste procession. Au fur et à mesure qu'ils se rapprochaient, les lignes massives de leur carrosserie se dévoilèrent sous les flashs des éclairs. Les trois cavaliers de l'Apocalypse ignorèrent le parking et vinrent se positionner face au manoir, pleins phares, comme une ultime mise en garde.

Dans le grand salon, le temps s'était figé. Cela faisait des années que Laval n'avait pas ressenti cette sensation désagréable, ce vide qui absorbe les entrailles, ce frisson glacé qui hérisse les poils. Il jeta un coup d'œil à Debailly et s'aperçut qu'il n'était pas le seul à avoir peur.

47

D'abord il sentit le goût cuivré du sang dans sa bouche, puis sa gorge, sèche comme une terre aride. Il déglutit avec l'impression d'avaler de la limaille et ouvrit les yeux sur des ténèbres compactes, épaisses, impénétrables. Couché à terre sur une surface brute et rugueuse comme du béton, Maxime mobilisa tous ses sens pour appréhender son environnement. L'obscurité lui masquait la taille de la pièce, mais l'écho de son souffle lui indiqua qu'elle ne devait pas être bien grande. Une sorte de cave. En dehors de sa respiration, aucun son ne venait troubler le silence qui l'enveloppait comme un linceul. Après un effort de réflexion, quelques millions de synapses se connectèrent en un éclair pour lui faire revivre ses dernières secondes de conscience ; les rideaux qui lui caressent le visage, la chaleur moite, une goutte de sueur qui perle sur sa tempe. Puis les pas dans le couloir, l'angoisse qui lui noue l'estomac, le tisonnier serré à se l'incruster dans les paumes, l'angle de la bibliothèque pour seule cachette et enfin la mélodie joyeuse du téléphone qui retentit comme un glas. La suite du film défile en accéléré ; déconcentré, pétrifié, il regarde vers sa poche alors qu'un homme entre en trombe dans la pièce. Il n'a pas le temps de lever les yeux que l'autre le frappe avec la crosse de son pistolet. Le choc, violent, résonne dans son crâne et l'onde se propage jusqu'à ses orteils avant que le monde ne bascule et qu'au fond de son cerveau un disjoncteur ne saute.

Black-out.

Lorsqu'il bascula sur le côté, une intense douleur explosa dans son cerveau. Il étouffa un cri avant qu'il ne franchisse ses lèvres. Le type qui l'avait assommé était peut-être là, tout près, à attendre qu'il se réveille pour l'interroger. Si tel était le cas, autant ne pas précipiter son retour. Tant bien que mal, il se traîna sur un peu plus d'un mètre et réussit à s'adosser à un mur. Sans conviction, il tâta les poches de son pantalon : plus de téléphone, le contraire l'aurait surpris. Depuis combien de temps avait-il perdu connaissance ? Impossible à dire. L'absence de repère était oppressante.

La tête penchée en avant, menton sur la poitrine, paupières fermées, préférant son obscurité intérieure à celle de son cachot, il se massa les tempes. Où pouvait bien être Célia à cet instant précis ? Était-elle enfermée juste à quelques mètres d'ici ? Toute proche, peut-être juste derrière ce mur contre lequel il était appuyé. Cette pensée lui donna envie de crier, de hurler son prénom à s'en écorcher les cordes vocales, mais le silence hostile qui l'enveloppait le bâillonna. Ne pas craquer, pas maintenant.

Soudain quelque chose frôla sa main en couinant. D'un bond, Maxime s'écarta. Il ne put réprimer un cri. Un rat. Où était-il passé ? Étaient-ils plusieurs ? Il maudit cette foutue obscurité et se réfugia dans un angle de la pièce. Les genoux remontés contre le torse, les yeux grands ouverts, il sondait les ténèbres dans l'espoir d'y percevoir des mouvements, en vain. À chaque seconde, le poison de la peur se répandait un peu plus dans ses veines. Ankylosant, incapacitant, une vraie torture mentale. Pour apaiser son rythme cardiaque qui s'emballait, Maxime se força à inspirer par le nez et à souffler longuement par la bouche, plusieurs fois, jusqu'à ce que la peur cède du terrain et relâche son étreinte étouffante. Répit temporaire.

Une lame de lumière trancha les ténèbres en se faufilant sous la porte de sa cellule. Dans sa poitrine, les pulsations de son cœur s'emballèrent à nouveau. Le ventre noué, il balaya du regard le réduit dans lequel il était séquestré à la recherche d'une solution providentielle. Rien que de la poussière entre quatre murs de pierre. Rien de plus qu'une cave exiguë qui avait peut-être déjà vu mourir des types comme lui. Il repoussa cette pensée le plus loin possible et se mit debout pour affronter la menace. Les poings serrés, il décomptait le nombre de secondes avant l'affrontement, rythmé par les sons qui lui parvenaient ; le cliquetis d'un trousseau, le bruit d'une clé qui s'introduit dans la serrure, puis le grincement sinistre de la porte que l'on ouvre.

48

Sergueï entra dans le grand salon comme en territoire conquis, arrogant tel un seigneur de guerre, précédant sa garde personnelle composée de huit mercenaires. De vraies machines, piquées aux stéroïdes, rompues aux combats de rue et suffisamment armées pour prendre d'assaut Fort Knox. Les hommes se déployèrent dans la pièce deux par deux, ils occupaient l'espace comme on le leur avait appris en temps de guerre. Ne pas rester groupés, se disperser rapidement pour minimiser les dégâts en cas d'attaque et pouvoir riposter avec une efficacité optimale.

Laval jeta un coup d'œil rapide à Viktor qui se trouvait près des fenêtres. Debout, les bras croisés sur le devant de sa veste, l'homme au tatouage de serpent tendit discrètement l'index et le majeur de la main droite. Deux. Il restait deux hommes dehors, il faudrait jouer serré.

Sergueï balaya l'assemblée qui lui faisait face. Il ignora Debailly qui s'apprêtait à engager la conversation et se dirigea vers Viktor.

— Viktor, quel plaisir de te revoir. Tu t'en es plutôt bien sorti à ce que je vois. Tu n'avais pas une aussi bonne mine la dernière fois que je t'ai vu, ton ami non plus d'ailleurs, ajouta Sergueï dans un rire gras.

— Après cette histoire, j'ai cru que tu chercherais à te venger, reprit Sergueï sur un ton froid. Il faut croire que ta longue cavale t'en a dissuadé, ou peut-être que tu n'avais pas les *cojones* pour le faire.

Serrant les mâchoires pour ne pas lui vider son chargeur en pleine tête, Viktor encaissa.

Debailly bouillait devant l'humiliation que venait de lui infliger Sergueï. Le snober ainsi, lui, le maître des lieux, l'ignorer et s'adresser à un sous-fifre. Rouge comme s'il venait de recevoir une gifle, il se décida à reprendre les rênes.

— Vos retrouvailles sont émouvantes, cependant il me semble que si vous êtes venu ce soir, ce n'est pas pour évoquer le passé, mais plutôt pour parler d'avenir.

Sergueï ne lâcha pas Viktor des yeux. Les deux hommes se défiaient du regard. La haine rougeoyante couvait, toujours enfouie sous les cendres des années et Sergueï venait de souffler dessus. Viktor savait que l'ignoble ordure qui le toisait pouvait l'abattre comme un chien, là, au beau milieu de tous, mais jamais il ne baisserait la tête devant cet homme. Au bout d'interminables secondes, Sergueï se décida enfin à considérer Debailly.

— L'avenir, oui…

Il se rapprocha à pas lents de Debailly. La tension était palpable. De part et d'autre du grand salon, une quinzaine d'hommes se tenaient prêts à dégainer. La moindre étincelle déclencherait un véritable bain de sang.

Sergueï se planta face au patron de GenoTechPharma.

— Avant de commencer à parler d'avenir, je veux parler à mon chimiste.

Debailly tourna la tête sur la gauche et fit un signe du menton vers Dimitri. L'homme à côté de lui posa une main sur son épaule et l'accompagna jusqu'à Sergueï.

— Vire ta sale main de sa veste, sinon je t'arrache le bras, fulmina Sergueï, les dents serrées.

L'homme déglutit et s'exécuta. De la rage pure s'écoulait dans les veines du mafieux, les pires histoires circulaient à son sujet et personne n'avait envie de faire partie d'un nouveau chapitre.

Dimitri faisait face à Sergueï, tête baissée. Il fit de son mieux pour ne pas trembler, ne pas penser à sa famille toujours à la merci de ce fou sanguinaire. Une goutte de sueur froide roula sur sa nuque.

L'échange entre les deux hommes se déroula en russe. Les questions étaient précises, le ton sec et cassant. Dimitri répondait en hochant la tête et complétait parfois sa réponse de quelques mots. À la dernière question, il hésita avant de répondre, puis finit par hocher la tête en signe d'acquiescement.

Visiblement satisfait, Sergueï se retourna vers Debailly.

— Maintenant, on peut parler d'avenir.

Sans attendre d'ordre, Laval quitta le grand salon pour disparaître dans le petit bureau attenant. Il traversa la pièce en direction de la bibliothèque, s'accroupit et ouvrit la porte de gauche. Dans l'ombre du meuble, la diode de la serrure électronique du coffre diffusait un halo de lumière rouge. Une fois le code à huit chiffres saisi, la diode vira au vert et la porte s'entrouvrit automatiquement. À l'intérieur, quatre sachets d'un kilo, contenant un nouveau type de drogue de synthèse, d'une pureté inégalée. Une nouvelle molécule plus puissante et plus addictive que n'importe quel autre produit. Laval s'était souvent demandé si la découverte de cette molécule était vraiment due à une expérience ratée, comme Debailly le laissait entendre, ou bien si au contraire, des recherches spécifiques avaient été menées dans ce sens. Quoi qu'il en soit, le patron n'avait pas perdu de temps pour lui demander de trouver un moyen de vendre cette nouvelle marchandise. Grâce à Viktor et à ses anciennes connaissances, Laval avait réussi à prendre contact avec Sergueï. Lorsque le trafiquant avait eu le premier échantillon entre les mains, il avait vite compris son intérêt dans ce business. Le produit était si pur qu'il pouvait le couper plusieurs fois avant de l'écouler sur son propre marché. Cela représentait une véritable mine d'or. Par contre, pour ce qui était de la fabrication, il souhaitait ne dépendre de personne. Sergueï avait donc débarqué au manoir de Debailly, sans prévenir, en pleine soirée de fin d'année, avec une partie de sa clique pour discuter de ce point-là. C'était le 22 décembre 2016 et la petite sauterie battait son plein, Laval s'en souvenait comme si c'était hier. Trois cents invités triés sur le volet : cadres dirigeants, hommes politiques, hommes d'affaires, show-biz. Tout le gratin était réuni à la gloire de Debailly et de son empire, GenoTechPharma. Ce soir-là, Laval avait compris que les choses allaient beaucoup trop loin, qu'ils avaient perdu la main et que rapidement il lui faudrait un plan B. Debailly, lui, avait appris que l'on ne prenait pas rendez-vous avec un trafiquant, c'est lui et lui seul qui décidait où et quand, et Sergueï en avait décidé ainsi. Il avait alors fallu jongler, cloisonner et accéder aux exigences des mafieux : alcool, drogue et prostituées étant un minimum pour commencer à discuter. Sergueï avait évoqué le problème qui lui tenait à cœur : il souhaitait acquérir le savoir nécessaire à la préparation du produit afin que toute la fabrication se fasse dans ses labos, il voulait maîtriser la production de bout en bout. En contrepartie, il rétrocéderait 15 % sur les recettes. Même s'il n'avait rien montré, Laval savait que Debailly avait failli s'étrangler en entendant l'offre. Le patron avait répondu qu'il prendrait le temps d'y réfléchir. Six mois plus tard, Dimitri, le chimiste de Sergueï, débarquait en France et commençait son apprentissage.

Lorsqu'il revint dans le grand salon, Laval sentit le poids des regards sur lui. En passant devant Dimitri, il remarqua que le chimiste était blanc comme un linge, à deux doigts de faire un malaise. Il avait conscience que toute la suite du plan reposait sur son travail. Les dés étaient jetés, trop tard pour reculer.

Laval déposa les sachets sur la table en acajou, face à Sergueï, puis fit le tour pour se placer entre Debailly et Franck, le frère d'armes de Viktor. Sergueï prit un paquet, le soupesa, le leva à hauteur des yeux pour observer les reflets verts qui scintillaient dans les cristaux, puis hocha la tête en le reposant.

Un mot en russe fusa dans l'air comme une balle de revolver et dans la seconde, Sergueï se retrouva avec un poignard de chasse dans la main droite. La lame crantée éventra le plastique et quelques grammes de drogue se répandirent sur le bois précieux. Le trafiquant se servit du manche pour réduire les cristaux en poudre et traça cinq lignes régulières avant de planter le couteau dans la table.

— Si vous le permettez, nous allons tester la marchandise, indiqua-t-il en relevant la tête vers Debailly qui le fusillait d'un regard méprisant. Pour ça, je vais choisir cinq hommes, cinq privilégiés qui auront l'honneur de goûter cette merveille avant tout le monde.

— On ne peut rien vous refuser, rétorqua Debailly d'une voix blanche.

Sans que Sergueï ajoute un mot, Dimitri contourna la table, puis resta figé devant les cinq lignes blanches à peu près parallèles, les bras ballants. Sergueï lui avait ordonné de tester en premier sa préparation, il savait que ça se passerait ainsi, mais difficile de s'y résoudre. Mieux que personne, il avait connaissance de ce qui se trouvait face à lui, et plus que quiconque dans cette pièce il mesurait les conséquences en cas d'absorption. Une injonction crachée en russe mit fin à son hésitation. Il ferma les yeux et renifla bruyamment la première ligne, résigné, puis retourna à sa place en chancelant, sous l'œil attentif de tous.

— Viktor, je t'en prie, dit Sergueï sur un ton faussement mielleux. En souvenir du bon vieux temps, ajouta-t-il en s'écartant d'un pas et en ouvrant les bras, tout sourire, comme s'il s'attendait à accueillir une bénédiction.

Sans lui accorder le moindre regard, Viktor s'envoya la deuxième ligne, sans broncher.

— Toi, là, à ton tour.

L'homme désigné appartenait au clan Debailly. Laval ferma les yeux, cela aurait pu être lui.

La troisième ligne disparut.

— Pavel ! Leonid !

Les mercenaires appelés s'approchèrent et sniffèrent les deux dernières lignes.

Sergueï échangea quelques mots en russe avec les deux hommes, puis le plus petit des deux finit par hocher la tête en direction de Debailly.

Un silence pesant s'installa. Puis le deuxième homme hocha la tête à son tour.

Sergueï se tourna vers Debailly.

— Pavel dit que votre produit est excellent et si Pavel dit ça, alors c'est qu'il l'est, déclara-t-il en tendant une main à Debailly qui mit un instant avant de la serrer d'une poigne ferme.

La tension retomba d'un cran et un murmure d'approbation s'éleva avant de disparaître aussitôt. La transaction n'était pas terminée.

Sergueï claqua des doigts. Immédiatement un homme tourna les talons et s'apprêta à sortir du grand salon.

— Tu l'accompagnes, dit Debailly à Laval.

Devant le regard interrogateur de Sergueï, il ajouta :

— La confiance n'exclut pas le contrôle, cher Sergueï.

— Je m'en charge, imposa Viktor.

Sans laisser à quiconque le temps de donner son avis, il traversa le salon et rejoignit le mercenaire qui s'était figé sur le seuil. D'un mot en russe, il l'invita à sortir.

Dehors, l'orage avait perdu en vigueur, mais des

rideaux de pluie balayaient toujours le parc et la forêt avec la même intensité, comme s'ils voulaient diluer le paysage.

Pour ne pas finir noyés, les deux hommes de main restés à l'extérieur étaient venus s'abriter sous le porche. AK-47 en bandoulière, ils suivirent du regard leur collègue et Viktor, jusqu'à ce qu'ils disparaissent derrière le coffre d'un des SUV. À leur retour sur le perron, Viktor déclara qu'il souhaitait se griller une cigarette. Le porteur de la valise à un million d'euros haussa les épaules et retourna dans le manoir, le laissant seul avec les deux mercenaires.

Viktor extirpa son paquet de sa poche, alluma une clope et tira une longue bouffée avant d'exhaler un nuage de fumée bleutée qui fut happé presque aussitôt par l'humidité et la nuit. Les deux hommes en armes lui jetèrent un regard et échangèrent un mot, sans savoir qu'il s'exprimait dans la langue maternelle de Viktor.

— Cigarette ? leur proposa-t-il alors.

Après une hésitation, ils acceptèrent de bon cœur et remercièrent Viktor avec un « Merci beaucoup » dont ils semblaient être plutôt fiers.

Quand le Zippo de Viktor s'approcha des cigarettes, la lueur rouge orangé de la flamme éclaira leurs traits ; yeux bleus et nez cassé pour l'un, balafre sous l'œil et peau grêlée pour l'autre. Leur histoire se lisait sur leur visage, elle racontait des vies âpres, où le sang et la sueur collent à la peau comme un manteau détrempé.

Un demi-sourire s'étirait sur leurs lèvres, ils l'appréciaient cette clope. Le couvercle du briquet se referma dans un claquement sec. Chuintements de l'air aspiré par les filtres, bruissements des cendres rougeoyantes. Dans un nuage de fumée, les trois hommes se retournèrent vers le parc.

Tout en écoutant la pluie tomber, Viktor tira trois taffes de plus avant de se débarrasser de son mégot d'une pichenette. Il salua les gardes d'un hochement de tête, qui lui rendirent son salut, puis avant qu'ils n'aient pu esquisser le moindre geste, il dégaina son flingue muni d'un silencieux et en moins d'une seconde leur logea une balle entre les deux yeux. Les deux corps s'effondrèrent mollement. Un point rouge carmin ponctuait maintenant la fin de leur histoire.

49

Tous les muscles bandés, Maxime s'apprêtait à en découdre. Ne disait-on pas que la meilleure défense était l'attaque ? S'il fonçait tête baissée sur celui qui, dans une fraction de seconde, aurait franchi la porte, pouvait-il le déséquilibrer, récupérer son arme et inverser la situation ? Se raccrocher à l'idée qu'un plan aussi insensé avait peut-être une infime chance d'aboutir prouvait bien que la situation était désespérée.

Quand la porte s'ouvrit à la volée, le flash de lumière l'aveugla. Les yeux mi-clos, les bras tendus vers l'avant, il bondit sur la silhouette qui se tenait dans l'encadrement, mais celle-ci l'esquiva et il chuta lourdement dans le couloir.

— Ça va pas, non ?

Maxime roula sur le dos, un bras devant les yeux. Ses paupières clignèrent plusieurs fois avant que ses pupilles ne se rétractent suffisamment pour juguler le flot de lumière qui lui griffait la rétine.

— Célia est au courant que tu sautes sur les filles comme ça ?

— Chloé ! Tu m'as foutu une de ces trouilles ! J'ai cru que le type qui m'a assommé revenait.

— Parce que tu as encore trouvé le moyen de te faire cogner ?

Le visage de Maxime se froissa et Chloé y déchiffra quelque chose comme un « va te faire foutre ».

— Allez, relève-toi, il ne faut pas traîner ici.

En grimaçant, Maxime se remit debout.

— Tu sais où elle se trouve ?

— Non, répondit Chloé en retirant la clé restée dans la serrure. Mais il reste encore pas mal de portes à ouvrir, dit-elle en agitant un volumineux trousseau de clés.

— Où est-ce que tu as eu ça ?

— Je les ai empruntées.

Devant la mine interrogatrice de Maxime, Chloé ajouta :

— Disons qu'il n'a pas vraiment eu le choix.

Après l'avoir vue à l'œuvre avec une barre de fer dans les catacombes, Maxime imagina sans peine la scène.

Le sous-sol du manoir ressemblait au labyrinthe du Minotaure. Des couloirs de pierre couraient dans tous les sens sans logique apparente, desservant d'innombrables salles voûtées et petites caves. Un mélange d'odeur de poussière, de terre mouillée et de salpêtre prenait à la gorge. Les portes closes se multipliaient et devant chacune, la flamme vacillante de l'espoir regagnait en vigueur avant que le vide qui se cachait derrière ne cherche à l'éteindre de son souffle glacé.

— Merde ! cracha Maxime en entrant dans une pièce similaire à celle où il avait été enfermé. Vide ! Encore !

D'un coup de pied rageur, il envoya valser une pierre qui percuta le mur d'en face avant de revenir rouler jusqu'aux baskets de Chloé.

— Chuuuut, arrête de gueuler, tu veux !

Chloé scruta le couloir avant de rejoindre Maxime.

— Écoute, on ne sait même pas si elle est ici. On n'est sûrs de rien, OK ? Alors on ferait mieux de foutre le camp, tant que c'est encore possible.

Clang.

Maxime ressemblait à un animal sauvage, blessé. Il réagissait à l'instinct et semblait au bord de la rupture. Chloé prit le risque de se rapprocher encore un peu, elle posa sa main sur son épaule pour tenter de l'apaiser.

— Je sais que tu n'as pas envie d'abandonner, mais…

Clang.

Il releva les yeux vers elle.

— Tu entends ça ?

Clang.

Sans attendre de réponse, Maxime se précipita dans le couloir en bousculant Chloé. Il s'immobilisa une seconde, tournant la tête de gauche à droite en tendant l'oreille, puis sortit du champ de vision de Chloé en courant.

Elle le retrouva une dizaine de mètres plus loin, côté opposé, genoux à terre, le visage plaqué contre une porte en métal.

— Célia ? Célia, c'est toi ?

Clang.

Dès que Chloé l'eut rejoint, Maxime se tourna vers elle.

— Il y a quelqu'un derrière cette porte ! Les clés, vite !

— Pousse-toi, lui ordonna Chloé en fouillant dans son trousseau.

D'interminables secondes s'écoulèrent avant que la bonne clé ne s'introduise enfin dans la serrure.

La porte s'ouvrit sur une petite pièce sombre. Dans un coin, ligotée sur une chaise, Célia poussa un cri étouffé par un bâillon.

Chloé et Maxime se ruèrent vers elle. Pendant que la lame du cran d'arrêt de Chloé coupait les liens, Maxime retira le bandeau qui la muselait. Son visage portait les stigmates d'un interrogatoire musclé ; arcade sourcilière droite fendue, pommette gauche tuméfiée, lèvre supérieure enflée. Du coin de l'œil, Maxime repéra le réseau de canalisation métallique sur lequel Célia avait cogné pour les alerter.

— Célia ! Tout va bien, on est là.

Dès qu'elle fut libérée, elle se réfugia dans les bras de Maxime en pleurant.

— Pardon, pardon, pardon, murmura-t-elle en sanglotant, la tête enfouie dans le cou de Maxime.

— Tout va bien, lui chuchota Maxime en écho tout en lui caressant les cheveux.

— Je ne voudrais pas jouer les rabat-joie, mais je vous signale que l'on n'est pas tout seuls. Alors si vous pouviez patienter un peu pour les effusions…

Célia abandonna le cocon protecteur des bras de Maxime et se tourna vers Chloé, le visage baigné de larmes. Elle déglutit, visiblement mal à l'aise.

— Je suis contente de te revoir, finit-elle par bredouiller, les lèvres tremblantes.

— Moi aussi, ma belle, la rassura Chloé en lui effleurant l'épaule d'un geste tendre, mais il faut qu'on se tire, et vite. Si on a entendu tes coups sur les tuyaux, eux les ont sûrement entendus aussi, dit-elle en pointant le plafond avec la lame de son couteau.

Leurs trois silhouettes se faufilèrent dans le couloir. Discrètes comme des ombres, elles progressèrent aussi vite que possible jusqu'au premier escalier.

Au pied des marches, ils échangèrent un regard inquiet. Aucun d'entre eux ne pouvait prédire ce qui les attendait là-haut. L'acidité de l'incertitude leur rongeait l'estomac, mais tous préférèrent garder le silence.

À pas de loup, ils gravirent l'escalier et réussirent à se caler tous les trois dans le minuscule espace qui se trouvait entre la plus haute marche et la porte de service en bois. Maxime jeta un coup d'œil par le trou de la serrure.

Une cuisine.

Avec d'infinies précautions, il tourna la poignée, puis entrebâilla la porte de quelques centimètres. Il balaya la pièce des yeux : personne. Son regard s'arrêta sur la porte-fenêtre qui donnait sur le parc. Sept mètres, sept mètres les séparaient du parc. Ils y étaient presque. En voyant qu'il faisait déjà nuit, il réalisa qu'il avait dû rester inconscient plusieurs heures. La douleur du choc qui l'avait mis K.-O. sourdait toujours sur le côté de son crâne et irradiait jusque dans sa nuque. Maxime expira par le nez pour se focaliser sur leur objectif : sept mètres à franchir. Sans se retourner, il annonça :

— On peut y aller, la voie est libre.

Courbés, ils traversèrent la cuisine en file indienne jusqu'à la porte-fenêtre.

Fermée.

— C'est pas vrai ! pesta Chloé à voix basse.

Soudain, un mot aboyé dans une langue étrangère écorcha le calme de la pièce en ricochant sur le ventre rebondi des casseroles en cuivre.

50

Des mallettes comme ça, Viktor en avait déjà vu. Lourde, épaisse, du genre qui pouvait résister à tout. Par contre, autant de billets en une seule fois, ça, il n'avait jamais vu, même du temps où il bossait pour le FSB. Penchée au-dessus des liasses, la gueule de Debailly. Un sourire, un vrai sourire, s'étirait sur son visage. Ça non plus, Viktor ne l'avait jamais vu. En arrière-plan, Laval leva un sourcil interrogateur dans sa direction, Viktor hocha la tête en retour : l'accès au parking était « dégagé ».

— Bien, conclut Debailly en refermant la mallette, je crois que nous pouvons maintenant fêter notre nouveau partenariat.

Il se retourna en claquant des doigts.

— Champagne !

— *Champâââgne*, singea Sergueï en récupérant le paquet de drogue éventré et en le lançant vers un de ses hommes.

Le mercenaire attrapa le sachet à la volée, aussi vif et aussi habile qu'un guépard chassant une antilope.

Assis dans un fauteuil Chesterfield, le dos droit, les mains posées à plat sur les genoux, Dimitri avait l'air d'être absent, de flotter ailleurs dans un lieu qui ne serait pas rempli d'hommes en armes. Du moins c'est ce que l'on pouvait en conclure au premier regard. Mais derrière son teint livide et ses mains moites, il suivait avec la plus grande attention un des deux plateaux d'argent qui passaient de groupe en groupe, celui sur lequel se trouvait la drogue. Son cerveau en ébullition notait sur le grand tableau noir de sa mémoire immédiate toutes les informations qui dans quelques minutes deviendraient cruciales : qui en prenait, dans quel ordre, mais aussi et surtout qui n'en prenait pas. De leur côté, Viktor et Laval tenaient à peu près le même décompte ; pour le moment, Sergueï ne s'était pas encore décidé à goûter à cette nouvelle came, dont il inonderait bientôt les marchés russe et européen. Les deux colosses qui le collaient comme une ombre devaient avoir pour ordre de ne toucher à rien. Pour eux, ni alcool ni drogue. De leurs regards acérés, ils scannaient la salle et chaque homme du camp adverse.

Tandis que Sergueï et Debailly, une coupe à la main, passaient en revue une nouvelle fois les termes de leur ignoble accord, un groupe de trois personnes tenues en joue par un des mercenaires russes débarqua dans le grand salon. Poussés dans le dos par le canon de l'AK-47, Célia, Chloé et Maxime avancèrent de quelques pas. L'ambiance se glaça d'un coup, comme si un puissant blizzard avait traversé la pièce, figeant tout sur son passage.

Sergueï détailla les intrus un par un, puis lança à Debailly un regard noir de méfiance.

— Qui est-ce ?

— Personne, riposta Debailly.

Même si Sergueï ne maîtrisait pas à la perfection

la langue française, la réponse lui parut un peu trop rapide pour être honnête.

La tension monta d'un cran. Les deux clans se toisèrent, armes à portée de main.

Il suffisait d'une petite étincelle, rien qu'une petite étincelle.

Soudain un des mercenaires désigna Pavel de l'index en baragouinant quelque chose. Sous les yeux de tous, l'interpellé porta la main jusqu'à sa lèvre supérieure et la retira pleine de sang.

Au même instant, Dimitri ferma les yeux pour une ultime prière.

L'étincelle venait de jaillir à la surface d'un lac d'essence.

Pavel cligna plusieurs fois ses yeux, comme s'il ne parvenait plus à faire le point, puis avança sur deux mètres en titubant avant de s'effondrer dans un grand fracas. Une flaque de sang se répandit autour de son visage, beaucoup trop grande, beaucoup trop vite pour un simple saignement de nez. Puis Leonid porta une main à sa gorge, il s'étouffait. Des rivières de sang se mirent à couler de son nez, de sa bouche, obstruant le passage de l'air. Ses yeux injectés de sang papillonnèrent aux quatre coins de la pièce avant de rouler dans leurs orbites, puis il s'écroula à côté de son camarade dans un gargouillis immonde.

Des éclairs de fureur jaillirent des yeux de Sergueï. Il dégaina son flingue pour le pointer en direction d'un Debailly qui, pétrifié, regardait la scène comme si elle ne pouvait pas être réelle.

En un instant, les hommes des deux clans braquèrent leurs armes sur l'adversaire.

La minuscule étincelle se transforma en incendie vorace, lorsqu'un troisième homme, le bas du visage couvert de sang, se mit à hoqueter. La courroie de son fusil-mitrailleur glissa de son épaule et l'arme chuta à terre, au ralenti. Quand elle toucha le sol, le souffle des flammes balaya la pièce de toute sa fureur.

Dans un réflexe de survie, Maxime tira sur les poignets de Célia et Chloé pour qu'elles se jettent à terre. À plat ventre, ils évitèrent *in extremis* les rafales d'AK-47 qui crépitèrent au-dessus de leurs têtes.

Une balle interrompit le déluge de feu du forcené qui les menaçait un instant plus tôt. L'homme tomba lourdement à quelques centimètres de Célia qui réprima un cri en plaquant une main sur sa bouche. D'une poigne ferme, Maxime l'arracha à ce spectacle et l'entraîna avec Chloé pour qu'ils se mettent à couvert derrière un large fauteuil en cuir.

Les balles continuaient à fuser dans tous les sens, explosant les murs, les boiseries, les vitres et les lustres. Réduisant en poussière le faste de ce qui avait été une des plus belles pièces du manoir.

La première balle que le flingue de Viktor cracha fila droit en direction de Sergueï. Elle manqua le cœur et frappa un peu plus haut. Brisant la clavicule, elle perfora l'épaule et ressortit par l'omoplate avant de finir sa course dans la bibliothèque, stoppée net entre les pages d'une ancienne édition d'*Othello*. Le choc déstabilisa le narcotrafiquant et dévia son tir. Au lieu d'exploser le crâne de Debailly, le coup de feu lui trancha la joue et lui arracha l'oreille droite, tandis qu'un tir croisé lui explosa la rotule gauche. Désarticulé, il bascula et en tombant sa mâchoire se fracassa sur le dossier d'une chaise. À terre, il cracha dans un hoquet un magma sanglant de dents cassées avant de perdre connaissance.

Au mépris du déluge de plomb, Viktor sauta par-dessus la table, asséna un puissant coup de crosse dans la tempe de Sergueï, qui tomba à la renverse. Avant qu'il ne puisse répliquer, Viktor lui écrasa le coude pour l'immobiliser et lui tira dans le poignet à bout portant. La main qui tenait l'arme n'était plus rattachée à l'avant-bras que par quelques tendons sanguinolents. Viktor se baissa jusqu'à poser la gueule de son flingue brûlant sur le front de Sergueï qui serrait les dents de rage et de douleur. De sa seule main valide, le mafieux agrippa le bras vengeur, tentant de dégager l'arme qui le clouait au sol, en vain.

— En souvenir du bon vieux temps, lâcha Viktor en pressant sur la queue de la détente.

La cartouche sortit du canon à quatre cents mètres par seconde, traversa le grand salon dans sa plus grande diagonale avant de perforer l'arrière de la boîte crânienne, massacrant une à une les fonctions cérébrales pour s'arrêter, encore brûlante, dans le lobe frontal. Dans le cou de Viktor, le tatouage de serpent ne palpitait plus, son regard de glace se voila de ténèbres. Son doigt relâcha la pression sur la détente, laissant échapper une vengeance si longtemps attendue, puis son corps s'affala de tout son poids sur une ordure agonisante, mais encore vivante.

D'un coup d'épaule et d'un mouvement de hanche,

Sergueï réussit à faire basculer le cadavre sur le côté. Un sourire cynique plaqué sur sa face, il cracha au visage de celui qui, un instant plus tôt, avait eu l'audace de croire qu'il pouvait l'abattre. C'est à cet instant précis que le destin, matérialisé sous la forme d'une balle perdue, décida de rétablir la balance : sa jugulaire transpercée de part en part projeta une gerbe de sang sur plusieurs mètres. Affolé, paniqué, il tenta d'endiguer le torrent d'hémoglobine en plaquant maladroitement ses doigts sur la plaie, mais sa propre vie s'écoula entre ses doigts, si vite qu'il eut à peine le temps de réaliser. La dernière image que son cerveau imprima fut le visage de Viktor.

De son côté, Dimitri, recroquevillé dans un recoin, comptait les secondes dans cet enfer où le sang et la fureur semblaient avoir stoppé le temps.

Les corps tombaient sous le feu nourri ou rongés de l'intérieur par la drogue trafiquée qu'ils s'étaient envoyée.

Tassés tous les trois derrière leur refuge précaire, Célia, Chloé et Maxime ne pouvaient battre en retraite. À quatre mètres devant eux, les bottes de l'homme qui les avait surpris dans la cuisine dépassaient de la double porte vitrée dont les petits carreaux avaient explosé en une pluie de débris tranchants.

Un mercenaire agonisant rampa sur quelques mètres en direction de la sortie, laissant derrière lui une traînée rougeâtre. De ses yeux s'écoulaient des larmes de sang. Son regard croisa celui de Chloé avant qu'une balle ne mette fin à ses souffrances. Sa tête cogna le parquet, lourde comme une boule de bowling.

Peu à peu, les coups de feu s'espacèrent et les ripostes devinrent moins virulentes.

Quand Chloé se tourna vers Maxime, il comprit de suite ce qu'elle s'apprêtait à faire. Il secoua la tête de gauche à droite pour l'en dissuader, mais trop tard. Elle s'élançait déjà vers le cadavre qui venait d'échouer devant eux. Son but : récupérer le pistolet encore empoigné par le mercenaire. En forçant sur les phalanges tétanisées, elle parvint à se saisir de l'arme.

Les tirs cessèrent faute de combattants.

Allongé sur le dos sur un lit de gravats et de poussière, les deux mains crispées sur la crosse de son flingue, William Laval retenait son souffle après avoir abattu le dernier homme du clan de Sergueï. En trois mouvements rapides, il remplaça son chargeur et fit monter une nouvelle balle dans le canon brûlant. Le plus discrètement possible, il se releva et embrassa du regard le champ de ruines jonché de cadavres. L'odeur de poudre lui brûlait la gorge et ses tympans meurtris hurlaient comme des damnés. Il aperçut Dimitri, mains sur la tête, qui regardait dans sa direction, toujours en vie. Son antidote avait donc bien fonctionné, qu'importe, il n'aurait pas eu à s'en servir. D'un bond, Laval fondit sur la mallette, l'attrapa au vol, contourna la table et se retrouva face à Dimitri.

— Tes problèmes viennent d'être réglés, on est quittes, lâcha Laval avant de tourner les talons.

— Non ! Ce n'étaient pas les termes de notre accord, s'insurgea Dimitri en se relevant aussi vite qu'un diable jaillit de sa boîte.

Laval s'arrêta net, stoppé dans son élan, puis se retourna en regardant Dimitri droit dans les yeux.

— Tu t'attendais à quoi ? Que je t'offre un billet de retour ?

Les mâchoires serrées, Dimitri encaissa.

— J'ai pris des risques pour vous.

— Et ça a payé, Sergueï est mort, ta famille ne craint plus rien et, cerise sur le gâteau, tu es en vie. Mais si tu continues à me faire chier, ça risque de ne pas durer. Alors ?

Abattu par la trahison, Dimitri baissa les yeux jusqu'à ce que son regard vienne se poser sur le bout de ses chaussures.

Satisfait, Laval l'abandonna et fonça vers la sortie. Quand tout à coup une ombre surgit dans son champ de vision. Sans même chercher à comprendre la nature de la menace, Laval fit feu, à l'instinct. Touchée à l'abdomen, la silhouette recula d'un mètre sous l'impact avant de tomber à la renverse et de lâcher son arme.

51

— Chloé !

Sans que Maxime puisse faire quoi que ce soit pour la retenir, Célia franchit en trois enjambées l'espace qui la séparait du corps de son amie. D'un rapide coup d'œil, elle tenta d'évaluer sa blessure : sur son flanc gauche, un liquide sombre et visqueux se répandait inexorablement entre les fibres de son tee-shirt, au centre un bourgeon de chair marquait le point d'entrée de la balle. Impossible de savoir si elle était ressortie ni quels dégâts elle avait pu causer. Les yeux de Chloé clignèrent plusieurs fois dans le vide, puis elle releva la tête avec difficulté et se raccrocha au regard de Célia. Les deux femmes restèrent suspendues un instant à ce prologue silencieux, mais avant qu'elles n'aient pu prononcer le moindre mot, Célia sentit le canon d'une arme se poser sur sa nuque.

— Debout !

Le ton glacial l'incita à obéir sans opposer de résistance. Célia se releva, lentement. Son regard se détacha de Chloé et se reporta sur Maxime. Impuissant, il assistait à la scène tout en lorgnant l'arme récupérée par Chloé. À peine deux mètres le séparaient du pistolet.

— Fais pas le con ou j'la bute ! tonna Laval à Maxime.

Maxime leva les mains en l'air, en aucun cas, il ne voulait tenter le diable.

— Bien, tu vas faire glisser le flingue dans ma direction, mais pas de gestes brusques. Compris ?

D'un hochement de tête, Maxime acquiesça. Il avança de quelques pas puis, d'un coup de pied, envoya l'arme vers Laval qui la stoppa avec la semelle de sa chaussure. Sans baisser la garde, il s'accroupit, la ramassa et la cala dans la ceinture son pantalon.

— Très bien, lâcha Laval à l'intention de Maxime.

Puis il se pencha vers Célia.

— Toi, tu vas venir avec moi, lui susurra-t-il à l'oreille.

Une ombre passa sur le visage de Célia et Maxime comprit de suite ce qui se passait.

Laval et son otage se dirigèrent à reculons vers la sortie du grand salon, ou du moins de ce qu'il en restait. De son regard féroce, il scrutait tour à tour Maxime, Chloé et Dimitri, s'assurant qu'il ne leur prenne pas l'envie subite de jouer les héros.

En passant à côté du mercenaire russe dont le corps gisait à cheval sur le seuil de la double porte, Laval récupéra le fusil d'assaut.

Sitôt Laval et Célia sortis, Dimitri se précipita vers Chloé.

— Je peux regarder ?

— Parce qu'en plus d'être chimiste, tu es aussi toubib ? demanda-t-elle, une lueur taquine dans les yeux.

— On m'appelle « le boucher de Moscou », déclara-t-il en forçant son accent slave et en fronçant les sourcils.

Un début de sourire éclaira le visage de Chloé avant

qu'une grimace de douleur ne lui déforme les traits. Sans chercher à comprendre d'où Chloé connaissait cet homme-là, Maxime s'agenouilla auprès d'elle, lui passa une main sous la nuque et posa l'autre sur son épaule.

Sans attendre son approbation, Dimitri releva le pan de tee-shirt imbibé de sang avec la plus grande délicatesse. Il examina la plaie qui saignait encore, puis se pencha, la joue collée au sol pour vérifier si la balle était ressortie.

Le dernier lustre à être encore accroché au plafond peinait à éclairer toute la salle. Une de ses ampoules clignotait de façon erratique et oppressante.

Lorsqu'il se releva, Maxime l'interrogea du regard.

— La balle a traversé, elle n'est plus dans le corps, ce qui est une bonne chose, mais je ne peux rien dire de plus.

Soudain, des rafales d'AK-47 crépitèrent dans la nuit.

— Célia ! s'écria Maxime avant d'abandonner Chloé et Dimitri et de se ruer vers les fenêtres.

Sur le parking, Laval tirait sur tous les véhicules qu'il croisait. La tête baissée, les mains plaquées sur les oreilles, Célia avançait deux mètres devant lui, sans chercher à se retourner. Visiblement terrorisée, elle sursautait à chaque rafale. Les balles fusaient, crevant les pneus, trouant les réservoirs et explosant la mécanique. À l'exception du Range Rover, vers lequel ils se dirigeaient, toutes les autres voitures étaient désormais hors service. D'un geste vif, Laval ouvrit le coffre et força Célia à y monter. De là où il était, Maxime ne put que deviner leur échange : un ordre, une prière et un coffre qui claque. D'un pas rapide, Laval alla ouvrir la portière côté conducteur, balança la mallette sur le siège passager, puis se retourna vers le manoir et vida son chargeur en trois salves rageuses. Maxime eut à peine le temps de se jeter au sol sous une pluie d'éclats de verre.

Lorsqu'il se releva, la lueur rouge des feux arrière du 4 × 4 disparaissait dans l'allée, happée par la nuit.

52

— Ça va ? demanda Maxime en se retournant.

Pour protéger Chloé, Dimitri s'était penché sur elle, se servant de son propre corps comme bouclier. En se relevant, des débris de verre glissèrent de son dos. Il échangea un regard avec Chloé, qui acquiesça en secouant la tête.

— Oui ça va, mais il faudrait l'emmener à l'hôpital rapidement, insista Dimitri.

— Je veux bien, mais toutes les bagnoles sont HS. La seule option serait de rejoindre la fourgonnette que l'on a planquée dans les bois.

Les deux hommes échangèrent un regard inquiet.

— Non, laissez tomber, c'est trop loin, je n'y arriverai pas, trancha Chloé. Trouvez un téléphone en état de marche, le mien est foutu, et appelez les secours, qu'ils envoient une ambulance me chercher.

Maxime et Dimitri approuvèrent d'un hochement de tête.

— On va commencer par lui, suggéra Dimitri en pointant du menton le corps de Sergueï.

Dans la seconde suivante, quatre mains palpèrent le cadavre du trafiquant jusqu'à y dénicher un smartphone. Mais l'écran brisé ne laissait que peu d'espoir sur sa capacité à émettre un appel, même d'urgence. Un appui long sur le bouton « marche » le leur confirma.

Tandis que Dimitri se dirigeait déjà vers le cadavre le plus proche, Maxime sauta par-dessus la table et se mit à fouiller un autre corps.

Tout à coup, l'homme à qui il faisait les poches se releva brusquement vers Maxime. Son visage était couvert de sang et sa mâchoire disloquée pendait sur le côté. Ses yeux de dément, injectés de sang, semblaient vouloir s'extraire seuls de leurs orbites. L'homme s'agrippa au col de Maxime et poussa un long râle rauque qui se termina dans un chuintement caverneux.

— Putain ! Il est vivant ! s'écria Maxime en s'écartant d'un bond en arrière.

Dimitri récupéra une arme au sol, s'approcha et colla le canon contre le crâne du moribond.

— C'est Jean-Marc Debailly, une ordure de la même espèce que Sergueï.

— Le PDG ?

— Oui. C'est vrai que d'habitude, il a plus fière allure.

Tout en maintenant son arme braquée, Dimitri s'accroupit et planta son regard dans les yeux de celui qui quelques heures plus tôt n'avait même pas daigné lui adresser la parole.

— Ton téléphone, et vite !

En tremblant, Debailly ramena sa main droite contre son torse. Sans lui laisser le temps de finir son geste, Dimitri lui écarta le bras d'une claque et fouilla à sa place dans la poche intérieure de sa veste.

— Il marche, confirma Dimitri en vérifiant l'écran de l'iPhone. Maintenant, déverrouille-le, ordonna-t-il.

Sans opposer de résistance, Debailly récupéra son

portable. L'arrogance du président s'était volatilisée, l'armure du pouvoir s'était disloquée, il ne restait plus qu'une enveloppe corporelle vide qui flottait entre la vie et la mort. La partie était perdue, les conséquences de cette soirée auraient des répercussions semblables au pire des tsunamis. Son empire s'en remettrait-il ? Peu importe, tout cela n'avait plus d'importance, plus rien n'avait d'importance. Ses doigts effleurèrent à six reprises le pavé numérique dans un ordre qui n'échappa pas à Dimitri. Dès que les icônes apparurent, le téléphone changea de main.

— OK, j'appelle les secours, dit Dimitri en se relevant.

Maxime revint aux côtés de Chloé qui avait réussi à se traîner contre le pied d'une table. Assise, la tête calée en arrière, elle comprimait sa blessure de la main gauche.

— Il faut que tu la sortes de là, Maxime, souffla Chloé.

Un sourire triste se dessina sur le visage de Maxime.

— Comment veux-tu faire ? On ne sait même pas où ce type l'a emmenée.

En raccrochant, Dimitri vint se mêler à la conversation.

— Une ambulance est en route, elle ne devrait pas tarder, annonça-t-il à Chloé qui le remercia en hochant la tête.

— J'ai entendu ce que vous disiez, poursuivit Dimitri. Le type qui a pris votre copine en otage s'appelle William Laval et je pense savoir où il va.

Une seconde de flottement s'installa le temps que

Chloé et Maxime réalisent ce que venait de leur annoncer le chimiste.

— Eh bien ! Qu'est-ce que vous foutez encore là ? s'emporta Chloé.

— Et toi ? l'interrogea Maxime en haussant les sourcils.

— Vous ne pouvez rien faire de plus pour moi et je ne peux pas venir avec vous. Les secours arrivent, tout ira bien. Alors, restez pas plantés là, foncez !

Maxime et Dimitri approuvèrent de concert. D'un même élan, ils se relevèrent et foncèrent vers le couloir.

— Maxime ! Attends !

Sous l'œil interrogateur de Dimitri, Maxime fit demi-tour et revint s'accroupir auprès de Chloé.

— Oui ?

— Tiens, prends ça, on ne sait jamais, dit-elle en lui tendant son couteau à cran d'arrêt.

53

Le grondement du moteur, le bruit des pneus mordant l'asphalte trempé, les changements de rapport et les virages que le 4 × 4 enchaînait étaient les seuls repères auxquels Célia pouvait se raccrocher, sans qu'elle puisse en déduire quoi que ce soit sur leur destination. La noirceur du coffre lui évoquait celle d'une tombe, mais elle se refusait à ce que cette image vienne la parasiter. Elle devait garder les idées claires et ne pas se laisser polluer par ce genre de pensées. Si l'homme qui l'avait prise en otage avait voulu se débarrasser d'elle, il aurait pu l'abattre sur le parking, mais il l'avait gardée en vie et il y avait forcément une raison à cela. Les traits de son ravisseur se réimprimèrent sur sa rétine. Le seul instant où elle avait pu apercevoir distinctement son visage fut le moment où il l'avait forcée à grimper dans le coffre, juste avant qu'il ne le referme. Une certitude s'était imposée : elle le connaissait, elle avait déjà vu sa tête. Elle fit défiler mentalement toutes les identités qu'elle avait épluchées durant ces dernières semaines. Et, comme lorsque l'on entrevoit une image fugace entre les pages d'un catalogue que l'on tourne trop vite, elle stoppa son énumération pour revenir un peu en arrière : William Laval. C'était lui, elle en mettrait sa main à couper. Le responsable de la sécurité de GenoTechPharma.

Une secousse violente et un brusque changement de direction l'envoyèrent valser sur le côté. À en croire les vibrations et les nombreux nids-de-poule, ils venaient de quitter la route et roulaient à présent sur un chemin de terre. Leur destination était proche. Le cœur de Célia se mit à cogner plus fort dans sa poitrine.

Dix minutes plus tard, le Range Rover pila et le moteur se tut. Laval, qui n'avait pas prononcé un mot durant tout le trajet, quitta l'habitacle et claqua sa portière. Suspendue à ses bruits de pas, Célia retint sa respiration. Il arriva à l'arrière du véhicule, puis continua sans s'arrêter. Surprise par ce sursis de dernière minute, elle tendit l'oreille, mais le cocon de moquette dans lequel elle était prisonnière étouffait tous les sons. Une minute plus tard, elle crut discerner le grincement d'une porte, puis de longues minutes s'écoulèrent sans qu'aucun autre bruit lui parvienne.

Tout à coup, le coffre ouvrit sa gueule en grand.

— Sors de là, somma Laval en pointant un pistolet dans sa direction.

Ankylosée par sa position inconfortable, Célia s'extirpa du véhicule avec difficulté. Une fois les deux pieds posés à terre, d'un coup d'œil rapide, elle embrassa le paysage. Face à elle une vieille bicoque en bois dont la porte entrouverte laissait filtrer une lumière timide, sur sa gauche les eaux étales d'un étang qui ne reflétaient que les ténèbres. Partout autour, la forêt, noire, inhospitalière.

— Avance ! gronda Laval en pointant la baraque du bout de son flingue.

À l'intérieur, une table, trois chaises dépareillées et quelques meubles fatigués se partageaient l'espace. Au fond de la pièce, juste à côté d'un sofa défoncé dont le tissu élimé laissait entrevoir par endroits une mousse jaunâtre, une trappe ouverte sur les premières marches d'un escalier en pierre qui plongeait à pic dans l'obscurité d'une cave.

Laval sortit de sa poche un serflex, empoigna Célia par un bras et la plaqua contre un des deux poteaux en bois qui soutenaient le toit. Il lui passa les poignets dans le collier de serrage en plastique et tira jusqu'à ce que le lien s'enfonce dans la chair. Célia grimaça de douleur.

— On va discuter un peu tous les deux, annonça Laval en repassant devant Célia. Il se trouve que j'ai des questions à te poser et que je suis de nature curieuse. Tu crois aux signes ? demanda-t-il soudain en pivotant vers Célia.

La question était rhétorique, Célia le laissa continuer, sans répondre.

— Si je ne t'avais pas recroisée, j'aurais mis ma curiosité de côté. Mais il a fallu que tu surgisses devant moi pile quand je sortais. Selon moi, ce ne pouvait être qu'un signe et il faut toujours être attentif aux signes.

Laval se mit à palper les poches de son pantalon, il récupéra au fond de celle de droite un briquet.

— Tu sais que toi et ton copain le geek, vous avez foutu un beau bordel ? Enfin, je ne sais pas si l'on peut parler de copain, car de ce que l'on m'a rapporté, il t'a vite balancée. Il pensait peut-être s'en tirer en coopérant. C'est con, on n'aime pas les balances.

Le visage de Célia se décomposa.

— Qu'avez-vous fait à Arthur ?

— Moi ? Rien, j'ai l'habitude de sous-traiter.

— Espèce de salaud ! cracha Célia entre ses dents.

Laval fit riper son pouce sur la pierre de son briquet, puis observa un instant la flamme qui dansait devant ses yeux.

— On me l'a déjà dit, oui.

Laval rempocha son briquet, puis se dirigea vers le fond de la pièce, hors de la vue de Célia. Un bruit sourd et métallique résonna entre les quatre murs de la vieille baraque, avant qu'un couinement semblable à un chariot que l'on tire ne se fasse entendre à son tour.

Lorsque Laval revint dans son champ de vision, Célia reconnut de suite ce qu'il traînait derrière lui : un poste à souder.

— Comme je n'ai pas de temps à perdre, je vais te poser la question une seule fois, avertit-il en se saisissant du chalumeau et en manipulant les détendeurs placés au-dessus des deux bouteilles de gaz. Ta réponse a intérêt à être convaincante.

Une grande flamme de couleur jaune jaillit de la buse en crachotant. Laval tourna une molette et elle se transforma progressivement en une petite lance bleutée dont la température grimpa jusqu'à avoisiner les trois mille degrés.

Quand il pivota vers Célia, une lueur mauvaise scintilla dans ses yeux.

— Maintenant tu vas me dire pour qui tu bosses.

— Mais pour personne, jura Célia d'une voix tremblotante.

— Je t'avais prévenue, gronda Laval en approchant la flamme du ventre de Célia.

— Lena ! Je cherchais juste à retrouver ma sœur Lena ! hurla Célia en sanglotant.

Laval suspendit son geste et d'un hochement de tête l'invita à poursuivre.

— Ma sœur a disparu depuis plus d'un an et demi. La dernière fois qu'elle a été vue, c'était le 22 décembre 2016. Elle faisait un extra en tant que serveuse lors d'une grande réception qui se déroulait au manoir de Debailly. Mais ça fait des mois que l'enquête n'avance pas, que personne n'arrive à auditionner les responsables de cette foutue multinationale et que tout ce que les flics ont, c'est un témoignage bancal qui les oriente dans une mauvaise direction. Au bout d'un an, on m'a demandé si j'avais besoin d'un certificat de « vaines recherches » en me précisant bien que l'enquête ne s'arrêtait pas pour autant. Vaines recherches, alors que la moitié de l'enquête avait été bâclée ! Qu'aucune piste sérieuse n'avait vraiment été exploitée ! J'ai compris à ce moment-là que si je voulais que ça avance, il fallait que je m'en occupe moi-même.

Célia avait tout lâché d'un coup, sans même reprendre sa respiration.

La flamme du chalumeau s'écarta, elle s'orienta vers le sol et s'étouffa lorsque Laval coupa l'arrivée d'oxygène.

Comme si l'on venait de lui asséner une gifle, Laval recula d'un pas et dévisagea cette inconnue qui lui racontait une histoire dont il connaissait déjà la fin. Célia reprit son souffle et enchaîna.

— J'ai demandé aux flics la liste des invités à la soirée, mais ils ont toujours trouvé un bon prétexte pour ne pas me la transmettre. J'ai donc décidé de l'obtenir par moi-même. Pour y arriver, il me fallait trouver un moyen de fouiller sur le réseau de GenoTechPharma. J'ai commencé par faire un premier repérage dans le hall de la tour, mais j'ai vite compris qu'il était impossible d'accéder aux étages sans badge. J'ai rapidement écarté l'idée d'en subtiliser un à un employé, car une fois déclaré volé ou perdu par son propriétaire, le badge devait être vite désactivé.

Sans la couper dans son élan, Laval acquiesça en hochant la tête, un demi-sourire en coin.

— Cela ne me laisserait jamais assez de temps pour agir, d'autant plus que je n'avais aucune idée d'où aller, à quel étage me rendre, etc. Alors je me suis mise à épier les allées et venues de tous ceux qui entraient dans la tour, en espérant trouver une solution à mon problème. Et puis, une nuit, j'ai vu la fourgonnette de l'entreprise de nettoyage qui s'occupe de vos bureaux. C'était la solution idéale. Si je voulais entrer sans être inquiétée, il fallait que je devienne une employée, ou plus exactement que je fasse partie de la liste des prestataires autorisés à pénétrer dans les locaux de GenoTechPharma. Et pour ça, quoi de mieux que le poste de femme de ménage ?

Célia sentait que Laval l'écoutait attentivement, comme s'il cherchait dans son récit les pièces manquantes d'un puzzle qu'il n'était pas parvenu à compléter lui-même. Elle n'attendit pas sa permission pour continuer.

— J'ai pris contact avec l'ex de Lena, Arthur…

Lorsqu'elle prononça ce prénom, elle réprima un sanglot. Arthur était mort par sa faute. Elle se mordit la lèvre inférieure, pour ne pas fondre en larmes devant l'homme qui avait ordonné son exécution.

— Arthur était un surdoué en informatique, poursuivit-elle en s'étranglant presque lorsqu'elle utilisa le passé. Je lui ai expliqué mon plan et il a de suite accepté de m'aider. Grâce au darknet, il m'a fabriqué une fausse identité et m'a procuré les faux papiers nécessaires pour que je me fasse embaucher.

Le darknet, cet Internet parallèle qui passe sous les radars, où l'anonymat est roi, où tout s'achète et tout se vend sans qu'aucune autorité puisse y avoir le moindre contrôle. La cyber-antre de toutes les déviances de l'humanité.

— Et c'est comme ça qu'est née Camille Junel, intervint Laval qui s'était appuyé sur le dossier d'une chaise.

— Oui, confirma Célia. Puis Arthur s'est lancé dans la programmation d'un cheval de Troie, un logiciel espion qui passerait inaperçu à condition qu'on l'injecte au cœur du réseau. Tout ce que j'aurais à faire, c'était brancher une clé USB sur un des ordinateurs reliés au système, le programme ferait le reste. Il se propagerait partout, sur toutes les machines connectées, ordinateurs, serveurs, téléphones portables, puis il enverrait tout ce qu'il collecterait vers une machine à l'extérieur de l'entreprise. En attendant que le cheval de Troie soit prêt, il fallait que je puisse explorer vos bureaux et savoir quel ordinateur ferait office de porte d'entrée. Le plus long n'a pas été de me faire embaucher chez Clean Service, mais de parvenir à me faire affecter dans la bonne équipe. Quand Arthur m'a donné la clé USB, il ne me restait plus qu'à trouver le bon moment pour agir.

Cette fois, Célia vit que Laval attendait la suite avec impatience.

— Une nuit, ma collègue Chloé, responsable de l'équipe, n'est pas venue travailler et j'en ai profité.

Durant une fraction de seconde, Célia revit le corps de son amie basculer en arrière, le sang qui imbibait son tee-shirt, puis le regard de Chloé, son sourire qui pardonne, qui absout, qui comprend sans qu'on le lui explique.

Un océan d'émotions submergea Célia et sur ses joues se mirent à rouler des larmes.

— Mais rien ne s'est déroulé comme prévu, avoua Célia en sanglotant. J'ai failli me faire surprendre par une collègue et j'ai dû laisser la clé USB branchée. Je n'ai pas pu la récupérer ensuite. Quand il l'a appris, Arthur a voulu tout arrêter et détruire le serveur qui stockait les fichiers envoyés par son programme. Je l'ai supplié de ne pas le faire et de vérifier dans ce que nous avions déjà collecté s'il y avait la liste des invités. Il a fini par accepter et s'est mis à parcourir la masse de données volées, ça représentait des milliers de fichiers de toutes sortes. Le lendemain, il m'a téléphoné, affolé, en me disant qu'il était tombé sur une série de photos qui, *a priori*, n'avait rien à faire là.

Sur plusieurs clichés, il avait reconnu Lena. Elle était à moitié nue, le regard vide, et elle se laissait tripoter par des types en costard. J'ai demandé à Arthur s'il y avait un moyen de savoir où cela s'était passé. D'après ce que j'ai retenu de ses explications, chaque photo numérique stocke, en plus de l'image elle-même, des métadonnées : date, heure, marque de l'appareil photo, et dans le cas d'un téléphone portable, cela peut aller jusqu'aux coordonnées GPS…

Laval observait Célia. Sous la lumière pâle de l'unique ampoule de la pièce, une lueur mauvaise traversa son regard.

— Les photos de Lena ont été prises dans la nuit du 22 au 23 décembre 2016, lors de la soirée qui se déroulait au manoir de Jean-Marc Debailly. Contrairement à ce que les flics disaient, ma sœur n'a jamais quitté cette soirée, conclut-elle d'une voix blanche. Arthur a fait une copie des données sur une clé USB et il l'a déposée dans ma boîte aux lettres pour que je puisse vérifier par moi-même. Il ne s'était pas trompé, c'était bien Lena sur les photos.

Seule la respiration saccadée de Célia heurtait le silence qui résonnait entre les murs de la vieille bicoque.

— Je me souviens de ta sœur comme si c'était hier, annonça Laval de but en blanc.

Le souffle coupé comme si elle venait de recevoir un coup de poing dans l'estomac, Célia releva la tête vers Laval.

— Elle était d'une beauté rare…

— Vous savez où est ma sœur ? le coupa Célia estomaquée.

— Oui, je le sais. Je suis même le seul à le savoir. Pour tout te dire, c'est même elle qui m'a décidé à agir.

— Je n'y comprends rien, avoua Célia perdue par les propos de Laval.

— Parce que tu ne connais pas toute l'histoire. Après tout ce que tu as entrepris pour retrouver sa trace, je peux bien te fournir quelques explications.

Les lattes vermoulues du plancher se mirent à craquer lorsque Laval commença à faire les cent pas.

— Lors de cette soirée du 22 décembre, des invités surprises se sont mêlés à la fête. Le genre d'invités que personne ne souhaite voir débarquer à l'improviste. Ce soir-là, Sergueï et trois de ses lieutenants se sont pointés pour discuter business avec Debailly. En plus de fixer eux-mêmes la date et l'heure du rendez-vous, ces messieurs ont eu le bon goût de venir accompagnés de deux putes de l'Est. Debailly était fou de rage, mais après tout, c'était bien fait pour sa gueule. On ne traite pas avec un baron de la drogue comme on traite avec un simple fournisseur. Les trafiquants et leurs copines ont été mis à l'écart des invités et les tractations ont pu commencer. Si Sergueï a agi comme ça, c'est qu'il voulait mettre à l'épreuve Debailly, voir comment il réagissait au stress et évaluer la façon dont nous étions capables de gérer des situations borderline. Un homme de son envergure ne prend pas de risques et ne négocie qu'avec ceux qui ont assez de couilles pour le faire.

— Je ne comprends pas ce que vient faire Lena là-dedans ! le coupa Célia.

— J'y viens, rétorqua Laval sur un ton sec et cassant qui fit regretter à Célia son interruption. Quand ils ont eu fini de parlementer, plusieurs types de drogue ont fait leur apparition. Les mélanges se sont succédé jusqu'à ce que Sergueï et sa bande deviennent aussi instables que des barils de nitroglycérine. Ils se sont mis à exiger plus d'alcool et surtout plus de filles. Manque de chance pour ta sœur, un des mafieux l'avait repérée quand ils sont arrivés.

Une cascade d'eau glacée déferla sur Célia.

— Debailly n'a pas eu d'autre choix que d'obtempérer. On s'est débrouillés pour que ta sœur absorbe du GHB, puis on lui a trouvé une tenue plus affriolante et on l'a invitée à nous rejoindre.

— Vous l'avez invitée à vous rejoindre ? Bande de porcs ! cracha Célia ulcérée par ces paroles abjectes.

Laval enserra le cou de Célia d'une poigne de fer et lui plaqua la tête contre le poteau.

— Et tu ne sais pas encore le meilleur, siffla-t-il entre ses dents. Ta sœur s'est bien sagement pliée à toutes les perversités de nos hôtes et je te mentirais si je te disais que j'en ai pas moi-même profité. Une vraie petite pute, ajouta-t-il dans un sourire obscène.

Un flot de bile remonta dans la gorge de Célia. Elle voulait hurler, griffer, frapper ce monstre qui prenait plaisir à lui faire revivre le calvaire de Lena. Le faire taire à tout jamais en lui infligeant d'infinies souffrances, mais plus que tout, elle voulait savoir ce qu'il était advenu de sa sœur après cette soirée sordide. Alors elle se tut et ferma les yeux, se résignant à encaisser la suite.

Laval relâcha son étreinte et continua, un ton en dessous, comme si pour lui non plus la suite n'avait pas été une partie de plaisir.

— Avec toutes les drogues qu'on l'avait forcée à prendre, ta sœur a fini par faire un malaise, à la limite de l'overdose. Overdose ou pas, il était hors de question de la laisser partir. Comme d'habitude, Debailly m'a demandé de régler le problème. J'ai donc chargé le corps de ta sœur dans le coffre de sa voiture, j'ai pris le volant et je suis venu ici. Sur la route, il y a plusieurs radars, dont un qui flashe par l'arrière. En passant devant, j'ai accéléré jusqu'à dépasser la limitation. Ça prouverait que ta frangine avait bien quitté la soirée et ça éloignerait les flics, du moins le temps que l'on s'organise et que l'on explique gentiment à leur hiérarchie que GenoTechPharma ne souhaitait pas être importuné par cette enquête. Arrivé ici, j'ai balancé la bagnole dans l'étang…

Laval fit quelques pas en direction de la fenêtre, les épaules basses, il laissa son regard vagabonder à la surface des eaux noires.

— La voiture n'a pas coulé de suite et ta sœur s'est mise à hurler. Je les entends encore, ces putains de cris.

Célia imaginait les dernières secondes de vie de Lena, sa peur, ses appels au secours, enfermée dans son cercueil de tôle. Tuée, sacrifiée, par ces monstres. Cette injustice lui vrillait l'estomac, mais il manquait encore un dernier détail, une dernière zone d'ombre à éclaircir.

— Et les photos ? Qui les a prises ? demanda-t-elle d'une voix à peine audible.

Laval se retourna vers Célia et la dévisagea comme si la force des souvenirs lui avait fait oublier qu'il n'était pas seul.

— Les photos, c'était ma porte de sortie. Un moyen de pression contre Debailly au cas où il lui viendrait l'idée de se passer de mes services. Mais après l'épisode de ta sœur, je me suis dit que les choses étaient allées beaucoup trop loin, que j'en savais trop et qu'un de ces jours, moi aussi, je finirais au fond d'un étang ou coulé dans une dalle de béton. Alors j'ai modifié mes plans. Au lieu d'obtenir un simple sursis, je me suis dit qu'il fallait que je change de vie, que je m'éloigne de toute cette merde et que je disparaisse une bonne fois pour toutes en faisant place nette derrière moi. Mais pour ça, j'avais besoin de pognon, beaucoup de pognon. J'ai donc œuvré en silence comme un bon petit soldat pour que la transaction avec Sergueï arrive à son terme, car je comptais me servir le moment venu. Mais quand ton copain et toi, vous avez piraté notre réseau informatique, j'ai bien cru que tout allait foirer. Nous n'avions aucune idée de l'ampleur de l'attaque, ni de quels fichiers avaient été consultés ou volés, mais en aucun cas il ne fallait que ça s'ébruite. Quand ce matin-là, je suis entré dans la tour, votre programme était encore actif et comme je n'avais pas effacé les photos de mon téléphone, vous les avez récupérées.

Laval s'était rapproché de Célia. De l'index, il lui releva le menton, l'obligeant à soutenir son regard. Dans ses prunelles dilatées dansaient toutes les flammes de l'enfer.

— Assez bavassé. Comme je suis un homme de

principe et que je suis pour le rapprochement familial, je vais t'emmener rejoindre ta sœur.

— Non, non, arrêtez, ne faites pas ça ! Je vous en prie !

Célia tira de toutes ses forces sur ses poignets, mais le serflex ne lâcha pas un millimètre de mou. Au contraire, il s'enfonça encore un peu plus dans ses chairs déjà suppliciées.

Une gifle puissante lui dévissa la tête et elle tomba à genoux, sonnée, les bras toujours retenus en arrière.

À l'aide d'un couteau, Laval sectionna le collier en plastique et le corps de Célia s'affala au sol, sans résistance.

54

Moteur en surrégime, rapports poussés à fond, la fourgonnette Clean Service fonçait à tombeau ouvert. Accroché au volant, les yeux rivés à la route qui défilait tel un interminable mamba noir aux écailles luisantes, Maxime suivait à la lettre les instructions que Dimitri lui dictait.

— Prochain carrefour à gauche.

L'interface du GPS récupéré dans un SUV des trafiquants était en russe, ce qui ne posait aucun problème à Dimitri. Avant de quitter le manoir, il avait parcouru la carte de la région grâce à l'écran tactile, puis avait sélectionné un point et lancé le calcul de l'itinéraire.

— J'espère que tu ne te trompes pas.

— On va croire en notre étoile.

Dans un crissement de pneus, la fourgonnette vira à gauche, envoyant valdinguer le matériel et les produits ménagers qui se trouvaient à l'arrière. D'un contre-braquage habile, Maxime rétablit la bonne trajectoire.

Depuis un moment une question lui trottait dans la tête, il se décida enfin à la formuler à voix haute.

— Tout à l'heure, juste avant que la fusillade n'éclate, des types sont tombés comme des mouches…

Dimitri acquiesça en silence, il se doutait que la question finirait par arriver.

— Tu sais ce qu'il s'est passé ?

— Oui, c'est à cause de moi si ces personnes sont mortes, avoua Dimitri à voix basse.

Maxime quitta la route des yeux un instant pour observer Dimitri qui semblait tout à coup avoir pris dix ans de plus.

— J'ai modifié la composition de la drogue pour la transformer en un cocktail mortel. Une sorte de neurotoxique qui agirait à retardement. Lorsqu'on l'ingère, les premiers effets sont exactement les mêmes que ceux de la formule initiale, c'est la raison pour laquelle personne ne l'a détecté. Dans un premier temps du moins. Au bout d'une dizaine de minutes, le cerveau se met à envoyer des signaux contradictoires à tous les organes vitaux, de graves lésions se forment sur les muqueuses, s'ensuivent d'abondants saignements. La mort survient ensuite dans un temps relativement court. Maintenant, j'imagine que ta prochaine question est : pourquoi ?

Sans attendre de réponse, Dimitri continua sur sa lancée.

— Si je disais que je n'avais pas le choix, ce serait mentir. On a toujours le choix, mais parfois, on a beau tourner le problème dans tous les sens, envisager toutes les solutions, aucune n'est sans conséquence. Alors, j'ai choisi. J'ai choisi d'écouter ce William Laval, j'ai choisi de sauver ma femme et mon fils au détriment des vies des crapules qui depuis des années se servaient de moi et, par-dessus tout, j'espérais pouvoir enfin être libre. Bien naïvement, j'ai cru au plan imaginé par Laval, mais encore une fois je n'ai été rien de plus qu'un pion sur un échiquier, une quantité négligeable que l'on n'hésite pas à sacrifier le moment venu.

D'un coup d'œil rapide sur le GPS, Maxime vit qu'il fallait bifurquer à la prochaine à droite. Il rétrograda, vira de bord et enchaîna sur une autre question.

— Tu parles de drogue depuis tout à l'heure, mais que vient faire GenoTechPharma là-dedans ?

— Faire toujours plus d'argent, peu importe les moyens.

— Je ne comprends pas, jusqu'à preuve du contraire, les drogues ne sont pas en vente libre, du coup quel intérêt pour eux ?

— D'ordinaire, ces nouvelles substances proviennent de structures pharmaceutiques officielles implantées en Inde ou en Chine. Ces dernières années le nombre de nouvelles molécules en circulation rien que sur le marché européen a explosé. Ce déferlement a rendu les procédures d'analyse et d'interdiction complètement obsolètes. Cela a créé des flous juridiques qui permettent de les vendre sur le darknet ou parfois même sur l'Internet de surface, accessible au plus grand nombre sous diverses formes : comprimés, solutions liquides ou sprays nasaux.

— Tu es en train de me dire que des labos pharmaceutiques mondialement connus fabriquent et vendent de la drogue en toute impunité ?

— C'est un raccourci un peu rapide, mais oui, ça y ressemble.

Maxime peinait à croire ce qu'il entendait.

— Quand GenoTechPharma a inventé sa propre molécule et qu'ils se sont rendu compte que leur produit était six mille fois plus puissant que l'héroïne, ils ont bien évidemment voulu profiter du filon. Le seul problème, c'est qu'il leur fallait un distributeur. C'est là que Sergueï entre en scène.

Devant la moue interrogative de Maxime, Dimitri précisa.

— C'est lui et ses hommes que tu as vus ce soir au manoir.

— Et ton rôle dans tout ça ?

— Je suis le chimiste envoyé par Sergueï pour apprendre à fabriquer la drogue. Sergueï a forcé Debailly à lui céder sa formule pour devenir du même coup fabricant et distributeur. En contrepartie, il était prévu qu'il lui verse un pourcentage sur les ventes. Debailly n'a pas eu le choix, même si des failles existent, en profiter pour vendre un produit illicite n'est pas aussi simple.

Lancée comme une balle, la fourgonnette arriva à une patte-d'oie et incurva sa trajectoire pour s'engager sur le chemin de droite. Trois cents mètres plus loin, le halo rouge des feux stop s'étira dans la nuit en même temps que les pneus dérapèrent sur les gravillons.

— C'est ici, indiqua Dimitri en désignant de l'index un chemin qui s'enfonçait dans la forêt.

Au bout d'une dizaine de minutes, Dimitri posa la main sur l'épaule de Maxime.

— Éteins les phares et arrête-toi là ! On va continuer à pied.

Maxime observa les alentours, mais ne vit rien d'autre que le chemin qui continuait à s'enfoncer entre les arbres.

Avant de sortir de l'habitacle, Dimitri se saisit du pistolet récupéré sur l'un des cadavres.

Les deux hommes se mirent à courir en longeant la lisière, jusqu'à déboucher dans une vaste clairière. De fines langues de brume s'étiraient sur les eaux calmes d'un étang dont l'obscurité masquait les limites. À une cinquantaine de mètres devant eux, la silhouette d'une bicoque biscornue se découpait dans la nuit.

— De la lumière, souffla Maxime.

— Je ne vois pas son Range Rover, fit remarquer Dimitri.

Sans plus se concerter, ils se faufilèrent jusqu'à se plaquer dos contre le mur ouest. L'index sur la bouche, Dimitri intima à Maxime de ne pas faire de bruit.

Seul le bruissement du vent dans le feuillage se fit entendre. Se pouvait-il que Laval soit déjà reparti ? Avait-il emmené Célia ?

Les deux hommes progressèrent en silence pour atteindre la fenêtre la plus proche. D'un coup d'œil discret à l'intérieur, Dimitri embrassa la pièce.

— Je ne vois personne, souffla le chimiste.

En deux enjambées, Dimitri se positionna face à la porte et envoya un coup de pied juste en dessous de la serrure. Arme braquée devant lui, il s'avança de quelques pas dans la pièce, pointant son flingue dans chaque recoin.

Maxime passa devant Dimitri qui abaissa son pistolet devant l'absence de menace.

— Merde ! rugit Maxime. Où sont-ils ?

Décontenancé, Dimitri ne répondit pas. Il tournait sur lui-même à la recherche d'un indice prouvant qu'il ne s'était pas trompé. Laval était forcément passé par ici, l'ampoule allumée en témoignait. C'était sa planque, son repaire, il l'avait compris le jour où il avait découvert les photos accrochées dans son bureau. Il ne pouvait pas en être autrement.

Les deux hommes fouillèrent la pièce à la hâte, puis Dimitri retourna à l'extérieur, laissant Maxime seul à ses recherches.

Au bout de quelques secondes, Dimitri l'interpella.

— Maxime ! Il y a une voiture planquée à l'arrière de la maison.

D'un bond, Maxime se précipita vers la porte. À peine l'eut-il franchie que son regard fut attiré par une lueur de l'autre côté de l'étang, dévoilant en même temps ses dimensions. L'étendue d'eau était beaucoup plus grande que ce qu'il avait imaginé. La lueur continua à avancer en cahotant quelques secondes avant de s'arrêter, puis elle se sépara en deux points lumineux distincts dont l'intensité lumineuse augmenta brusquement. Maxime comprit de suite : les phares d'une voiture. Laval ne fuyait pas, il s'apprêtait à se débarrasser de Célia.

Maxime hurla pour prévenir Dimitri, qui porta à son tour son regard de l'autre côté de l'étang.

— Par là, indiqua Dimitri en pointant de l'index le départ d'un chemin qui faisait le tour de l'étang.

55

Les poignets et les chevilles entravés par plusieurs tours de ruban adhésif gris, l'avant-bras droit solidement attaché à la portière, Célia tentait de ramener Laval à la raison.

— On est arrivés, déclara Laval sourd à ses supplications.

Il stoppa le Range Rover face à l'étang et abaissa toutes les vitres.

Le puissant moteur du 4 × 4 tournait au ralenti.

— Je vous en supplie, ne faites pas ça. Vous n'êtes pas obligé de faire ça, gémit Célia d'une voix emplie de larmes.

Laval sortit du véhicule, récupéra le rouleau de scotch gris dans le coffre et vint en coller un large morceau sur la bouche de Célia.

— Voilà, ça t'évitera de dire des conneries.

Du revers de la main, il lui caressa la joue.

— Tu sais que tu es presque aussi jolie que ta frangine ? Dommage que l'on n'ait pas plus de temps tous les deux.

D'un regard circulaire, Laval balaya le paysage qui les entourait avant de poser ses yeux sur les eaux lisses de l'étang.

— Dans une autre vie peut-être…

Laval repassa côté conducteur et cala une lourde pierre sur l'accélérateur. En un instant, le moteur monta dans les tours. Le ronronnement se transforma en vrombissement sauvage. Au moment où il claqua la portière, une voix le cloua sur place.

— Laval ! Arrête !

Dimitri se tenait de l'autre côté du véhicule, à une dizaine de mètres. Son angle de tir lui permettait de tenir Laval en joue par-dessus le capot du monstre rugissant.

Loin de se laisser impressionner, Laval plongea dans l'habitacle et poussa le levier de la boîte automatique en position *drive*. Les roues du Range Rover se mirent à patiner une seconde, juste le temps que Laval se jette en arrière, puis elles retrouvèrent l'adhérence et propulsèrent la tonne de métal en avant, transformant la surface calme de l'étang en une explosion liquide.

Le temps d'un battement de cils, Maxime croisa le regard terrorisé de Célia qui hurlait à pleins poumons derrière son bâillon.

Sans réfléchir, Maxime courut à la suite du 4 × 4 et plongea dans les eaux bouillonnantes dans lesquelles sombrait déjà le cercueil de tôle.

Arrivé à hauteur de la portière passager, il prit une seconde pour analyser la situation. Célia avait déjà de l'eau jusqu'aux épaules. Son regard s'arrima à celui de Maxime comme on s'accroche à une bouée de sauvetage en pleine tempête. Maxime arracha le morceau de ruban adhésif qui l'étouffait.

— Je suis attachée à la portière, parvint-elle à hurler, le cou tendu à l'extrême pour se maintenir la tête hors de l'eau. Puis son visage disparut quelques secondes avant de réapparaître une dernière fois pour prendre une bouffée d'oxygène.

L'eau continuait à rentrer à gros bouillons. L'étang, si paisible quelques minutes auparavant, déchaînait toute sa fureur contre cette carcasse qui avait troublé sa quiétude.

Maxime contourna le véhicule en glissant sur le pare-brise, puis se faufila par la vitre côté conducteur. À son tour, il inspira à fond, puis plongea pour détacher la ceinture de sécurité qui retenait Célia plaquée contre son siège.

Se sentant libérée de cette première entrave, elle poussa le plus possible sur ses cuisses pour que ses lèvres puissent atteindre les bulles d'air emprisonnées contre le ciel de toit. Elle happa quelques centimètres cubes d'oxygène et replongea la tête sous la surface. À l'aide du couteau de Chloé, Maxime avait commencé à trancher le scotch qui lui maintenait l'avant-bras attaché à la portière. Mais quand le véhicule toucha le fond, la secousse déstabilisa Maxime et le cran d'arrêt lui échappa des mains.

Chaque effort puisait dans leurs réserves, qui s'amenuisaient inexorablement.

Maxime tenta de toutes ses forces de déchirer le morceau d'adhésif à moitié sectionné. Mais les nombreux tours qui enserraient le bras de Célia en décuplaient la résistance. La seule solution consistait à retrouver le couteau qui avait dû tomber aux pieds de Célia.

Comprenant ce qu'il s'apprêtait à faire, elle remonta

ses jambes sur le siège, lui laissant la place de plonger la tête sous la boîte à gants.

À tâtons, Maxime palpa le plancher à divers endroits.

Rien.

Puis il passa le bras sous le siège. Il effleura les glissières, les manettes, mais toujours pas de couteau.

Au désespoir, Maxime passa une main entre la portière et le siège et enfin, dénicha le cran d'arrêt. Du bout des doigts, il réussit à le ramener à lui, il s'en saisit et d'un geste vif retourna trancher les trois centimètres de scotch qui les condamnaient à mort.

Allongés côte à côte sur le bord de l'étang, peinant à retrouver une respiration normale, Célia et Maxime observaient les nuages qu'un vent léger poussait vers l'est. Un rayon de lune vint caresser les eaux redevenues calmes. En dehors des quelques bulles qui éclataient encore à la surface, rien ne permettait d'imaginer ce qui venait de se passer.

Avec la tendresse infinie de ceux qui aiment, Célia prit la main de Maxime.

56

Les branches basses défilaient à la périphérie du champ de vision de Dimitri qui courait à en perdre haleine. L'obscurité, la vitesse, les rendaient menaçantes. Plus rapide, Laval avait réussi à mettre assez de distance entre eux pour que Dimitri perde le contact visuel. Ses mollets, ses cuisses, étaient en feu. Son cœur, au bord de la rupture. Voilà ce que donnait un rat de laboratoire sur le terrain face à une hyène surentraînée.

La faible lueur de la bicoque apparaissait par intermittence entre les troncs. Encore un petit effort.

Sans avoir aucun plan d'action, Dimitri déboucha du petit chemin forestier et aperçut Laval qui se précipitait à l'intérieur de son antre. Au moment où il s'apprêta à reprendre sa course, une déflagration retentit. D'instinct, il se jeta au sol, ventre à terre, et juste derrière lui le tronc d'un arbre explosa en une poignée d'échardes. Il fallait bouger, et vite ; s'il restait là, Laval n'aurait aucun mal à l'aligner.

En un quart de seconde, Dimitri prit la décision de parcourir les cinquante mètres qui le séparaient du ponton pour s'abriter derrière deux gros bidons rongés par la rouille. D'un bond il se releva et donna tout ce qu'il avait pour rallier sa planque. À peine les premiers mètres avalés que de nouvelles déflagrations claquèrent. Les balles fusèrent, le manquant de peu à chaque fois. Le temps se distordit, les sons se déformèrent pour ne résonner qu'en fréquences basses et les derniers mètres s'étirèrent sur des kilomètres. Puis, en un éclair, tout se rétablit quand Dimitri plongea à couvert.

Une balle ricocha sur un des bidons, provoquant un gong sinistre qui résonna comme une sentence de mort. Dimitri regarda son pistolet. Il n'avait jamais aimé les armes, encore moins s'en servir, mais aujourd'hui il n'avait pas d'autre choix que de répliquer. Il cala fermement son flingue au creux de sa paume, l'autre main en appui sous la crosse, le canon à hauteur de la joue, et il attendit que Laval recharge.

Maintenant !

Tout en retenant son souffle, Dimitri se releva, ajusta son tir et fit feu.

Le souffle de l'explosion qui s'ensuivit le fit tomber à la renverse. Des morceaux de toiture retombèrent en flammes sur des dizaines de mètres à la ronde.

Surpris et un peu sonné, Dimitri regarda impuissant la vieille baraque partir en fumée.

Au pas de course, Célia et Maxime arrivèrent une dizaine de secondes après l'explosion.

— Que s'est-il passé ? demanda Maxime en aidant Dimitri à se relever.

— Je n'en sais rien, j'ai tiré et tout a explosé.

— Ta balle a dû toucher les bouteilles du poste à soudure, suggéra Célia médusée par les flammes.

— Tu crois qu'il a pu s'en sortir ?

Dimitri secoua la tête de gauche à droite.

Soudain, une deuxième explosion les fit se baisser, les bras en protection au-dessus de la tête.

L'incendie s'était propagé au véhicule caché derrière la maison.

Par-dessus le vacarme du feu qui dévorait la charpente, des sons lointains de sirènes hurlantes se firent entendre.

Lisant la détresse dans le regard de Dimitri, Maxime lui ordonna :

— Passe-moi ton arme !

— Pourquoi ?

— Ne discute pas, passe-moi ton arme. Si les flics te trouvent ici, ils vont enquêter sur toi, ils essayeront de comprendre ta part de responsabilité dans ce trafic. Ça peut prendre des mois, voire des années, avant qu'ils ne te laissent quitter le pays.

Dimitri acquiesça en tendant son pistolet à Maxime.

Les flashs bleus des gyrophares balayaient maintenant les cimes des arbres bordant le chemin qui menait à l'étang.

— Et vous ?

— Nous, on cherchait juste à retrouver ma sœur, répondit Célia dans un sourire triste.

D'un hochement de tête, Dimitri les remercia tous les deux et s'éclipsa juste avant que les voitures des flics n'arrivent toutes sirènes hurlantes.

— Pose ton arme ! somma le colosse qui se dirigeait vers eux.

Sans opposer de résistance, Maxime s'exécuta et imita Célia en levant les mains au-dessus de la tête.

Un autre homme s'approcha tandis que des policiers en uniforme se déployaient autour de l'incendie.

— Capitaine Schäfer, se présenta-t-il. Vous pouvez baisser les bras.

Le colosse se rapprocha de Schäfer, lui souffla un mot avant de repartir en courant vers les voitures.

— Célia Meyer et Maxime Cairal, reprit-il après les avoir dévisagés un instant. Il va falloir que l'on discute et que vous nous expliquiez tout ce merdier. Non, parce que là, on ne compte plus le nombre de cadavres que l'on a retrouvés dans votre sillage. Et je suppose que le dernier est en train de rôtir là, juste derrière moi, ajouta-t-il en hochant la tête en direction du brasier.

57

Vendredi 3 août 2018, 10 h 15.

Tracté hors des eaux vaseuses par le matériel spécialisé de la gendarmerie, un Range Rover émergea doucement de l'étang. Schäfer et Sonia échangèrent un regard.

— On dirait que l'histoire de Meyer se confirme, commenta Schäfer en s'approchant de l'épave qui n'en finissait pas de dégouliner. Reste à savoir si une autre bagnole se trouve sous la flotte.

Plus loin sur la berge, un cordon de sécurité maintenait à l'écart les caméras des journalistes qui ne perdaient pas une miette de la scène.

Suivi par Sonia, le capitaine contourna le véhicule et passa la tête par la vitre côté passager. Du ruban adhésif était encore accroché à la poignée de la portière.

— Tout correspond, pensa-t-il à voix haute.

Un gendarme s'approcha. La mine sombre.

— Capitaine, les plongeurs ont trouvé un second véhicule.

Les regards de Sonia et Schäfer lui firent comprendre qu'ils attendaient la suite avec impatience.

— Comme vous l'aviez demandé, ils ont vérifié le coffre. Il y a bien un corps dedans, ou du moins ce qu'il en reste.

Schäfer remercia le militaire qui s'éloigna en interpellant un collègue.

Comprenant qu'un nouvel élément venait de faire son apparition, la meute de journalistes se mit à bruire de plus belle.

Le téléphone de Sonia vibra. L'appel fut bref. Elle raccrocha, un sourire malicieux lui éclairait le visage. Le tandem Alban-Thierry avait encore fait des merveilles.

— Debailly est prêt à se mettre à table.

Schäfer hocha la tête, satisfait.

58

Lundi 6 août 2018.

La télévision trente-six centimètres accrochée au mur de la chambre d'hôpital diffusait en boucle les reportages de BFM. Les petits sourires en coin, que l'on décelait sans peine sur les visages des journalistes et des reporters, prouvaient qu'ils étaient aussi excités que des gamins une veille de Noël. On n'en finissait plus de disséquer le scandale GenoTechPharma : la tuerie, les trafiquants, la drogue, les implications des uns et des autres, les répercussions dans les plus hautes sphères. Des révélations surgissaient sans cesse dans la presse. Plus les langues se déliaient, plus le monde découvrait le vrai visage de Jean-Marc Debailly, ce grand patron encensé par le monde de la finance et qui avait déchaîné en quelques heures une tempête médiatique. Sa tête défigurée et couverte de sang faisait la une de tous les journaux. Le PDG n'était pas le seul à être mis en cause, toute la chaîne dirigeante de la multinationale était sous le feu des accusations et tout particulièrement un certain William Laval, suspecté d'être un des cerveaux de l'affaire.

Au moment où Célia et Maxime poussèrent la porte, un des deux journalistes annonça d'un air grave plus ou moins bien composé que le démantèlement du groupe GenoTechPharma venait d'être acté.

— Ça y est ? Ils vous ont enfin relâchés ? demanda Chloé en les voyant débarquer. Vous savez que j'ai vu vos tronches à la télé ? Bon, je dois quand même être honnête avec vous, vous n'étiez pas franchement à votre avantage avec vos gueules de déterrés.

— Ça s'est plutôt bien passé, concéda Maxime en souriant.

Même s'il comprenait pourquoi les flics l'avaient séparé de Célia pour mener leurs interrogatoires, il avait eu du mal avec ce nouveau délai imposé après toutes ces épreuves.

— Ils nous ont harcelés de questions, continua-t-il en prenant la main de Célia comme pour conjurer définitivement le passé. Ils souhaitaient comprendre comment nous avons fait pour nous mettre dans un guêpier pareil.

— Et pour le piratage informatique ? questionna Chloé.

— Vu les circonstances, ils m'ont dit que je ne devrais pas être inquiétée. D'après ce que j'ai pu comprendre, Arthur en portera seul la responsabilité. On verra ça avec le juge.

— OK, et sinon vous en savez plus pour le métro ? C'est Debailly qui avait planifié ça aussi ?

— Non, d'après ce qu'on nous a dit, il s'agissait réellement d'un incident technique. Un pur concours de circonstances dont il a voulu tirer profit.

— J'ai appris à la télé pour ta sœur, reprit Chloé

d'un ton plus grave. J'ai vu les images de la voiture qu'ils ont sortie de l'étang. Je suis vraiment désolée.

Célia rapprocha une chaise du chevet de Chloé et lui prit la main.

— C'est moi qui suis désolée. Désolée de ne t'avoir rien dit, désolée de ne pas t'avoir dit qui j'étais, de t'avoir menti comme je l'ai fait.

Se retournant vers Maxime, Célia ajouta :

— De vous avoir menti à tous les deux. J'avais trop peur de vous impliquer dans tout ça, peur qu'il vous arrive malheur, avoua-t-elle en baissant les yeux.

Maxime vint s'asseoir sur le bord du lit et lui caressa la joue.

— Tu as fait ce que tu as cru bon, la réconforta Maxime en lui effleurant la joue.

Un silence s'installa, le temps qu'une pensée pour Arthur et Yann flotte au travers de la pièce.

— Au fait, les flics vous ont questionnés à propos de Dimitri ? s'inquiéta soudain Chloé.

— Non, répondirent en chœur Célia et Maxime.

— Je pense qu'ils ignorent complètement son implication dans toute cette histoire, compléta Maxime. L'autre soir à l'étang, c'était moins une, mais il a réussi à filer sans se faire repérer. Je pense qu'il doit être loin maintenant.

— Espérons-le. En tous les cas, quand la cavalerie a débarqué au manoir, je m'en suis tenue à ce qu'il nous avait demandé ; je n'ai parlé que de toi et Célia.

— Avec un peu de chance, il sera parvenu à rejoindre sa famille.

Chloé acquiesça, rassurée.

Les trois amis trouvèrent ensuite les mots pour reprendre une conversation plus légère et profiter de ces quelques minutes, ensemble, laissant derrière eux l'espace d'un instant tout ce qu'ils venaient d'endurer.

Cette parenthèse se referma et ils se quittèrent en se promettant de se revoir vite.

Trente secondes après que la porte se fut refermée, laissant Chloé en tête à tête avec son téléviseur, Maxime repassa la tête dans l'embrasure.

— Je te manque déjà ? le taquina Chloé.

— Il faut croire, oui, dit-il en souriant. En fait, j'avais oublié de te rendre ça.

Lorsque Chloé récupéra son couteau, son visage s'illumina.

— Ah, merci ! s'exclama-t-elle. Avec ça, j'te jure que le prochain qui m'apporte un plateau-repas dégueu, j'le prends en otage et j'exige au moins dix menus Big Mac contre sa libération.

59

Un mois et demi plus tard.

La campagne française est belle et elle regorge de petits villages où il n'est pas difficile de se cacher. Depuis qu'il avait fui l'étang, Dimitri avait trouvé refuge dans un hameau d'une dizaine de maisons entourées de forêts. Contre quelques travaux agricoles, il bénéficiait du gîte, du couvert et d'une absolue discrétion. C'était tout ce dont il avait besoin le temps que la tempête se calme. Dimitri suivait avec la plus grande attention le développement de l'affaire GenoTechPharma et même si son nom n'était jamais sorti dans la presse, il préférait prendre toutes ses précautions avant de tenter de rejoindre sa femme et son fils. Et puis avant de partir, il avait une dernière vérification à faire. Un petit détail qui lui trottait dans la tête depuis le soir de l'explosion. Un petit rien qui l'empêcherait de dormir tant qu'il n'en aurait pas le cœur net.

Le ciel étendait sa toile bleu azur parsemée de nuages moutonneux sur ce dimanche matin de septembre. Muni d'une carte, Dimitri retourna au bord de l'étang, près de la bicoque dont une partie de la toiture s'était effondrée sous l'assaut des flammes. Le vent avait arraché la moitié des rubans rouges posés par les policiers. En s'approchant, Dimitri constata que l'odeur de fumée était encore prégnante. Les souvenirs aussi. Pas ceux de l'incendie, mais ceux de son enfance, avec son père. Du bonheur, de l'insouciance, qui l'étreignaient alors. De tous ces moments heureux partagés durant cette semaine de vacances : de la pêche, de leurs soirées, des mots de son père qui pour la première fois lui parlait comme à un homme qu'il n'était pas encore tout à fait et de cette tanière dont il se rappelait encore chaque recoin.

Lorsqu'il mit un pas entre les murs noircis, Dimitri repéra immédiatement ce qu'il cherchait. Par chance la partie de charpente qui couvrait le fond de la pièce principale avait tenu bon. Près du mur du fond, la trappe qui menait au sous-sol avait disparu, probablement consumée dans l'incendie. Dimitri alluma sa lampe torche et descendit les marches de pierre en prenant garde à ne pas se cogner. Le pinceau de lumière balaya les murs jusqu'à stopper sur la réserve de charbon. Dimitri se souvenait du soir où il avait remarqué que la plaque de fonte derrière le tas de charbon n'était pas correctement ajustée. Son père était venu l'aider à la faire glisser et ils avaient découvert une anfractuosité assez grande pour y cacher un trésor. « Pas de chance », avait dit son père, à part quelques toiles d'araignée, il n'y avait que du vide. Ils avaient alors repositionné la plaque de fonte et passé le reste de la soirée à imaginer ce qu'ils feraient s'ils étaient riches.

Dimitri posa sa torche au sol afin qu'elle éclaire en direction du tas de charbon. La police scientifique avait-elle fouillé jusque-là ? Il allait bientôt le savoir. Les deux pieds plantés dans le sol, il s'arc-bouta en tirant sur le rebord de la plaque de fonte qui glissa plus facilement qu'il ne l'aurait imaginé. Cette fois, pas de toiles d'araignée, mais le noir mat d'une mallette blindée que Dimitri s'empressa d'extraire de la cache. À grands coups de pierre, il fit sauter les deux serrures et le couvercle s'ouvrit sur des centaines de liasses de billets.

Épilogue

23 décembre 2018, Montpellier, place Jean-Jaurès.

Attablés sous une des terrasses couvertes, Célia et Maxime sirotaient un verre de vin rouge en regardant déambuler les passants. Comme tous ces inconnus, ils avaient passé leur après-midi à flâner dans les ruelles du centre-ville, se laissant porter au gré des envies, au fil des vitrines jusqu'à ce que la nuit et les illuminations viennent ajouter une touche de magie à leur balade.

Maxime avait appréhendé ce retour dans le Sud, mais ses cicatrices semblaient définitivement guéries. Les souvenirs n'étaient plus douloureux, il arrivait désormais à les regarder avec la distance nécessaire pour laisser le passé dans le passé, tout en parvenant à extraire le nectar d'un moment heureux sans qu'une once de nostalgie vienne le ternir.

En regardant sans vraiment le voir le vendeur de marrons chauds qui haranguait la foule, Maxime porta le verre à ses lèvres et dégusta une gorgée de pic saint-loup.

Lorsqu'il laissait son esprit vagabonder, celui-ci revenait sans cesse tourner autour de Yann, son ami, son frère, celui qui lui avait maintenu la tête hors de l'eau toutes ces années, celui qui d'une certaine façon lui avait sauvé la vie. Décédé. Cinq mois après, Maxime peinait à encore intégrer ce mot et ses conséquences. La morsure de l'absence lui nouait toujours l'estomac et il savait qu'il en serait ainsi encore longtemps. Comme à son habitude, Yann avait tout prévu, tout planifié, même l'après. Célibataire, sans enfants, il avait fait le nécessaire pour que son appartement revienne à Maxime au cas où il lui arriverait quelque chose au cours de l'un de ses reportages. Lors de l'enterrement, la mère de Yann était venue l'embrasser, le serrant dans ses bras comme son propre enfant. Elle lui avait alors révélé les dispositions prises par son défunt fils concernant le logement parisien. « Je suis contente que ça reste dans la famille... » avait-elle ajouté en sanglotant. Depuis, Maxime y était juste repassé pour récupérer ses affaires et était parti s'installer avec Célia. Si lui ne pouvait plus y vivre, Chloé, elle, avait été aux anges de pouvoir y emménager. Il se souviendrait longtemps de sa tête lorsqu'il lui avait donné les clés. Dans quelques mois la cession serait entérinée et elle deviendrait alors officiellement la nouvelle propriétaire des lieux. Maxime était certain que, de là où il se trouvait, Yann avait compris et approuvé son geste. Chloé avait vu son déménagement comme un signe du destin, comme une page qui se tourne, et elle avait profité de ce nouvel élan pour se lancer dans une formation qui lui ouvrirait les portes d'un métier dans lequel elle s'épanouirait. Maxime avait parié sur infirmière et il avait perdu. Chloé comptait devenir officier de police ; flic, comme elle disait.

Du coin de l'œil, Célia observa son homme, perdu

dans ses pensées. Elle se pencha à son oreille et lui susurra quelques mots.

Un sourire sur les lèvres, Maxime pivota vers elle, lui releva le menton pour plonger les yeux dans les siens. Une seconde s'écoula avant qu'il ne prononce ces quatre mots :

— Oui, je le veux.

Remerciements

Je tenais à remercier en premier lieu les lecteurs de la plateforme des Nouveaux Auteurs qui ont pris le temps de découvrir et d'apprécier cette histoire.

Merci aussi à Jean-Laurent Poitevin, votre coup de fil a transformé un rêve en réalité.

Je remercie plus globalement les éditions des Nouveaux Auteurs et Prisma sans qui rien de tout ça n'aurait été possible. Merci à l'équipe et notamment Isabelle et Sophie, qui ont su s'adapter en un temps record à mon emploi du temps mouvant. Mille mercis à vous.

Un grand merci au président du jury du prix du suspense psychologique, monsieur Bernard Minier. Vous rajoutez une touche de magie à cette aventure déjà extraordinaire.

Merci à Valérie pour ta relecture attentive et tes suggestions judicieuses.

Merci à toi, Audrey, pour ton soutien sans faille. De la toute première page jusqu'au point final, voir cette histoire prendre vie dans ton regard, dans tes sourires et tes impatiences fut un pur moment de bonheur et une réelle motivation. Et pour finir, Louisa, Sacha, vous êtes le sel d'une vie bien remplie, merci à vous deux pour votre énergie communicative.

Composition et mise en pages
Nord Compo à Villeneuve-d'Ascq

Cet ouvrage a été imprimé par
CPI Bussière à Saint-Amand-Montrond
en août 2021

MIXTE
Papier issu de
sources responsables
FSC® C108412
FSC
www.fsc.org

*Le papier entrant dans la composition de ce produit provient de forêts certifiées FSC®
FSC® se consacre à la promotion d'une gestion forestière responsable.*

Numéro d'éditeur : 2164403
Numéro d'imprimeur : 2059026
Dépôt légal : août 2021

Imprimé en France